MEMORY HOUSE
记忆坊文化

他从海上来

（全二册）

The secret of the sea

下

六井冰——著

江苏凤凰文艺出版社
JIANGSU PHOENIX LITERATURE AND ART PUBLISHING, LTD

目录

CONTENTS

第十九章

一场盛会

这天丁翘刚从外面回来，便见桌上放着一个烫金的大红信封，打开一看，是一张邀请函，落款是江氏集团，说是位于浪琴湾的深海珍珠养殖基地将于元旦落成剪彩，特邀请她去观礼。

邀请函上还扣着一粒黑珍珠，拿下来一看，原来是一枚黑珍珠胸针。丁翘把那枚黑珍珠胸针举到眼前看，那黑珍珠上的光泽并不是纯黑的，而是带着一圈淡淡的紫色，十分温润。

这段时间，江氏深海珍珠养殖基地落户浪琴湾的消息早就传得尽人皆知，这一方面是当地政府不遗余力地宣传的效果；另一方面，民间对深海珍珠的开发和利用也非常期待，丁翘已多次在朋友圈看过相关的转发文章了。

原来，浪琴湾附近的海域长着一种极不起眼的蚌类，这种蚌肉质粗糙，并不好吃，渔民平时不会去刻意捕捞，但一个偶然的机会，有渔民在这种蚌里发现了一粒黑色的珍珠，在不同的光线下会发出不同的光泽，光线弱时是纯黑色，光线较强时会变成紫色，正午的阳光下，它会变得紫中带红，非常神奇。

后来一传十、十传百，渔民们在海上捕捞时便也会顺便捞起这种蚌，杀蚌取珠，有些爱美的妇女把里面的黑珍珠拿去加工成耳环或手链。但因为这种蚌生长于深海，而且产量也不高，所以一直以来都只限于渔民自娱自乐，不为外界所知。

数年前，江台大学的阮教授在带学生到海边调研时，见到这种不起眼的珍珠蚌，顿时“惊为天蚌”。经过长达数年的研究，他发现在合适的环境下，这种蚌也可以在浅海中存活，而且繁殖能力会显著提高，于是去年他向江氏递交了关于开发浅海养殖黑珍珠蚌的方案。

江家父子经过调研后，发现这种珍珠的品质相当高，德国一家著名的奢侈品公司一看珍珠的样品便马上表示，愿意长期订购这种黑珍珠，它可用于衣物、鞋子和手袋的装饰。对方甚至表示，会为黑珍珠专门打造一个奢侈品系列。

这是江台市首次与国际奢侈品攀上关系，因此江氏的深海珍珠养殖基地不但肩负着造福一方的重任，还兼有为国争光的意思，地方政府都非常重视，基地从申报到批准都特事特办。

江氏也很重视此事。为了助兴，江氏还特邀了英国的凯伦家族携带藏品前来展出，以吸引国际上的关注，这也算是江氏走向国际化打响的第一炮。

凯伦家族是英国著名的文物收藏专家，因其藏品丰富、奢华而著称，在国际上享有盛名。盛到什么程度？连丁翘身在国外的母亲周颖芝都知道此事，说元旦前如果有空，会偕同老杜回来参加这次盛会。

丁翘只知道周颖芝在国外做贸易，却不知道具体是做什么的，听说她对这个文物展感兴趣，便觉得有点诧异。不过后来周颖芝又打电话回来说，因为工作上有点忙走不开，计划改期了，要过几个月才能回来。

末了，周颖芝还颇为内疚地表示，失信于女儿实在不好意思，丁翘忙安慰她，让她只管跟老杜开心地过好自己的日子即可，自己的工作和生活都挺充实，让她不必牵挂。

所以，一看到这份邀请函，丁翘便决定前往，到底是因为对这次文物展感兴趣，还是因为去浪琴湾可以见到卓智，她不敢细思，唯恐一细想，便陷入没完没了的纠结之中。

人家看她整天风风火火地跑新闻，干练知性，豁达大方，像是一个挺开心的人，只有她自己才知道，她还未能走出来。

她一直陷在那个情感沼泽里，卓智早就走远了，而她依然泥足深陷，无法自拔。

丁翘根据邀请函中的信息，打电话确认了自己将应邀前往，对方很热情地表示会为她安排住处，到时她只需出示邀请函即可，让她务必记得带上邀请函前往。

丁翘便有点诧异，她平时也时常参加各种各样的庆典活动，按惯例上门便是客，到了现场把名一签，拿上礼物，一群互不认识的人胡吃海喝一顿便算大功告成，怎么江氏的这个活动貌似如此与众不同？

接电话的小姐有礼貌地解释说：“因为我们这次邀请的客人，身份都非常高贵。”

当时丁翘觉得，对方这样说纯属客套，直到那天她抵达浪琴湾才知道对方所言非虚。

按邀请函上的时间，下午5点才是签到时间，丁翘便一直睡到中午才起床。赵莞放假回乡了，她一个人在家里随便吃了几片面包，再喝一包牛奶，便算是解决了早餐和午餐，然后坐车出发去浪琴湾。

一上车，她便想起了以前跟卓智好的时候，她时常在周末坐车去浪琴湾找他，而他偶尔也会坐车来市区，不过，总归是她找他居多，但是那时候她并没有计较过。

当然现在也不是计较，那时候的开心与满足，都是实实在在的，不能因为他变了，便要全盘否定他给予过的呵护和美好。

只是她心里还是忍不住会有一种酸楚的感觉，曾经那么好的两个人，他却突然变得非常冷淡，突然就说分手了，而且在微信上拉黑了她，她追问过，他不说也就罢了，死缠烂打不是她的性格。

那段感情的开始有多美好，结束就有多狼藉，它在丁翘的心里深深地戳了一个洞，外面看着依然完好无缺，里面却血肉翻滚。

丁翘把头靠在窗边，不知不觉竟睡着了。等她醒过来，才发现车已进站，她忙拿起行李朝码头奔去。

到了码头，丁翘正要去买船票，却见往日卖票的地方关了门，门口贴着一张启事：下午3点后本码头船只停止营运。

正在丁翘不知所措的时候，一位穿着西装的小伙子走过来，微弯着腰，问她："是丁小姐吗？"

丁翘忙点头："是，我是。"

小伙子脸上绽开充满热情的笑意："是江总让我来接你的，我叫郭若。"

江总，自然是江盛了，他考虑事情总是如此细致体贴。丁翘看那郭若长得眉清目秀、细皮嫩肉的，像是刚从大学出来的样子，便说："谢谢你，小郭，也谢谢你们江总。"

郭若很有绅士风度地把丁翘手中的背包接了过去，又很有风度地指了指海边的方向："我们的快艇停在那边，请随我来。"

上了快艇，丁翘才知道，珍珠养殖基地的落成庆典，早在上午就完成了，官方的答谢宴在午宴后已经全部结束，下午3点前所有的客人都已经离开浪琴湾，下午4点后来的都是很特别的客人。

丁翘忍不住笑着问："有什么特别？"

郭若颇为自豪地笑了："你去了就知道了。"

丁翘便也不再追问，郭若却又忍不住说："因为客人比较特殊，码头的船只从下午3点起便实行了管制，要到明天下午3点才恢复正常营运，这也是安保的需要。"

丁翘更加好奇了，心想：连我都请了，这些客人又能特殊到什么程度？像是看穿了她的心事，郭若淡淡地笑了，说："你可不是一般的客人，我们江总说了，我今天的任务就是专门照顾你。"

丁翘忙表示感谢，又问："小郭，你是刚毕业参加工作的吗？"

小郭便笑了，说："不是的，丁小姐，我是从总公司被抽调过来的，以后都会在这边工作。"

丁翘一听，能让江浩天从总公司抽调到江盛身边帮忙的，自然不是泛泛之辈，便知这小郭不简单，一问才知道人家已经毕业好几年了，比她还大几岁。

丁翘有点尴尬，刚才她竟称呼人家小郭，那小郭像是看穿了她的心事，笑着说："公司的人都叫我小郭，我还挺喜欢大家这样叫我的，显嫩。"

船很快便抵达了码头，上了岸，小郭带着丁翘走了一会儿，便到了珍珠养殖基地。深海珍珠的养殖场是建在海边的，养殖基地的办公室却建成了高档酒店的模样，一共五层，楼下设置了大堂和宴会厅，二楼、三楼都是待客的房间，四楼、五楼是研究室和办公室。

奇怪的是，大堂很静，除了总台前站着一个姑娘，再见不到其他的人。

丁翘有点纳闷，小郭把她带到总台前，简单地介绍了她的身份后，那姑娘便有礼貌地微笑着说："请丁小姐出示邀请函。"

丁翘把邀请函递给那姑娘，只见她把一个类似测温仪的小东西在邀请函的右下角快速地刷了一下，只听嘀的一声，那姑娘便把邀请函恭敬地递还给丁翘："丁小姐，你现在可以先上房间休息一下，房号是315，晚上5点的时候，请到楼下的宴会厅就餐。"

姑娘做了一个请的手势，丁翘见对方并没有给房卡的意思，便提醒她："房卡……"

那姑娘依然得体地微笑："不必拿房卡，房门是有感应的，刷脸就能进。"

这时候丁翘才发现，服务台前有一个圆圆的摄像头正对着自己，料想是刚才已录下了自己的影像存入了系统，她不禁有点为自己的迟钝而尴尬。

小郭把丁翘送到电梯口，为她按了开关和楼层后，彬彬有礼地说："丁小姐，5点钟我在这里等你。"

丁翘点头跟他告别，电梯缓缓地升上了三楼。

三楼依然是静悄悄的，地上铺着厚厚的地毯，丁翘在地毯上走过，悄无声息，有那么一瞬间，她甚至怀疑这座楼里，除了她和小郭、总台小姐，再没有第四个人了。

谁知就在她认真地查找房号的时候，背后突然有人伸手揽起她的腰往后拖，那股力量大得令她猝不及防，整个人都倒进了来人的怀里。她大吃一惊，本能地想高声呼救，但那人像洞察了她的心思，一边用手紧紧地捂住她的嘴巴，一边把她拖进一道安全门，砰的一声，门被关上了。

她马上明白，对方把她带来这里，目的就是逃避监控，一股不好的预感令她毛骨悚然，那人在她的背后，她看不清对方的脸。以双方的体形来说，她要反抗也不容易，唯一能做的就是奋力挣开那人的掌控，然后张嘴狠狠地朝他的手咬去。

背后那人受不了疼痛，低声地惊呼了一声，但依然死死地抱着她，她突然也不挣扎了，因为，她嗅到了那个人身上淡淡的味道。

香茅草的味道。

是卓智。

他喜欢香茅草的味道，他习惯了用香茅草制成的精油，有时候是为了驱蚊，有时候是为了提神。

见她不挣扎，卓智便慢慢地松开了手，她转过身，看着他。

自上次分别后，大半年来，她第一次见他。

他穿着一套黑色的西装，裁剪得宜，合体大方，令他身材的优点更加彰显出来，高瘦、挺拔，她的心轻轻地、酸酸地动了一下。

可是当她的目光缓缓地向上，便看到了他那张略带不耐烦的脸，从表情到眼神，都透着不耐烦。

他很不耐烦地说："你来这里做什么？"

丁翘满心的惊喜，便在瞬间全成了怒意，她冷冷地看了他一眼，把因挣扎而弄得有点凌乱的头发捋顺，淡淡地说："关你什么事？"

他深深地看着她，眼眸中有光，就像以前那样看着她，可是他的脸却是冷漠的："我说过，叫你不要跟江盛混在一起。"

凭什么？他有什么资格这样要求她？她脸上浮起一丝讥讽的笑意："你是什么意思，你跟我分手了，还不许我跟别人在一起？"

卓智没有正面回答她的话，声音却低了几个分贝："我恳请你，不要跟江盛在一起。”

“为什么？”

“他配不上你。”

丁翘淡淡地笑了：“那你呢，卓先生，你配得起我吗？”

卓智停了一秒钟，叹了一口气说：“别这样，阿翘。”

不知为何，那声叹息竟然令丁翘萌生了些许不忍心，她不由得也收回了嘴角那抹玩世不恭的笑，轻轻地说：“那你想我怎么样？”

不等她回答，卓智突然挺直了身子，双眼盯着安全门的方向，丁翘被他的表现骇住了，不由得也侧耳倾听。

有人朝这里走来。虽然走廊里铺着厚厚的地毯，但因为特别寂静，还是能听到细微的声音。

嗒嗒嗒，脚步声越来越近，几乎可以听见对方轻微的喘息声。

卓智趋步向前，在对方推开门之前，他拉开了门——

门口站着，江盛。

见到他们，江盛似乎一点也不意外，高兴地对丁翘说：“我刚听小郭说你来了，便上来找你。”顿了一下，他微笑着看向卓智，“你是怎么回事，跟阿翘说话还要躲到这里来？”

卓智一愣，似乎一时反应不过来：“我……”

江盛便笑了，笑得那么真诚、人畜无害，他边笑边摆手：“好了好了，不用解释，我明白，也理解。”

似乎他们两个人在这里，是迫不及待地要躲起来亲热，丁翘不喜欢这种被误会、被曲解的感觉，淡淡地说：“江盛你误会了，我们已经分手了。”

这下江盛也愣住了，他尴尬地看了丁翘一眼，又看了卓智一眼，一时倒不知道说什么好了。

丁翘朝他微微点头，说：“我有些累了，先回房间休息一会儿，晚些见。”

江盛点头：“好，待会儿见。”

卓智自觉地让出位置，默默地看着丁翘从他跟前走过，直到她消失在走廊中的一个房间里。

江盛拍拍卓智的肩膀："介意说说是怎么回事吗？"

卓智摊手，苦笑："吵架了，也不想挽回了。"

江盛说："女孩子嘛，哄一哄就好了。"

卓智摇头："不，我不想再惯着她的臭脾气了。"

江盛便笑了："阿翘在我见过的女孩之中，脾气算好的了。"

卓智也笑了："那是因为你对她还不了解。"

江盛微笑："哦？不过你的女朋友，还是你说了算。"

卓智朝江盛点点头："我到二楼看看去。"

卓智朝走廊走去，江盛默默地看着卓智的背影，过了好一会儿才扬声说："不用去了，在电脑上看监控就好了。"

卓智站定，缓缓地回过头，恭敬地说："那我先下楼了，江总。"

卓智朝电梯走去，江盛看着卓智的背影，若有所思。

丁翘进了房间，把门关上，扑倒在床上，一动也不动。

唯有泪水，在默默地流。

大半年没见，是他说要分手，是他把她的微信拉黑了，可是她依然在想念他，在惦记着他，这让她自己都觉得很没有面子，可是她能怎么办，她舍不得他。

她曾想过千万次，若再次重逢，他会跟她说什么，没想到的是他冷漠地问她："你来干什么？"

好像他算准了她是为他而来，所以他随随便便一句话便能令她颜面扫地，只想逃离。

她偏偏不想如他的愿，凭什么？他想把她气跑，她非要高高兴兴、体体面面地出现在他面前，让他知道，这个世界谁都不是谁的救世主，她没有了他，依然能活色生香。

她迅速调整情绪，把自己武装起来，幸亏考虑到参加晚宴，她早有准备。她梳妆打扮，还抹了一层浅浅的腮红，收拾完毕看时间，快5点了，她拿起手机和手袋正要出门，想了一下，又忍不住转身在穿衣镜中打量，镜子里映出一张微红的脸，长发被她绾在脑后，额头显得圆润而光洁，一身裁剪合体的修身长裙，刚好把她玲珑的身材勾勒得曲线毕现。

她鲜少这样穿着打扮，母亲为她在国外买的化妆品，她平时也极少用，现在正好派上用场。

她有点不甘心地想：凭什么让他影响我的心情，我打扮才不是为了他，女为悦己者容那套封建思想早就过时了，现代女性只为悦己而容。

丁翘乘电梯抵达一楼时，门刚徐徐打开，便看见小郭那张笑容可掬的脸，他热情地趋步上前，指引着丁翘朝宴会厅走去：“丁小姐，这边请！”

大厅里依然是静悄悄的，跟之前没有丝毫分别，丁翘不由得纳闷道：“怎么不见其他的客人呀？”

小郭微笑着说：“现在是5点零5分了，丁小姐。”

原来自己已经迟到了，丁翘有点不好意思，她向来注重时间，平时采访都会提前半小时就抵达现场，今天如果不是在镜子前流连太久，本来也不会迟到的。

“不好意思，我迟到了。”

小郭依然是得体的笑容：“没关系的，丁小姐。”

小郭带着丁翘一直走到宴会厅。

宴会厅大门紧闭，数名穿着黑色西装的青年男子站在门口，身板挺直，表情严肃，似乎带着某种不可侵犯的力量。

小郭微微点头，其中两名男子一左一右地打开宴会厅的大门，小郭对丁翘做了一个请的手势：“请进吧，丁小姐。”

丁翘问小郭：“你不进去了？”

小郭后退两步，谦恭地微笑：“我在外面等你。”

丁翘微愣了一下，她背后两扇厚重的大门悄无声息地被关上了。

眼前，是一片璀璨的世界，耀眼得几乎令丁翘睁不开眼睛，巨大的水晶吊灯从高高的屋顶倾泻而下，所有的人都站起来朝这边看来，几乎就在同时，热烈的掌声响起来。

丁翘尴尬地站在那里，不知所措。一定是弄错了，他们把她误当成了某个重要的人物，一定是这样，丁翘竭力地微笑着，慢慢地向前走去，尽量让自己看上去自然一点，正常一点，可是她也不知道，自己的位置被安排在哪里，众目睽睽之下，她不知道怎样才能找到适合自己坐的位置。

她暗自叫苦，如果不是自己迟到，就不会出现这种尴尬的局面。正在她硬着头皮往前走的时候，一个人迈着长腿朝她走来，那温暖、得体的微笑是他的日常标配——江盛。

她如获大赦，忙迎上去。江盛没有说话，只是微微弯腰，朝她伸出右臂，她便自然地挽着他的右臂，由他把她引向宴席。

待她坐下来，又吓了一跳，这才发现江盛给她安排了一个非常特别的位置——整个宴会厅，她和江盛的位置，相当于主位与副主位。

宴会里并不是传统的圆桌摆设，而是按照“凹”字形摆设的，她和江盛正处于“凹”字的下面一横的位置，而且他们的位置是居中。

丁翘也算是见多识广的人了，但一个庆典的宴会这样设计，还是让她大吃一惊——而且，还把她安排在这么重要的位置上。难道是因为江盛知道她失恋了，所以特意把她安排在他身边安慰她？她有点感动，也有点惭愧……她有点后悔出席这个宴会了。

她稍微定了定神，拿起桌上的杯子喝了一口茶，这才发现这茶杯颇为与众不同，茶杯是白色的细瓷，绘有蓝色的花草，似乎是上好的瓷器，碟子上也是同样的瓷体、同样的花草，甚至连碗也是……似乎哪里不妥，她定睛再看，只觉得这杯子和碗碟，似乎有些年月了，远不及超市卖的骨瓷来得白、透、亮。

许是看出了她的惊讶，江盛微微侧身向着她，说：“这是英国的奥特赛家族在1740年向中国的工匠定制的陶瓷，一共36套，加上餐盘和大盘共计360件。”

丁翘张口结舌：“所以，今晚参加宴会的人，一共是36人？”

江盛点头微笑：“不错。奥特赛家族曾是欧洲著名的贵族，后因种种原因家道中落，这套瓷器于10年前被凯伦家族购得，至今仅用了10

次，很荣幸，我们有机会见证它的第10次。”

丁翘惊讶得连话都不会说了：“啊？”

江盛笑了：“为了能让陶瓷得到最好的保护，凯伦家族除了为这套共计360件的陶瓷购买了巨额保险外，还严格限制了它的使用数次，一年只用一次，而且……”他顿了一下，加重了语气，“必须是非常重要的场合，不但对客人有限制，对客人的身份审核也非常严格。”

“嗯。”

江盛又说：“或许正是因为这样，人们对这套瓷器充满了憧憬，盼望能有机会参与这样的饭局。哪怕是在欧洲，这样的饭局也是许多贵族和政要梦寐以求的。这套餐具，是首次在中国使用。”

丁翘赞叹之余，不禁抬头环视四周，这才发现坐在斜对角的美女极其脸熟，她心念一动：这不是这段时间红透全国的影视明星甄贝贝吗？再看她旁边，是一名看上去颇有些年纪的男士，再仔细一看，竟然是创造了互联网神话的某大咖。

天啊，全中国不知道有多少人愿意交钱排队等着跟他们吃一顿饭啊，她终于明白小郭说的客人很特别是什么意思了，是的，他们都很特别，除了她自己。

丁翘深感惭愧，有点语无伦次地对江盛低声哀叹：“我真是罪过……你不应该请我来的，浪费了一个这么好的名额。”

江盛深深地看了她一眼，微微笑了：“没有人比你更有资格坐在这里。”

丁翘以为，江盛这样说，只是他一贯以来的暖男体质驱动，她心里既是感激又是惭愧，想着他这么久以来一直如此珍视自己，哪怕求爱被拒，依然待她至真至诚，乃真君子。

直到半年以后，她才知道，为什么江盛会这样说，她，确实是最有资格坐在这里的人。

比这里的任何人都有资格。

很快，若有若无的钢琴声响起，菜也逐次端上来，每个人的菜都是独立分装的，很精致，但分量极少，丁翘一大口就吃光了。幸亏菜上得极快，她刚吃完一份，马上有人来撤了旧的器具，又马上有人上了新的菜式。

丁翘一口气吃完了五六道菜，才发现江盛只吃到了第三道，而他已算快的了，其他的人，仍然在吃第一道菜。整个大厅都没有人说话，大家都似乎一心在品尝美食。

丁翘的脸微微发红，便放慢了吃喝的速度。

在丁翘吃完第10道菜的时候，好戏终于上演了——一名身穿月白色旗袍的女子托着一个托盘款款而来。丁翘初时并没有留意到那托盘中装着什么，她完全被那女子吸引住了。旗袍本来就考验穿着者的身材，而且那旗袍还是丝绸质地，穿着者的身材但凡有一点不足，都能被旗袍无限放大，但是，那女子把这身旗袍穿得恰到好处。

腰很细，看上去似乎盈盈一握，但胸与臀又是圆润的，当然不是肉弹那种，而是与腰形成流畅的线条，那女子长着一张跟她的身材一样精致的脸，但那张脸也是沉静的，静得让人看不出她的喜怒哀乐。

丁翘被那女子的脸吸引住了，直到对方走到跟前，丁翘才发现，托盘中放着一个描绘着公鸡的敞口杯。

丁翘忍不住问旁边的江盛："这个……就是传说中的鸡缸杯？"

江盛轻描淡写地说："是啊，能在这里展出的，都是正品。"

众人早就停止了吃喝，引颈凝望着这鸡缸杯。

丁翘隐约记得，2017年，一个不到巴掌大的敞口明成化斗彩鸡缸杯，在中国香港拍出了2.8124亿港元的天价，刷新了中国瓷器拍卖的纪录。

丁翘忍不住问江盛："这个鸡缸杯，很贵吧？"

江盛侧过脸，耐心地解释说："今晚展出的都价值连城。"末了，他又添上一句，"目前全世界保存了约20件鸡缸杯，大部分为世界各大博物馆所收藏，单是中国台北'故宫博物院'就有6件长期展出，北京故宫博物院、伦敦大英博物馆、英国大卫基金会、伦敦维多利亚与艾伯特博物馆、剑桥费兹威廉博物馆、纽约大都会艺术博物馆及日内瓦鲍氏东方艺术馆也有收藏，还有一些是私人收藏。”

丁翘不由得赞叹道：“真厉害。”

江盛却淡淡地说：“保存的数量太多，成不了大气候，行情比不上孤品。”

丁翘再次张口结舌，2亿多还叫成不了大气候？

那女子把鸡缸杯展示完毕后，很快便退下，人们这才像缓过神来，有人低声细语，有人继续品尝美食。

丁翘恍然大悟，能让这些名人跑来浪琴湾出席这样一个饭局，原来不只是英国贵族的那套瓷器的号召力，还因为饭局上的名贵文物的展出。

过了一会儿，那女子又出现在众人的视线中。这次，她带来了一个小盆似的器具，从材质上来看，也是陶瓷，体积比之前的鸡缸杯要大得多，上面没有什么特别的描花，颜色倒清新，像是雨后初晴的天空。

旁边已有人按捺不住发出赞叹，丁翘淡淡地扫一眼，人人脸上均是惊喜莫名的表情，似乎能远远地看上一眼，便是天大的福气。丁翘心想，这些人也不是泛泛之辈，怎么眼窝子突然就这么浅了？

许是看出她眼神中的困惑，江盛给她介绍道：“这是一个产自宋朝的汝窑葵花洗。”

丁翘有点为自己的孤陋寡闻感到汗颜，嘴里却说：“怎么也没有人介绍一下呢，这么生僻的东西，现在谁知道啊。”

不料，江盛淡淡地说：“他们都知道的。”

言下之意，便是仅有丁翘一个人不了解行情了，丁翘有点悻悻然，不禁问道：“你对文物也很有研究吗？”

江盛摇摇头：“说不上，略懂一些而已。”

丁翘想起那次跟卓智去拍卖会时，在现场见过江盛，看来他是对文物真的感兴趣，起码比她和卓智要懂得多一些。

想起卓智，她突然心里一动，怎么整个晚上都没见他？

她的心便又轻轻地酸痛了一下。他提出分手以来，这大半年，他成了她心里的无名伤痕，不可触碰，一碰便酸痛难忍，她唯有以忙碌的工作来填满这些酸痛的间隙。

强撑了大半年，原以为自己已好得差不多了，可是当卓智重新出现在她面前，冷漠地问她来这里干什么的时候，她才知道，自己依然未痊愈。哪怕他冷落她，嫌弃她，驱赶她，她依然放不下他。

因为，她忘记不了他爱她时的模样，这样爱过的人，怎会突然不爱？

他对她说："我不相信爱情，可是我相信你。"

他说："阿翘，我发誓，有生以来，从此以后，我只对你这样说。"

…………

这才是最要命的，他都这样对她了，她却依然放不下。她苦笑着摇摇头，事情是从什么时候开始变化的？是在他获悉自己跟江盛吃饭以后，还是三婆去世以后？她曾问过他为什么，可是他不说，铁了心要跟她分手。

分就分吧，阿智，不管你是出于什么原因这样对我，我都要放下你了。她在心里默默地想，拿起桌上的酒一口喝下去。

那酒是果酒，酒味不大，清凉而甘香。她拿起桌上的小酒壶，又给自己倒了一杯，一口气喝了五六杯，这才觉得胸中郁闷之气消除了大半。江盛估计是担心她，曾试图劝阻她喝，她微笑着表示自己无妨。她是知道自己的酒量的，这点果酒影响不了她。

那漂亮的女孩不时把精美的陶瓷端上来，算起来统共应该有10件吧，反正丁翘也没认真看，她对这些其实兴趣不大。后来，那女孩不再出现了，场上的吃喝便又继续起来。

丁翘却吃不下去了，只觉得胃被撑得厉害，一股恶心的感觉老往上涌——那酒的后劲真大。她担心自己再待下去，便要当众出丑了，于是强打着精神，微笑着向江盛告别。

江盛体贴地要送她出去，她连连摆手示意他留在位子上，然后挺直腰肢强忍着各种不适，仪态万方地走了出去。

回到房间，她立即冲进卫生间吐了起来。不知道吐了多久，反正吐完心情好多了，好像把心里的委屈和愤懑都尽数释放了出去，后来便爬上床睡着了。临睡前的一刻，她想，明天一早就离开这个这里，以后，也许都不会再来了。

别了，浪琴湾。

别了，卓智。

也许是终于明白有些事勉强不来，也许是终于想通了一些事情，丁翘这一觉睡得非常酣畅，直到她被尖锐的铃声从梦中惊醒。

她猛地睁开眼睛，四周漆黑一片，她怔了一下，才想起自己身在何处，伸手按亮了床头灯。

“铃……铃……铃……”

外面的铃声依然尖叫不停，她侧着头倾听了片刻，突然醒悟过来：这是消防报警器的响声！

几乎就在同时，她从床上一跃而起，顺手拿起床头柜上的手机便朝门口冲去，打开保险栓、扭开门锁、冲出走廊外，一气呵成，估计时间不足30秒。她虽然没有经历过什么灾场逃生，但长期以来的采访经历，已足以令她晓得，当灾难来临的时候，生命才是最重要的。

整座大楼的人都被惊动了，丁翘听到了楼下传来的喧闹声，周围的房间也相继有了响动，估计人们都被惊醒了，但没有一个人走出来。住在这层楼的，应该都是晚宴上的人，他们都是有脸面的人，也许正忙着换衣服或收拾细软，是不可能像她这样穿着睡衣光着脚板就冲出来的，可是跟生命相比，脸面与钱财又算得了什么？

是自己逃命要紧，还是拍门提醒他们迅速逃生？电光石火间，她的双腿本能地朝最近的房间走去——她还是不忍心独自走开。

就在这时候，那尖锐的铃声突然停止了，因为之前的声音太过刺耳，猛然一停，便顿觉清静无比，她呆了一下，险情解除了？

突听叮的一声，有人从电梯里走出来，正朝这边走过来。她松了一口气，电梯还能用，说明情况不至于太糟糕。她迎上去，是小郭。

“小郭，这是怎么回事？”

小郭脸色是平和的：“丁小姐，没事没事，误报了警钟。”

丁翘惊讶地："误报？"

小郭认真地说："是的，有同事在室内抽烟，因为冷没有开抽风机，触发了消防设置，就报警了。"

这时候旁边的房间相继有人打开门朝这边看来，小郭大声说："打扰各位了，不好意思，是误报，现在没事了，大家继续休息吧。实在不好意思啊！"

人们纷纷关上门，小郭掉过头来对丁翘说："丁小姐，你也回去休息吧。"

丁翘点点头："嗯。"走到门口，她回过头看着小郭，"江总呢，他也醒了吧？"

小郭顿了一下，过了片刻才说："是的，就是江总让我来跟你说一声，让你不必担心。"

丁翘点点头，回了房间。只是这样一闹，她便再也睡不着了，躺在床上，今晚，不，现在是次日凌晨了，应该说是昨天晚上发生的事情便像放电影一样在她的脑海中一一重现。

她参加了一个很隆重的饭局，连饭局上用的碗碟，都是凯伦家族的藏品，一套有360件，每次只能宴请36人；饭局上有名贵文物展出，她只记得有鸡缸杯和那个天蓝色的盆子，哦，不，江盛说那个叫汝窑葵花洗，后来还展出了什么，她全无印象了；参加饭局的人都非富则贵，大家对这些文物似乎都非常熟悉，也非常感兴趣……

能想起来的就是这些了，后来她喝了许多酒，在出丑之前回了房间，虽然那酒后劲大，但她吐过后又睡了一觉，精神倒也爽利。

突然，她心念一动：这个饭局这么高档且小众，为何远在美国的母亲会知道？她记得母亲跟她提过，说有可能会回来参加这次宴会，是谁邀请她的呢？

她看了一下时间，美国那边，约莫是母亲享用下午茶的时间，于是便拨通了她的电话。

很快，周颖芝便接了电话："宝贝！"

丁翘调皮地笑了："骗人，我才不是你的宝贝，老杜才是。"

显然，母女俩已经习惯了这样开玩笑，周颖芝笑了："怎么了，你吃老杜的醋了吗，宝贝？"

丁翘连忙说："没有没有，你让老杜放一万个心，我绝不会妒忌他。对了，老杜最近好吗？"

周颖芝说："他很好，你要跟他说话吗？"

丁翘连忙婉拒："不用了不用了，你代我向他问好就行了。"

周颖芝笑着用英语对身边的人说了一句什么，很快，丁翘便听到了老杜在旁边的笑声。

闲聊了几句，周颖芝说："国内现在天还没亮吧？怎么你这个时候打电话来，是不是发生了什么事？"

丁翘怕她担心，忙说："没有没有……妈，前几天你说要回来参加江氏的饭局，你是收到了他们的邀请了吗？"

周颖芝轻描淡写地说："有个朋友收到邀请函了，他说可以带我们去，我想着如果回国，也可以顺便去。你怎么问起这个了？"

丁翘惋惜地说："你们没回来就可惜了，你知道这个饭局有多夸张吗？"

周颖芝笑了："有多夸张，说说看？"

丁翘说："吃饭的碗碟都是从外国运回来的，说是那个什么凯伦家族的珍藏，听说饭局是定额36人的，多一个人、少一个人都不行，还有，饭局上展出的是价值上亿的文物，来的不是明星就是政要，别提多厉害了。"

周颖芝又笑了："听起来似乎挺厉害的。你参加了吗？"

丁翘答道："参加了啊，我觉得没什么意思。"

周颖芝说："一共才36个名额，你都能参加，说明你比老妈混得好啊。"

丁翘说："没有啊，朋友请我去的嘛，就是那个富二代江盛啊，我以前跟你说过的，他送了我一个手机，我让你买了一个包包回赠给他的……"

她心里突然一动，这么重要的饭局，名额也有限，说不定有多少人愿意豪掷巨资也要参加，江盛为什么把这么重要的名额给了她，难道只是为了让她见见世面？还有，参加饭局的都不是一般的人，可是他们心甘情愿地坐在那儿任由摆布，难道他们仅仅只是为了吃一顿饭，欣赏一下文物？

实在太令人费解了。

“阿翘？阿翘？”直到母亲在电话那边连续叫了几声，丁翘才回过神来：“嗯，我在。”

周颖芝关心地说：“你没什么事吧？”

丁翘忙说：“我没事。”

周颖芝说：“你的小男友还好吗？”

丁翘停了一下，不知道怎么回答。她跟卓智谈恋爱后，如实向母亲报告过，这一年多母亲没有回国，想不到还未见过真人，两人便分手了。

片刻，丁翘才说：“妈咪，我跟卓智分手了。”

“为什么？”周颖芝问，“是因为江盛吗？”

丁翘呆了一下才说：“妈咪你怎么这么想？我跟卓智分手，怎么可能跟江盛有关？是我和卓智之间出现了问题。”

周颖芝说：“既然跟卓智分手了，你是不是可以考虑一下江盛？我觉得他比卓智更适合你呢！”

丁翘哭笑不得：“妈咪你说什么呢，你认识江盛吗？就这么急着把他塞给我。”

周颖芝笑着说：“我是没有见过他，但也听你提起过几次啊，他救过你，为人慷慨，对你也好。”她加重了语气，“关键是，他们家跟我们家更匹配。”

丁翘不耐烦地说：“妈咪你越说越俗气了，我只把江盛当好朋友，我跟他是不可能的。”

周颖芝顿了一下，体贴地说：“那……你现在还好吗？要不，请假出来散散心，顺便陪陪妈咪？”

丁翘忙说：“不用了，妈咪，我没事，放心好啦……”

外面突然响起了敲门声，丁翘起床走向门口，从猫眼往外看，站在门外的是小郭。

丁翘忙说："妈咪，我先不跟你说了，有点事。"

她打开门，小郭正焦急地在门口踱步，一见她便面露喜色："丁小姐，江总让你去一趟。"

丁翘像是预感到什么，淡定地说："好，你等一会儿，我换件衣服就跟你走。"

丁翘走进江盛的办公室的时候，他正在抽烟，她微微一愣，有什么事能让一向不抽烟的江盛突然抽烟，还三更半夜向她求助？

见她进来，江盛马上掐灭了烟头，指指沙发："坐吧。"

丁翘坐下来，问："发生什么事了？"

江盛苦笑："总之不是什么好事……本来也不应该打搅你的，但现在我实在是没有办法了，想听听你的意见。"

丁翘更加好奇了，经历过昨晚的饭局，她觉得江家已经算是可以呼风唤雨的厉害角色了，这世界上还有江盛摆不平的事？如果连他都没有办法，自己又能有什么办法？

接下来，江盛说的一句话令她吓了一跳："那个宋朝的汝窑葵花洗，不见了。"

汝窑葵花洗？那个价值超过两个亿的蓝色小盆子，竟然不见了？

丁翘连忙问："报警了没有？这么贵重的东西，应该买了保险吧？"

江盛苦笑着摇头："不能报警，也没法子买保险。"

丁翘更加诧异了："为什么？"

江盛说："这批名贵文物，是以工艺品的名义申报进来的。"

丁翘明白了，如果以古文物的名义申报，可能程序上会复杂许多，而且也会引起各方的关注。于是她问："其他的文物都没事？就单单丢了那个汝窑葵花洗？"

江盛说："是。"他打开桌上的电脑，"你看看这个。"

画面显示的是一个密室，里面的玻璃柜上，放置着的正是昨晚展出的文物，那件汝窑葵花洗亦在其中。

丁翘盯着画面看了好一会儿，画面一直没有变化，只是屏幕上方的时间一直在飞快地变换着秒数，突然眼睛一花，画面上的汝窑葵花洗竟然不见了！

丁翘惊讶地指着屏幕："为什么会这样？"

江盛苦笑："我们的监控，被人做了手脚，包括外面走廊的监控。"

丁翘大吃一惊："竟然有人这么厉害？"

江盛说："对方应该是在消防警报响起来的时候，趁众人忙乱之际，把东西带出去藏起来了。"

丁翘说："消防警报为什么突然会响？"

江盛说："因为有人故意在楼下一个房间点燃了旧报纸，浓烟触发了消防警报，而且对方故意把房间的门锁弄坏，以致短时间内解除不了警报。"

丁翘问道："有怀疑的对象吗？"

江盛说："有。"

丁翘心里涌起不好的预感："是谁？"

江盛看了她一眼，缓缓地说："卓智。"

丁翘一时说不出话来，江盛说："以前感觉他是一个特别靠谱的人，所以当他来应聘保安经理的时候，我心里还特别高兴，这段时间他的表现也可以，可没想到现在会这样。"

丁翘问："你怀疑他，有证据吗？"

江盛摇头："那倒没有，所有的监控视频，都被做过手脚了，估计是有人在远程控制我们的电脑。"

丁翘大吃一惊："你认为……他有帮手？"

江盛说："也不一定，也许他在我们的电脑中植入了某种软件，但是以我们目前的技术，找不到任何证据。"

丁翘叹了一口气，她了解卓智，如果他想干成一件事，一定会竭尽全力地去做。

江盛又说："请你来，是希望你能劝劝他。"

丁翘不甘心地问："为什么你会怀疑他？"

江盛说："警报解除后，他是最后到岗的，而且，作为保安经理，他今晚与文物的接触最多。"

丁翘缓缓地说："如果他不承认呢？"

江盛苦笑："那就只能报警了，但是，我不希望走到那一步。这是江氏首次与凯伦家族合作，我们主动拒绝了对方提供的商业保镖，文物改由我们保管，如果以这种方式收场，除了面临巨额的赔偿之外，弄不好还会有监守自盗的嫌疑，在欧洲奢侈品行业，我们恐怕也会声名狼藉，没有人会再信赖我们。"

果然，不等江盛说完，卓智便略带气愤地提高声调："我没有做！不是我！"

按江盛的意思，本来是让丁翘私下里找卓智聊的，但是丁翘不愿意再跟卓智私下接触，干脆让江盛直接把卓智叫来问。

丁翘默默地看着卓智，认识这么久以来，她第一次觉得，他的表情有点夸张，甚至有点虚张声势的味道，难道，真是他做的？他为什么要这样做？

丁翘说："消防警报响的时候，你在哪里？"

卓智看了丁翘一眼，闷闷地说："在外面抽烟。"

丁翘与江盛对视了一眼。丁翘淡淡地说："三更半夜跑到外面抽烟？据我所知，你以前并不抽烟，不至于突然变得烟瘾这么大吧？"

卓智的脸上浮起玩世不恭的笑："你这是什么意思？因为我跟你分手，所以针对我？"

丁翘惊讶地看着卓智，不敢相信这句话会从他嘴里说出来，他知道他在说什么吗？

丁翘深深地吸了一口气，才缓缓地说："我没有针对你，只是出于一个老朋友的关心，我希望你说实话，这样对大家都比较好。"

卓智镇定地说："我说的就是实话，信不信由你们。"

丁翘说："好啊，江盛，那就报警好了。"

江盛一直没有说话，这时候才点点头："好吧，那就报警吧。"

丁翘看了卓智一眼，叹了一口气，说："阿智，如果真是你做的，我还是希望你尽快把东西拿出来，因为这事关国际文化交流，撇开它的价值不说，单是破坏中外文化交流的罪名，就非同小可。"

卓智似乎被唬住了，一动也不动地站在那里。

江盛见状马上说："如果你现在拿出来，我可以什么事都不追究。"

卓智没有说话，过了好一会儿，才眼神游移地说："你说话算数？"

丁翘心里说不出地难受，她爱过的人，竟然是这样的一个人？她不相信，也不愿意相信。

江盛说："当然，我承诺过的事，必定会做到。"

卓智想了一下，说："我带你们去找。"

数分钟后，卓智带着江盛和丁翘穿过大堂，从角落的垃圾桶里拿出一个黑色的塑料袋，塑料袋被打上结，从轮廓可以看出里面装着东西。

丁翘哭笑不得，直到这一刻，她都不愿意相信卓智是这样的人。

江盛激动地抢过卓智手中的黑塑料袋，打开，惊叫："怎么会这样？"

塑料袋里面，那个价值连城的宋朝汝窑葵花洗，已被摔成大小不等的十多块！

卓智嗫嚅着："对不起，我不是故意的，我听说那个葵花洗特别贵，就想悄悄拿出来看一眼，没想到不小心，摔在地上，破了。"

江盛什么也没说，把手中装着碎瓷的黑塑料袋一扔，揪着卓智胸前的衣服劈头盖脸地打起来。

丁翘忙把两人分开，她觉得这一切就像一个笑话，她想不明白卓智为什么会犯这么低级的错误，恍惚中又觉得他犯这样的错误也不奇怪，在拍卖会上，他不是也试过直接冲上去把人家的碗抢在手里看吗？

只是那时候有她陪他，一个人的胡作非为，因为有了另一个人的陪伴，看上去没那么傻而已。归根到底，也还是傻的。

想起他现在闯下的弥天大祸，她有说不出的难过。这种难过，比他向她提出分手更让她感到伤心和绝望。他的未来，恐怕都要为此事陪葬了。想到这里，她忍不住流泪了。

江盛已失去了平日的温和和谦卑，对丁翘说：“你别拦着我，让我揍死他！我今天非把他揍死不可！”

丁翘紧紧地拦着江盛，她边流泪边对着江盛大声说：“求你别打了，你现在打死他也没用，报警吧，你想让他坐牢就让他坐牢。”

卓智默默地看着丁翘流泪的脸，突然说：“别哭了，我愿意赔。”

江盛气炸了：“赔，你拿什么赔？”

卓智说：“我家有一个一模一样的葵花洗。”

第二十章
当年的秘密

四周瞬间静了下来，江盛和丁翘怔怔地看着卓智。

卓智又说："真的，不骗你们，我家有一个一模一样的。"

那神情，倒不像是开玩笑，丁翘却怀疑他是为了暂时脱身而撒了谎，她现在已经不知道该不该相信他了，这一天一夜的经历，令她完全刷新了对他的评价。

江盛估计也是跟她一样的想法，怒视着卓智："不可能！你家怎么可能有一个一模一样的葵花洗？"

卓智竟然笑了，慢腾腾地说："我拿出来，你就相信了。"

江盛马上指着他："那你拿出来，现在就去，我跟你去！"

丁翘对卓智说："阿智，如果你家里真有，就快拿出来，现在可不是开玩笑的时候。"

卓智笑了一下："好啊，但是在我把葵花洗拿出来之前，你要让我见一个人。"

丁翘和江盛几乎是异口同声地问："谁？"

卓智一字一顿地说："江浩天。"

江盛感觉自己被耍了，恼火地盯着卓智："你在开玩笑是不是？我爸第一次把这么重要的事情交给我办，葵花洗在我手上丢了，我到现在都不敢跟他说这件事，你竟然让他来？"

卓智走到一边的沙发上坐下，慢吞吞地说："反正江浩天不来，我不会把葵花洗交出来。"

江盛按捺住怒火："你叫他来干什么？"

卓智说："有些事，我必须当面问他。"

江盛说："问我就行，我知道的都告诉你。"

卓智强硬地说："有些事情，你不会知道，恐怕他连全世界都瞒住了！"

丁翘心里一跳，她想起了卓杰与江浩天的合照，当时她和陈俊峰都怀疑卓杰的死与江浩天有关，难道卓智知道了内情？难道……他就是因为这个才性情大变，乃至跟自己分手？

中午的时候，江浩天终于赶到了浪琴湾。他拿起一块破碎的瓷片，认真地检视着。丁翘看着有点不忍心，价值连城的宋朝汝窑葵花洗，现在成了碎片一堆。

江盛叹气："爸，别看了，都已经摔成这样了。"

江浩天并不像江盛那样气急败坏，依然保持着平日的儒雅与平和，连丁翘都不得不在心里暗赞，姜还是老的辣。

他拍拍卓智的肩膀，在他的身边坐下来，说："听说你有事情想问我，只要我知道的，我都可以告诉你。"

卓智静默了片刻，说："我要你说出当年的秘密。"

卓智此话一出，丁翘的心便跳了一下，来了，卓智果然知道当年的一些事，否则他不会这样问。她看向江浩天，江浩天依然表情平静，沉稳地看着卓智微笑，反倒是江盛，沉不住气地说："当年的什么秘密？"

江浩天温和地看着卓智："我不明白你在说什么，你说的秘密是指……"

卓智冷声说："我爸是怎么死的？"

江盛吃惊地看着卓智："你爸怎么死的，怎么问我爸，爸……"

江浩天朝江盛摆摆手，和颜悦色地对卓智说："阿智，你是不是听了什么谣言，对我有什么误解？"

卓智说："我希望你说出真相。"

江浩天不急不缓地说："真的要说吗？如果，真相并不像你想象的那样……"

卓智大声说："你必须说！"

丁翘和江盛均诧异地看着江浩天和卓智，从他们的对话来看，卓智父亲的死，似乎真与江浩天有关，最起码，他是知情人。

江浩天看着卓智，眼神是平和的，也是真诚的："阿智，你这又是何必呢？有些事情，不知道比知道更好。"

卓智讥讽地笑了，说："如果你不说出真相，我就不会把我家的葵花洗拿出来赔给你们。"

江浩天思索了一下，说："如果我们报警呢？"

卓智说："不错，你们可以报警，但是，你报警就得不到葵花洗，我宁愿坐牢也不会拿出来，你们弄丢了凯伦家族的展品，赔再多的钱，也无法挽回你们江氏的声誉。"

江浩天审视着卓智的脸，像是在考虑他的话，"你家，真有一模一样的葵花洗？"

卓智说："我骗你做什么？"

江盛突然插嘴说："爸，你不要上当，他现在满嘴胡话……"

江浩天朝江盛摆了摆手，温和地对卓智说："既然你怀疑我，我可以把当年的事告诉你。另外，如果你家里真有葵花洗，我希望你现在就拿出来，当着丁记者的面，我可以发誓，我不会食言，一定会把真相告诉你。"

卓智看了丁翘一眼，说："既然你能在阿翘面前这样说，那么我相信你。"

到了这个时候，丁翘只能顺水推舟地表示："我愿意做个见证。"

于是一行人朝卓智家走去。卓智与江浩天走在前面，江盛走在中间，丁翘慢吞吞地走在后面，有那么一瞬间，她看着卓智的背影，只觉得像做了一场梦，而且是一个极度荒诞的梦，怎么会这样？卓智为何这样做，他到底想做什么？难道，仅仅只是为了弄清他父亲的死因？

总算到了卓智家。当着大家的面，卓智爬上神台，从敬神的香碗下，拿出一个小盆子，递给江浩天："就是这个！"

丁翘依稀记得那个葵花洗是淡青色的，边沿上有几个类似花瓣的弧度，卓智家的这个，看上去竟然是一样的！

难道卓智家里真有一个产自宋朝的葵花洗？怎么没听他说过？

江浩天拿着那个葵花洗看了一会儿，脸色依然是温和的，看不出高兴或不高兴，江盛忍不住问他："爸，这个是真的吗？"

江浩天把葵花洗递给江盛："你瞧瞧。"

江盛接过来认真地看了好一会儿才狐疑地说："难道是假的？"

江浩天笑了："是真的。"

丁翘闻言松了一口气，卓智像是早就知道这个结果一样，不慌不忙地说："这个小盆子，一直就放在我家的神台上，如果不是那晚看到展出的葵花洗，我也不知道它竟然是古董。"

江浩天点点头："你知道这个葵花洗是哪里来的吗？"

卓智摇摇头，说："不知道，反正我小时候就见过我妈经常拿下来洗，逢初一十五的时候就在神台上敬茶，可能是以前留下的吧。"

江浩天："这么说来，这个葵花洗是你祖先留下来的了。你也知道，这个葵花洗价值连城，你现在把它给了我们，舍得吗？"

卓智冷漠地说："我摔了你们的葵花洗，赔给你就是。"他顿了一下，"但是，你对我爸做过什么事，今天必须说清楚。"他抬起头看着丁翘，"阿翘在这里，我也不怕你使什么诡计，以我对阿翘的了解，她也不会替你隐瞒，除非，你把我俩都杀了。"

江浩天不怒反笑："年轻人啊，想多了。"他在屋里的椅子上坐下来，拍了拍身边的椅子，示意卓智，"来，你也坐，聊聊吧。"

卓智也不多话，立即就在江浩天身边坐下了。江盛与丁翘也相继在旁边坐了下来。

江浩天说："说说吧，你是怎么知道我跟你爸是认识的？"

丁翘侧耳倾听着，她对这个也非常好奇。

卓智抬起头，看了丁翘一眼，说："其实，如果不是阿翘带派出所的人来，我也不会怀疑你，那天，他们提到我爸的BB机。"

江浩天诧异地："BB机？"

卓智说："不错，我在家里衣柜的抽屉里，找到了我爸的BB机。当年我还小，隐约记得我爸遇难后，我妈在孤岛上找到了我爸的衣服和BB机。BB机这些年一直放在家里的抽屉里，保管得还算好。我换了新的电池上去，发现BB机还能显示，有个手机号码经常传呼我爸。那时候能用手机的人并不多，我托人查了，发现机主是你。"

丁翘记得，当时她和陈俊峰等人来找卓智的时候，卓智一口拒绝，说家里没留下卓杰的东西了，原来他早就打算自己查。为什么他不愿意求助于警方？真奇怪。

江浩天依然是平和的表情："不错，有一段时间，我跟你爸的来往是比较多。"

江盛惊讶地说："爸，你真认识他爸啊？"

江浩天没有回答江盛的话，看着卓智说："这件事，我本来没打算说出来的，但是，如果我今天不说，你会一直误会下去。"

卓智淡淡地说："你说吧，我听着。"

丁翘不由自主地坐直了身子，她也很好奇，当年究竟发生了什么事。

江浩天缓缓地说："其实，我第一次见你，就知道你是卓杰的儿子了，因为你们父子俩长得特别像，当时我主动邀请你进江氏帮忙，也是因为跟你爸的这段缘分。"他苦笑，"不过你当时拒绝了。"

卓智冷漠地说："谢谢，但我不需要同情。说吧，当年你跟我爸是怎样认识的？"

江浩天叹了一口气："我跟你爸认识，是因为我年轻的时候很喜欢海钓。"

丁翘心里想，这个倒是真的，他没说谎。

“有一次我来浪琴湾钓鱼，当时我刚创业不久，想着能省钱就省一点，大多数时候是蹲在海边的石头上钓鱼。有一天，我在钓鱼的时候，一个渔民走过来跟我说，要去海里钓鱼收获才多，而且品种也更丰富。”江浩天笑了一下，“这个渔民，就是你爸，卓杰。我说不用了，我就在海边玩玩就行。但是卓杰说，他知道有个孤岛，岛周围的水特别深，鱼也特别多，他可以带我去那里，然后他干他的活，我钓我的鱼，他只收一点汽油费就行了。”

三个年轻人都没有说话，静静地听着江浩天说下去。

江浩天接着说：“我觉得这样挺划算的，就答应了，于是，卓杰就用小船载着我去了一个孤岛。卓杰的水性特别好，我在海边钓鱼的时候，他就潜入海底摸海胆。大半天下来，我们的渔获都不少。”

丁翘想起来，卓智也跟她说过，他还小的时候，他们一家人也经常到孤岛上去，父亲潜进海中摸海胆，母亲上山摘桃薇花。江浩天说的情况，基本上与卓智的记忆是吻合的。

卓智的表情，已经变得舒缓了许多，也许，他也想起了小时候一家三口的美好时光。

江浩天说：“那时候我的工作挺忙的，但我总会想方设法抽时间过来海钓，算起来，一个月来三四次吧，我跟卓杰也越来越熟悉。熟悉了之后，我才知道，卓杰的家境并不好，他的妻子有严重的心脏病，需要天天吃药。因为同情他，我有时候在给汽油费的时候故意多给一点钱，卓杰推辞一下，也就收下了。渐渐地，我们都把对方当成了朋友。”

“后来我特别忙，好长一段时间都没有来浪琴湾。有一天，卓杰突然打电话给我，说他的妻子病发，急需动手术，问我能不能借点钱给他。”江浩天缓缓地说，“当时我刚创业，能周转的钱不多，但还是答应了借钱给他。他的妻子在市区的中心医院动手术，我带了5万元过去给他，他当时感动得流泪了。”

江浩天看着卓智，说：“后来你妈的手术成功，很快就可以出院回家了。我还是跟过去一样，每隔一两个星期就到浪琴湾钓一次鱼，依然像过去一样，每次给汽油费的时候，都会多给一些。你爸那个时候对我应该是非常感激的，我还记得有次你爸跟一个记者说起这件事，记者想采访我，我拒绝了。”

丁翘心里一动，问道：“那个记者，是卓……卓叔叔请来的吗？”

江浩天说：“不是，其实那记者是我的朋友介绍来的，本来是来采访海钓的，是卓杰主动跟记者说，想让记者把这件事报道出去，他当时估计是想以这样的方式报答我，但是我不愿意。后来，记者给我们拍照的时候，我还刻意回避了镜头，就是担心记者会报道这事。”

他的话，与丁翘了解到的情况不谋而合，丁翘不由得问道：“那你是出于什么原因不愿意报道这事？”

江浩天顿了一下，说：“我借钱给卓杰，只是出于对朋友的关心，而且，这笔钱也不是白给他的，将来他是要还的……不过他怎么想的我不知道，如果不是后来发生了一件不愉快的事……”

他这话一说，卓智、丁翘和江盛不由得都坐直了身子，几乎是不约而同地问：“发生了什么事？”

江浩天叹了一口气：“距离借钱的事大概过了大半年吧，我只记得是1996年的事了，那天我正要出发去海钓，恰好生意上的合作伙伴送了10万元的货款来，我收了货款顺手往挎包里一塞，便出发了。

“到了浪琴湾，还是像过去一样，卓杰把我带到岛上，他潜进海中摸海胆，我在岩石上钓鱼，因为想着没人来，我的挎包就随意地放在船上。傍晚的时候，卓杰招呼我起航回去。深夜我回到家清点货款的时候，发现挎包里仅有5万，还有5万不翼而飞。”

屋里静悄悄的，三个年轻人都没有作声，很显然，卓杰嫌疑最大。

江浩天又说：“在20多年前，5万元已经算是巨款了，我仔细回忆了一下，除了在浪琴湾钓鱼时，我的挎包从未离开过我的视线……”

卓智盯着江浩天：“所以你怀疑是我爸爸偷了你的钱？”

江浩天眼眸低垂，语气低沉：“是，我第一时间寻呼卓杰，问他有没有动过我的挎包，因为他从海里上来时，曾经在船上独处，但是他很肯定地告诉我，没有。我把丢了5万元的事告诉他，他很敏感，说我在怀疑他。”

大家都没有说话，卓智死死地盯着江浩天，似乎要从他的表情中看出真伪来。江浩天说：“因为卓杰始终不承认拿了我的钱，我想过报警，不过考虑到现场早已破坏，而且挎包放在船上的时候我们两个人都碰过，就算在挎包上找到卓杰的指纹，也说明不了什么，思来想去，我只好息事宁人，当是吃了个哑巴亏。但我没想到的是，因为这事，卓杰对我产生了很大的意见，他很生气地跟我说，他会尽快把我借给他们看病的钱还给我。”

丁翘心里想，如果卓杰没有拿那笔钱，平白无故地被人怀疑，心里当然是愤懑的，尤其是他之前还欠了江浩天的钱，偷恩人的钱，这对一个老实憨厚的渔民来说，是很严重的指控了。

江浩天一直低垂着头，似乎那是一段令他不愿意面对的记忆，待他抬起头时，眼圈已微红，他说：“不知道是不是我的怀疑，把卓杰逼上了绝路，从那以后，他更是拼了命地出海捕捞，连狂风暴雨的天气都不愿意在家休息。我知道他的情况后，打过电话给他，向他道歉，叫他不必着急还款，但是他对我只是表面客套，语气很冷淡。后来的事你们也知道了，有一天，雷暴天气，他潜进深海摸海胆，再也没能上来。”

江盛说：“那笔钱，后来找到了吗？”

江浩天摇头：“没有。”他转向卓智，“你爸爸去世后，你妈妈找过我，说卓杰去世了，欠我的钱她会想办法慢慢还。我当时非常内疚，再加上生意也越来越好，就骗你妈妈说，其实看病的钱，你爸早就还给我了。”

丁翘心想，这么说来，江浩天对卓家可称得上问心无愧了。

卓智声调低沉地说：“你说的事，我小时候从未听我妈说过，但是我相信，你那笔钱，绝对不会是我爸拿的。我爸去世后，我家可以说没有隔夜粮，我们一家过得极其艰苦。”

江浩天叹了一口气：“这个我知道，我后来也想，一定是我误会卓杰了，那笔钱，也有可能是我在坐客车回市区的时候，被人偷走了。也正因为这样，我没向你们孤儿寡母追讨你爸之前借的钱。”

卓智眼帘低垂，像是在思考着什么，过了一会儿，他抬起头来，看着江浩天说：“我怎么知道你说的是真是假？”

江浩天停了一下，从包里拿出一张纸，那张纸折叠在一起，能看出来已经有些年月了，边沿微微发黄。

卓智接过那张纸，慢慢地打开，竟然是一张空白的病历纸，病历纸背后，是手写的借条，注明是借款看病，下面的借款人写着卓杰，时间是1995年12月1日。

卓杰默默地看着那张借条，久久不语。也许是这张借条，令他对父母当年遭遇的困境感同身受，他的眼睛，渐渐地红了。

江浩天缓缓地说：“如果你不相信，你可以请人鉴定一下，这是你父亲的笔迹。”

“不用了，我相信。”卓智说，“家里还保留着我爸婚前写给我妈的信，我认得他的字。”

江浩天微微点头，他的表情依然是亲切的，笑容也是宽容的，虽然已年过五旬，但他自有一种儒雅的风度，以及不慌不忙的稳重。丁翘默默地想，平时跟江盛相处，已觉得他体贴细致得令人如沐春风，但跟江浩天一比，他便显得稚嫩了些。

丁翘对江浩天的敬重，便又增加了一分。

江盛困惑地问：“爸，既然卓家藏有这么贵重的葵花洗，为什么卓叔叔当年不把它变卖了，好歹能渡过难关呀。”

江浩天若有所思：“这个我也不知道，就算是10多年前，把这个葵花洗拿到黑市上变卖，也是价值连城的。”

卓智叹了一口气，许是心里有愧，他现在对江家父子客气多了，说：“我想，是因为我爸根本不知道这个葵花洗的价值。我记得小时候，村里的人常在荒岛上捡些残破的瓶瓶罐罐回来喂鸡或种花，我怀疑这个葵花洗就是这样被拾回来的。”

江浩天微笑着说：“如果真是这样，那荒岛可称得上是金山银山了。”

江盛的眼里闪着光：“现在荒岛上还能找到陶瓷吗？”他迫切地四

处张望，“那样的古瓷，你家还有吗？”

江浩天绽开一丝笑意：“江盛，人家卓智是开玩笑呢，你倒当真了。”

“不，我不是开玩笑的。”卓智认真地说，“我记得小时候家里是有不少类似的盘子，我在家里的阁楼上还见过几个，不过后来不知道怎的就没见过了，也有可能是我妈用来喂鸡或者喂狗了。”

江浩天饶有兴趣地听着，面带微笑，依然是不慌不忙的样子，只把一旁的丁翘听得心潮翻滚，如果卓智所说的是真的，那他家也不是一般人家了，毕竟能用古瓷给鸡狗喂食的人家不多，但是这些，怎么以前没听他提过？

她隐隐觉得哪里不妥，但又不知道问题出在哪里。

她怔怔地看着卓智，只觉得这一刻的他，跟以前的他不像是同一个人。这一切，是从什么时候开始的？是从三婆死亡后，还是他沉迷于玩电脑游戏时？虽然他说过，两人分手是因为她跟江盛私下里约会，但她知道，绝对不是，那只是一个拙劣的借口。

在他身上到底发生了什么事，令他突然发生这么大的变化？

丁翘原本想着，离开浪琴湾后，便彻底放下关于这边的人和事，彻底放弃这段不再值得留恋的感情，可是独处的时候，她的脑海却如一团乱麻般，剪不断，理还乱。

她曾问他：“你相信爱情吗？”

他说：“我不相信。”

他又说：“我不相信爱情，可是我相信你。”

他还说：“阿翘，我发誓，有生以来，从此以后，我只对你这样说。”

他对她曾经那样好，那样真，那样纯，怎么可能是假的？

那个在漆黑的夜里，捧着桃薇花朝她走来的男人，那个为了帮她寻找手机冒着危险逐浪而去的男人，那个看着她，眼睛就会发光的男人，怎么可能是假的？

她想不明白。

还有，他摔破了从美国远道而来的宋朝汝窑葵花洗，而他家里恰好有一个一模一样的葵花洗，怎么可能这么凑巧？

她曾经怀疑这不过是卓智设的一个局，他从家里神台上找出来的那个葵花洗，或许根本就是美国运过来的那个，而摔破的那个，是假货。但是，他为什么要这样做？

其实，不仅她这样怀疑，江家父子也这样怀疑。两天后，江盛告诉她，那些摔破的碎片，经过鉴定后，已证实确实是宋瓷，虽然已无法修复回原状，但那是确确实实的古瓷片。

她原以为，以卓智的性格，发生这样的事后他不会继续留在江氏工作，又或许，江家父子也不愿意让卓智继续留下来，但是江盛说，卓智没有辞职，他居然留下来了，若无其事。

他之前口口声声胁迫江浩天说出真相，似乎怀疑其父的死与江浩天有关，但江浩天一说出当年的事，他便不再追究，似乎深信不疑，这不像是卓智的性格。

这一件件事，就像一个个谜团，紧紧地把丁翘缠绕住，让她喘不过气来。她很想问问卓智，这到底是怎么回事，但她知道，卓智不会告诉她的，如果他愿意说，早就说了。

思考再三，她还是决定把这些事情都告诉陈俊峰，尽管她答应过江氏父子，关于葵花洗的事不向外界透露，但陈俊峰怎能算外人呢？现在，陈俊峰是她最信任的人了。

这天下班后，她约了陈俊峰一起吃饭。

趁着菜还没上，丁翘把这两天的事细细说了一次，陈俊峰默默地听她说完，眉头便皱起来了。

丁翘不由得问道：“怎么了？陈队，你想到了什么？”

陈俊峰沉吟了一下，说：“这批展出的古瓷，打着文化交流的幌子，以工艺品的名义进来，这也符合常情，蹊跷的是，他们召集了这么多社会名流参加，背后的原因是什么？”

丁翘解释说：“这应该算是一种时尚的社交吧？凯伦家族在美国是

名门望族，而且又深受时尚界推崇，如果能参与以该家族的名义组织的宴会，想必也是可以闲谈的资本。”

陈俊峰摇头：“不，不可能这么简单。就算凯伦家族在时尚界享有盛名，但在内地，能组织名利圈中的数十人参加这样的聚会却秘而不宣，就连组织者江氏集团，也没有公布与此有关的任何新闻，你不觉得很奇怪？”

丁翘心里一动，是啊，江氏最近只发过深海珍珠基地落成的新闻，但对那晚所谓的文化交流只字未提，而且那晚的客人和排场，以及那种安静的氛围，现在想起来都有点古怪。

“不过……”丁翘沉吟着说，“如果当中真有什么蹊跷，江盛为什么会把我请去？他完全没有必要让我知道这些事情啊。”

陈俊峰：“嗯，这也是我想不透的地方。还有，卓智费尽九牛二虎之力偷看美国运回来的葵花洗，竟然不小心打碎了，然后爽快地把家里的葵花洗拿出来赔偿，让人不得不起疑心。”

丁翘困惑地说：“那他这样做的目的是什么？”

陈俊峰静了一下，缓缓地说：“也许，他想让江氏父子知道，他家里还有类似的古瓷。”

丁翘大吃一惊：“他家里不可能还有古瓷了吧？就算有，他为什么要让江氏父子知道？”

丁翘跟卓智的关系，陈俊峰是知道的，后来跟卓智分手，丁翘刚才也简单地说了。

陈俊峰笑了：“你这个前男友，不简单。”

丁翘怔怔地看了陈俊峰好一会儿，半晌才说：“你的意思是说，他故意误导江氏父子？那他到底想干什么？”

陈俊峰说：“他这样做，自然是有他的道理，但可以确定的是，他不想让你知道，不想让你参与这件事。”

丁翘不由得心悦诚服地点头：“嗯。”

陈俊峰又说：“卓智仍然留在江氏，而江氏父子也毫无芥蒂地接纳他，并不是说他们相互更加认可了对方，或许，这只是他们互相牵制的一种手段。”

丁翘眼前一亮：“对对，越是猜忌对方，越是要在一起，只有这样，才能知道对方更多的秘密。”

陈俊峰：“没错！他们应该都在怀疑对方，也知道对方正在怀疑自己，但又不知道对方的虚实，所以他们会继续纠缠下去，而卓智打碎那个葵花洗，极有可能是他主动出击的第一步。”

丁翘困惑地说：“就算卓智要设置陷阱，也没必要打碎一个宋朝的葵花洗吧，而且宋瓷汝窑的葵花洗价值连城。”

陈俊峰笑了：“不要被表面的现象迷住了，也许事情并不像呈现出来的这样，你现在看到的所谓事实，不过是卓智或江氏父子想让你知道的事实而已，它不一定就是客观事实。”

丁翘点点头：“嗯。那接下来怎么办？”

陈俊峰说：“从现在掌握的情况来看，卓智是主动出击的，他必定是心中有了主张，因此可能很快会有进一步的行动，但他的目标是什么，我们却不知道。”

丁翘思索了一会儿，说：“好，那我去找他，只要接近他，自然知道他要干什么。”

陈俊峰说：“但按你所说，卓智半年前突然向你提出分手，显然是不想让你参与这件事，这件事极有可能会很危险，你再找他，他同样有可能会拒绝你。”

丁翘微怔，她想起了那天在浪琴湾，卓智突然从背后把她拖到楼梯口，那么用力，那么不顾一切，她甚至可以听到他微微的气息，嗅到他衣服上的香茅草味。

他冷冷地说：“你来这里做什么？”

他又说：“我说过，叫你不要跟江盛在一起。”

“我恳请你，不要跟江盛在一起。”

“他配不上你。”

最后，他叹气说：“别这样，阿翘。”

他主动提出分手，介意她跟江盛在一起，她原以为他只是吃醋，现在看来并不是，他说，别这样，阿翘。

他有迫不得已的苦衷，一定是这样！

一丝笑意在丁翘的嘴角绽开，她对陈俊峰说："我不怕被拒绝，我去。"

陈俊峰点点头，表示可以。

丁翘又说："不过，我和卓智大半年没来往了，我得想个不让人生疑的理由。"她眼珠子一转，"有了！让文物部门去浪琴湾考察！孤岛上有个叫花碗坪的地方，有许多碎瓷，卓智以前也在那里捡过碎瓷修补破碗，我早就想让专家鉴别那些碎瓷是什么年代的了。"

陈俊峰颔首点头："这个主意不错，就这么办！"

果然如丁翘所料，当她把花碗坪的事跟市博物馆的姚馆长一说，姚馆长马上表示，她会亲自带人赴浪琴湾调查考察。

丁翘把这个选题向报社领导做了汇报，报社领导很是重视，让丁翘全力跟进。如果考古人员能证实花碗坪上的碎瓷来自遥远的古代，那么这将是一个非常重大的新闻，势必在全国引起轰动。

得到领导的支持，丁翘更加有信心了，此次进入浪琴湾，可说是公私兼顾，一举两得。

在出发之前的一天，丁翘跟村主任打了招呼，村主任很热情，马上表示考古人员进入浪琴湾后，村里会安排船只把人送到花碗坪，还会负责他们的吃喝住宿问题。

"如果能证实花碗坪的碎瓷都是古董，那咱们浪琴湾可就太厉害了！"村主任在电话中兴奋地说，他是一个传统的渔民，世代住在渔村，热爱渔村，以渔村为荣。

为免无事生非，丁翘再三叮嘱村主任："这事千万不要传开去，如果村民知道花碗坪的瓷片有可能是古董，说不定会哄抢，影响考古工作。"

"放心好啦。"村主任在电话里信誓旦旦地表态，"不相关的人，我是不会随便说的，我识分寸的。"

结果，丁翘很快便体会到了村主任的“分寸”是多么没分寸。到了下午，江盛的电话便来了：“阿翘，听说你准备带人来考察花碗坪？”

丁翘哭笑不得，这个村主任，传话倒是挺快，不过她也没想瞒着江盛，反而隐隐有种想法，这事迟早是要让江盛和卓智知道的，于是说：“是啊，明天就出发了。”

电话那边的江盛没有说话，过了一会儿，才说：“这个活动能取消吗？”他像是在斟酌着言辞，“如果可以，我们愿意补偿些版面费。”

他的意思很明显了，就是说愿意花钱也不希望丁翘带人进来做这个新闻。丁翘心里微微一怔，自从相识以来，他在她面前一直表现得很阳光，也很正派，为何为了阻止她做新闻，竟然这样做?

“为什么？”

“因为，我们在浪琴湾开发海藻养殖和深海珍珠养殖，一旦浪琴湾有古瓷的说法传开去，我担心外面会有更多的人涌进浪琴湾，给我们海产养殖带来隐患。”

这样说倒是无可厚非，丁翘也能理解，于是她解释说：“江盛你放心好了，这次进来考古的是博物馆的姚馆长，她非常有经验，这次只带了一个助手进去考察，不会动用任何大型挖掘器材，对环境的影响为零。而且，在确切的结论出来之前，我们也不会向外公布。将来如果能证实花碗坪上的瓷片确实是古董，博物馆也会采取保护措施，所以，对你们不会有任何影响。”

江盛苦笑：“你不知道，现在整个浪琴湾都在传说，花碗坪的瓷片是宝贝，几乎整个渔村的人都涌去寻宝了，我们养殖场的人，下午几乎都请假了。”

丁翘瞠目结舌，这个村主任啊，传播能力太强了。

江盛又说：“听说还有的渔民已经打电话通知外面的亲戚进来寻宝了，大家都在说要趁博物馆来之前把宝贝找出来，我真担心进来的人越来越多。”

丁翘忙说：“放心好了，我会想办法制止这种行为的。”

丁翘的办法，就是向陈俊峰求助。陈俊峰一听，马上爽快地表示，他会通知下面的派出所，迅速派人员前往花碗坪保护好现场。

没多久，陈俊峰便来电反馈，已劝退了寻宝的村民，场面也得到了有效的控制，而且，已经告诫乡民，不得擅自登岛采集瓷片。

丁翘终于放下心来了，马上打电话把情况告诉了江盛，江盛“哦”了一声，说了一声谢谢就没有再说什么了，但是丁翘从他的语气中听出，他对这个结果似乎不甚满意。

第二天，丁翘便和博物馆的姚馆长及其助手小杨一起去了浪琴湾。小杨是刚毕业的大学生，正是对工作激情澎湃的时候，一路上不断地向丁翘打听花碗坪的事，丁翘便把自己听说的、知道的一一说了出来，那些神秘的传说令小杨激动得满脸通红。

姚馆长是个40多岁的中年女性，穿着白衣长裤，身材修长而挺直，看上去干练又知性。

在车上的时候，丁翘就与姚馆长讨论了宋瓷散落在浪琴湾的可能性有多高，姚馆长充满信心地说：“极有可能。根据资料显示，其实早在南宋时期，我国的海外贸易就相当兴盛，南宋堪称古代中国的海洋时代，中国的船只从广东、广西以及越南等地的港口出海，沿中南半岛航行抵达东南亚，驶过印度洋，到达波斯湾各国和非洲东海岸，以丝绸换回香料、花草等奇珍异宝，所以后人把这条连接东西方的海道叫作海上丝绸之路，广东就是海上丝绸之路的始发地。”

丁翘不由得好奇道：“以前学历史的时候，我只记得南宋是个动荡的时代，崖山海战爆发，赵昺被大臣陆秀夫背着跳海而死，南宋覆亡。”

姚馆长说：“那都是后期的事了，事实上南宋是中国历史上经济最发达，科技发展、对外贸易、对外开放程度较高的一个王朝。”

丁翘点点头，不由得对这次浪琴湾之行充满期待，她预感，这次浪琴湾之行，一定不会空手而归。

从码头一上岸，丁翘便感到村里有一股异于寻常的安静，四周静悄悄的，一个人影也不见，不由得有点纳闷。她带着姚馆长和小杨朝村主任家走去，村主任虽然是个嘴上没把门的人，但接触下来，办事还是能让人放心的。

谁知道，他们在村主任家吃了闭门羹，大门紧锁，怎么叫也没人应答。丁翘更纳闷了，这个村主任，明明说好今天一早会在家里等候的呀，怎么人都不见了？她连忙掏出手机打电话给村主任。

过了好一会儿，村主任终于接电话了。

“村主任，我们到你家了，你不在家啊。”

村主任说出来的话让丁翘大吃一惊：“我在阿智家，你们过来吧，阿智家出事了！”

丁翘心里一沉：“阿智……没事吧？”

村主任说：“阿智不在家，他还不知道这事呢，电话里说不清楚，你过来再说吧。”

丁翘一听便放下心来，只要不是卓智出事，那还能有多大的事呢？现在全家就他一个人，一人吃饱全家不饿，就算把房子烧掉了，也不见得有多严重。

到了卓智家，丁翘才发现，房子倒是没烧掉，但是也足以令人心惊胆战的了：院子成了一个大型的挖掘现场，地下的黄泥和岩石都被翻出来了，就连种在院子里的那棵百香果树，也被人连头带根挖出来扔在那里，触目之处，满地狼藉。

怪不得村子里静悄悄的，原来人们都聚集在这里了，里三层外三层地围着卓家的门口看热闹，此时见丁翘带着两个陌生人来到，都好奇地朝他们张望。

丁翘在人群中看见了村主任，忙挤过去问：“村主任，这是怎么回事？”

村主任皱眉说：“这不看到了吗，阿智家让人挖了。”

丁翘瞠目结舌：“怎会这样？阿智呢？”

村主任摇头：“不知道，到现在都找不到他。”

原来，今天清晨有邻居路过卓家时，发现大门敞开，院子里的泥土都被翻出来了，便好奇地进去看个究竟，却发现屋里被挖得乱七八糟，家具都堆积在角落里了，卓智却人影不见，于是便向村主任说了此事。

丁翘马上联想到昨天花碗坪被村民抢挖瓷片的事，这事会不会与那件事有关？是不是有人知道卓家藏有古瓷器，所以来家里掘地三尺？但细想似乎又不可能，卓智家有古瓷的事，只有江家父子和她知道，如果江家派人来偷，那不是不打自招吗？

丁翘问村主任："报警了吗？"

村主任说："报了报了，不过镇上离得远，一时半刻警察还到不了，我按照他们的吩咐，不让村民进去了，怕破坏了现场。"

丁翘朝院子里看，不由得皱眉，院子里早就被看热闹的乡民踩踏过了，就算有痕迹，也早就被破坏，警方能查到有效线索的可能性不大。她走到一偏僻处给卓智打电话，卓智虽然在微信上把她拉黑了，但电话还是可以打的。

正如村主任所说，卓智的电话一直没人听。

一股不祥的预感从丁翘的心里生出，他会不会遇到什么意外了？她忙打电话给江盛，不等她说完，江盛便说："卓智今天没有上班，我也正在找他。他家里的事我们也知道了，我刚才让小郭过去看了。"

丁翘心里一动，说："江盛，你说这事是什么人做的？是不是有人知道卓家有古瓷，所以……"

不等她说完，江盛便说："很有可能，我也怀疑来人是冲着古瓷而来。"

"可是……"丁翘说，"卓家有葵花洗的事，只有我们几个人知道，不可能传出去啊。"

江盛停了一下才说："那么，便只能是他自己说出去的了。"

难道，真是卓智说了出去，然后他自己也遭遇了不测？丁翘更加担心了，她打电话给陈俊峰，让陈俊峰帮忙查一下卓智的下落。卓智现在还不算失踪人口，无法通过正常的途径报案，但是，通过手机定位的办法找到其下落应该不难。

中午，在村主任的安排下，丁翘和姚馆长、小杨终于坐船抵达孤岛。按照姚馆长的意思，为了不浪费时间，他们要在孤岛上驻扎三天。村主任很贴心地给他们准备了一些简单的炊具和食物，又让船工帮他们把东西全部搬上岛，然后约定了三天后的傍晚再驾船来接他们回去。

把东西放好，丁翘便带着姚馆长和小杨往花碗坪走去。因为来过几次，丁翘对花碗坪的位置已经相当熟悉了，很快，他们便看到了那片五颜六色的沙滩。

“天啊，真美！”小杨不敢相信地看着眼前的一切，欢呼一声把手中的东西一扔，跪倒在地上，拿起一块小瓷片，“这是青白瓷！”紧接着又拾起一块，“这是海棠红！”

姚馆长虽然没有说话，但是她眼中闪耀出来的光彩，就足以说明一切了。很快，姚馆长和小杨便正式进入工作状态，他们把瓷片分门别类收集起来，丁翘跟着拍摄视频。冬日的阳光很温和，远处的海浪拍打着岩石发出阵阵涛声，一切都安静而美好。

丁翘一直担心着卓智的安危，每隔一会儿，便忍不住拿手机出来拨打卓智的电话，刚开始的时候还能接通，后来手机干脆关机了，再也打不通了。丁翘更加担心了，只觉得一颗心空落落的，总有不好的预感。

傍晚的时候，姚馆长和小杨已经采集了两大包碎瓷，而沙滩上，还有无数的瓷片在夕阳下闪着光。想着还有两天的时间，丁翘便建议说：“姚馆长，咱们该下班了。”

姚馆长抬头看看天边西斜的夕阳，欣然笑道：“好呀，可不能辜负了这么好的斜阳，还有这么美的海景。”

于是三人一起把瓷片搬到不远处的大岩石边放下，然后拿出村主任准备的炊具、粮食和水。柴草是现成的，从海上漂过来的枯木或干草被海浪推到海边，退潮后它们便散落在岩石边，此时正好拾来做燃料。

小杨自告奋勇地担任了厨师，很快，炊烟在海边袅袅升起。

待小杨的饭做得差不多时，丁翘才发现，姚馆长不知道什么时候把所有的瓷片都倒了出来，一片片地在地上排列好，正拿着一个放大镜对着瓷片细细地察看着。她说：“丁翘，这些彩瓷，有可能会揭开历史上一段壮丽而曲折的故事！”

丁翘心里一跳："真的吗？这些，真的是宋瓷？"

姚馆长笑了一下，说："目前虽然还未能确定，但从外观来看，这不是近代仿造的，而且从瓷片的数量、位置分布来看，我怀疑这片海滩，极有可能是古代对外贸易的遗址。"

丁翘心里动了一下，她突然想起来，卓智跟她说过，他小时候在这里见过那些古怪的影像，很多人拿着各种各样的瓦罐走来走去，难道他说的是真的？

想起卓智，她不由得又担心起来，她托陈俊峰通过手机定位查找卓智的下落，但陈俊峰一直没有回复，会不会卓智已经出事了？她的心提了起来，拿起手机走到一边想打电话问陈俊峰。

谁料她还未拨号码，手机便响了，竟然是陈俊峰打来的。

"丁翘，卓智找到了。"陈俊峰的声音有点低沉，丁翘心里一窒，只觉得卓智一定是遇上十分严重的事了，不然陈俊峰不会是这样的语气。

"阿智他……没事吧？"

陈俊峰顿了一下："放心，他……很好。"

"那他在哪里？为什么一直不接电话？要不我现在给他打个电话吧。"

陈俊峰说："不用了，你打也没用，他的电话不在他身边。"

丁翘一愣："为什么呀，他现在在哪里？"

陈俊峰说："公安局。"

丁翘微怔："他……是去找你吗？"

陈俊峰答："不是，其实昨晚，不，严格来说，应该是今天凌晨，他已经在这里了，我的同僚带他回来的。"

丁翘还未反应过来："为什么？"

陈俊峰缓缓地说："他现在是犯罪嫌疑人，涉嫌走私文物。"

丁翘大吃一惊："啊？"

第二十一章

我是女流氓

放下电话，丁翘的思绪依然是混沌不清的，陈俊峰的话一直在她的耳边回荡。

“他现在是犯罪嫌疑人，涉嫌走私文物。”

犯罪？走私？怎么可能？怎么会？

一个曾经拼命举报吕仁利用声呐捕鱼破坏海洋生态的人，一个为了理想宁愿放弃大城市的大好前途而坚守在渔村的人，怎会走私文物？卓智最近的行为举止是有点古怪，但他绝不是那种利令智昏的人。这点，丁翘对他还是很有信心的。

“是不是发生什么误会了？”

“是真的。”电话那边的陈俊峰认真地说，“我们的民警是在交易现场把人堵住的，但是……”

丁翘心里一沉：“那他走私了什么文物？”

陈俊峰顿了一下，说：“现在还不知道。”

原来，昨天傍晚，公安部门接到神秘人的线报，两名文物贩子将在市区进行非法交易，民警根据线报监控了相关人员的微信，提取了微信上的照片，发现两人商议把一个产自宋朝的瓷碗偷运出港。

当天深夜，两人在见面交易的时候，被民警当场截住，其中一人，便是卓智。但是，搜遍了两人的随身物品，都没有发现古瓷碗的踪影。

陈俊峰说："现在我们还在寻找赃物的下落。有同僚怀疑，卓智极有可能先把瓷碗藏在某个地方了，然后空手前往交易，他的戒备心很重。"

丁翘心里叹息了一声，她越来越想不明白卓智了，他为什么要这样做？

她问陈俊峰："有件事不知道你知不知道，卓智家昨天夜里被人挖了个底朝天，来人似乎也是在找东西。"

陈俊峰笑了："本来是不知道的，不过，刚才作案的人把一切都交代了，我还没来得及跟下面的派出所打招呼。"

丁翘惊讶地说："这么快？是市局破的案吗？"

陈俊峰说："是啊，你知道作案的是谁吗？"

丁翘微怔："谁？难道是我认识的？"

她想到了江盛，难道真是江盛指使人干的？

陈俊峰哈哈地笑了："别多想，你不认识的，一个叫卫明的家伙。"

"哦？"

陈俊峰说："这个卫明，就是跟卓智交易的买家，这个家伙可是个老油条了，刑释人员，走私惯犯，你看这才放出来没几天，就又犯事了。若这次再进去，就是三进宫了。"

丁翘惊讶地说："他跟卓智交易，为什么要把卓智家里挖个底朝天？"

陈俊峰说："他一方面跟卓智交易，另一方面怀疑卓智家里还有别的宝贝，于是就趁卓智进市区交易之机，正好调虎离山，悄悄让人深夜潜进卓家作案。"

丁翘皱眉："卓智……怎么认识这样的人！"

陈俊峰说："这个他们都交代了，两人是在古玩网认识的。之前都是通过网络交流，后来卓智主动跟卫明说，他有件货想出手，那卫明便说他可以代劳。”

丁翘低头不语，过了好一会儿才有点为难地问：“陈队，你能不能答应我一件事？”

陈俊峰爽快地说：“什么事，说吧，只要不是让我犯错误的事，我都可以帮你。”

丁翘说：“能不能让你的兄弟们善待他。”

电话那头，陈俊峰笑了：“你担心我们刑讯逼供啊？放心好了，我们都是依法行事，一切都要等找到赃物再说。”

这一夜，对丁翘来说注定是个不眠之夜。

虽然已是深冬，但广东的冬天有时候跟春天无异，今晚温度宜人，月色也好，不远处的海面上，层层叠叠的海浪泛着银白色的光，风不算大，浪声如古琴，轻缓而柔和。

姚馆长和小杨很快就在睡袋里睡着了。

丁翘却睡不着，这段时间发生的事情，一直在她的脑海中旋转。现在的卓智，让她感觉很陌生，是她误解了他，还是他原本就这样？

她相信陈俊峰的判断，卓智这样做，一定有他的理由。

她记得卓智跟她说过：“我们在一起，如果真的遇上危险，你不要管我，马上自己跑开。”

她记得自己当时说：“为了让你放心，我现在可以答应你，但是我做不到。”

所以，这就是他冷落她的理由？他知道她内心的骄傲，只有这样，才能把她推得远远的，让她远离危险的境地。

可是卓智，你错了，如果你身陷险境，我又怎么可能独自安然？

直到天边露出了鱼肚白，她才闭上了干涩的双眼。

依然风和日丽。姚馆长和小杨早早就起来了，吃过简单的早餐，他们很快便在沙滩上开始了工作。

丁翘心里惦记着卓智的事，决定回市区一趟，于是跟姚馆长打了一声招呼，说家里有急事。因为她的现场画面昨天已经拍得足够多，接下来需要的就是一个专业性的结论而已，现在走开也不会影响工作。

丁翘赶到公安局的时候，已经是中午了，陈俊峰在办公室等她。

一见她，陈俊峰便说："一直找不到赃物，我们打算下午放卓智走。"

丁翘既高兴又有点意外："真的？那可太好了！"猛然觉得这样对陈俊峰的工作似乎甚为不敬，"不好意思，我只是……"

陈俊峰笑了："不必解释，你高兴的表情掩饰不了。"

丁翘忙道谢："谢谢理解。"她审视着陈俊峰的脸，"为什么找不到赃物，你好像还……挺高兴？"

陈俊峰收起了笑容，严肃地说："因为我们怀疑，本来就没有赃物。"

丁翘讶然："为什么？"

陈俊峰说："我们查过举报电话的来源了，那是一个城中村的小卖部，打电话的人穿着一身黑衣，戴着帽子，帽檐一直遮着脸，显然是故意隐藏身份。从监控视频来看，此人身材高挑、挺直，与卓智的身形相差无几。"

丁翘更加惊讶了："你怀疑这个打电话举报的人就是卓智本人？这是卓智设计的一个局？"

陈俊峰说："不错，只有这样，我们才能拘留他，才能闹出更大的动静，才能让某些人相信，他手中确实有名贵的古瓷。"

丁翘疑惑地说："这个某些人，是指谁？江盛？"

陈俊峰微微一笑，说："也许是，也许不是，我以前不是说过吗，风物长宜放眼量。"

丁翘说："但现在不是证实了卓智没有走私古瓷吗？被放出来了说明他是清白的啊。"

陈俊峰又笑了："我们的民警已把事情告诉村里了，不管实际情况怎样，村里的人都会知道，卓智在外面跟人走私文物。"

丁翘想起村主任那张堪比广播器的大嘴巴，不由得哀叹一声："这下子恐怕全村人都知道了。”

陈俊峰笑得更意味深长了：“你有没有想过，这恐怕正是卓智最想要的结果？他既然这样做，自然有他的道理，所以，我们要配合他啊。”

丁翘微怔：“啊？”

她突然醒悟过来，如果大家都知道卓智因涉嫌走私古瓷被拘留，虽然最后他被放了出来，但也不能洗清“走私”的嫌疑，因为也有可能是他把赃物藏得严实，警方一时没找出来而已。

那些藏在阴暗角落里的人，一旦认定他藏有古瓷，必然还会有所行动，这应该才是卓智“举报”自己的目的，而那个走私贩子卫明，不过是被其利用的可怜虫而已，他可能直到现在都想不明白，本是神不知鬼不觉的交易，怎么就被端了。

丁翘不由得感叹：“陈队，你太厉害了，这样都能想到。”

陈俊峰马上谦虚地说：“不算不算，我们不过是想办法跟你的男朋友接戏而已。”

听陈俊峰称卓智为“你的男朋友”，丁翘并没有辩解，是男朋友还是前男友不重要，卓智现在遇上事了，她必须帮他。

公安局留置室，民警打开门，对卓智说：“没事了，你可以回去了。”

卓智微微点头，站起来朝外面走，没有不甘心，也没有质问，就好像他早预料到这个结果一样。他刚走出走廊，便愣住了，丁翘在外面等他。

她穿着一件宽大的风衣，一头长发披散在肩上，默默地注视着他，眼神是沉静的，表情也是。

她没有说话，她在等他说话。

他却好像没有看见她一样，默默地走过去，然后，从她身边走过。他能感觉在两人擦肩而过的时候，她的身体微微地动了一下，但是，他视若不见，直接大踏步地走开了。

“阿智！”他听见女人在背后叫，他思考了一下，站定，回头看她，脸上浮上玩世不恭的笑，看着她。

她的语气是温柔的：“阿智，我是来接你回去的。”

他干脆地说：“谢谢，但是不用，我自己回去就好。”

丁翘耐心地说：“你家里被人挖得乱七八糟……”

“我知道。”

然后不等她说话，他便大踏步朝外面走，她从后面追上来，拉住他的手：“我帮你。”

他任由她的手握着自己的手，温软、有力而固执，一秒，两秒，第三秒，他挣脱开了：“不用，我不需要。”

他知道她的性格，也知道她的脾性，再爱一个人，也绝不会委曲求全，他这么强硬地拒绝她，她保证会走得远远的。

只有她走得远远的，他才能心无旁骛地大步往前走。直到走出公安局，他的步伐都是坚定有力的，直到他听见背后细碎的脚步声。

他回过头，是她。原来她一直跟在他背后，他走起路来一步顶她两步，但是，她一直跟在他身后，步伐不一致，她只能调整自己的速度，好让自己一直不掉队。好让自己，能一直陪着他走。

他不为所动，直接朝车站走去。她毫不犹豫地跟在他的身后。

他坐车的时候，她也坐车，他上船的时候，她也上船。两人没有一句交流，他紧紧地绷着一张脸，好像被人欠了几百万，她的脸上却始终是平静的，舒展的，似乎完全不受他影响。

船到浪琴湾，从码头上出来，卓智依然一言不发，大步朝家里走。一路上，不时有乡民跟他打招呼，告诉他，他的家里被贼光顾了，他偶尔应答几句，她便站在旁边陪着，等他走动，她便紧紧地跟在他身后，像以前两人谈恋爱的时候一样。

回到家中，院子里仍然满地狼藉，他默默地看了一会儿，便找来工具开始平整，把撬起来的石块垒平，把散落的花草原地复种。她想要帮他，可是她根本帮不上忙，他也根本不给她帮忙的机会，她站在他旁边，反而影响了他的发挥。

她站在那里默默地看了一会儿，走了出去。

他一直没有理会她，直到她走出院子外，他才匆匆地抬眸看了一眼她的背影。她终于走了，是知难而退了吧，很快，他便收回了目光，继续埋头干活。

过了一个多小时，他把院子平整好了，又把屋里被翻抄得乱七八糟的东西都清理好了，正坐在院子里的凳子上歇息，听见院门吱呀一声，然后，便看见她提着大袋小袋的菜进来了。

他依然没有作声，默默地看着她，她也没有作声，把东西拿进厨房，开始洗切起来。她不是一个擅长家务的人，只一会儿，厨房便传来砧板和菜刀摔落在地的声音，还有她的惊叫声。

发生什么事了？他吓了一跳，冲进厨房看。

原来她切肉的时候，不小心切着手指了，慌乱之下忙不迭地把手缩回来，却不小心带翻了砧板，砧板上的菜刀也随之掉落在地，又差点砸中了她的脚……他走过去看她的手指，切破了皮，有血丝渗出来。

他找来创可贴，帮她贴在手指的伤口上，她笑眯眯地看着他，说："谢谢。"

他不回应她，只是冷漠地说："走开。"

她站在那里不动，他轻轻地推了一下她，她就像被他按中了开关一般，闪到了一边。他代取了她原先的位置，开始手脚麻利地操作起来。

她记得他说过自己极少下厨，但他干起这些活来非常快捷高效，切肉、洗菜、切菜，把一切料都备好了，才开始炖肉、炒菜。

她站在那里默默地看，夕阳从窗边照进来，把他的一张脸照得很亮，他的肤色也变得鲜亮而生动起来。他依然不看她，连目光都不跟她对接，似乎是全心全意地做好一顿饭。以前他也不是没为她下过厨，但是，从没有像这一刻一样，能让她如此动心。

她走过去，伸出一双手，从背后紧紧地抱着他的腰。

他冷冷地说："放手。"

她倔强地说："不放。"

他想挣脱她，可是手上正在炒菜，炉里的火也正猛，他实在无暇顾及她，只能任由她抱着腰，但是，他的身体是僵硬的，连表情也是僵硬的，僵硬地摆出“你得到我的身，也得不到我的心”的姿态。

好不容易，菜炒好了，他把菜盛进碟中，回过头来推开她，她的双手虽被推开，但又迅速地攀上了他的脖子，然后，她的脸、她的唇便贴了过来。

贴得那么近，他可以看见她脸上细细的茸毛，她粉红的唇色中带着淡淡的光泽。她踮起脚尖，她的唇落在他的唇边，他还来不及反应，已察觉嘴唇被她撬开，温软、有力、蛮不讲理，他的大脑瞬间一片空白。

怎么拒绝得了？他不由自主地配合着她，不由自主地抱紧她的腰，她像是早有预谋般，双手用力地揽在他脖子上，而双腿，已稳稳地夹在他腰间。

一个深远而激烈的吻，不顾不管，毫不相让，有进攻，没防守，像是两军交战，都拼了命似的要把对方迫到绝路，而自己也不考虑退路……像过去了一个世纪那么久，一阵“咕噜咕噜”的声音突然响起来，他如梦初醒般，惊跳开来。

煲里的水干了，肉熟了，再不停火，便要焦了。

他失去了之前的淡定，手忙脚乱地关火、装肉，脸是红的，唇也是红的，她满意地看着他，笑了：“怎么样？还说分手吗？”不等他回答，她又说，“你说分也行，反正老子也不会听你的。”

他抬起头，怔怔地看着她，他还没有见过她这样无赖的样子。

两个人都没有说话，过了许久，他才说：“你别强人所难。”

她又笑了：“我就喜欢强人所难，尤其是……”她加重了气，“强你所难。”

他不敢看她炽热的眼神：“你、你怎能这样。”

她深深地看了他一眼：“我就这样，我就是女流氓，谁叫你说爱我？说过了就必须负责！想撇开我，没门！”

他自知在语言上不是她的对手，闭嘴不说话了。两个人默默地把饭菜端出院子的小桌上，吃喝起来。

他刻意冷落她，她也不介意，自顾自地吃喝，自顾自地快乐，偶尔还给他的碗里夹一块肉或几条菜，他只能默默被动接受。还能怎么样呢，又不能把碗摔了。

吃完饭，她收拾碗筷，他终于忍不住说话了：“让我来。”

她不搭他的话，继续收拾，他抢过她手中的碗：“你手指受伤了，不能沾水。”

她任由他把碗筷拿走，跟着他进了厨房。

他站在洗手台前洗碗，因为刻意不看她，而导致表情认真得有点过分，似乎那被清洗的不是碗筷，而是被核武器污染过的珍稀宝贝。

她静静地靠在窗边看他，以前当他拒绝、冷落她的时候，她不解，她生气，只顾着自己难过，却没细想他为什么会这样，现在，她在他的表情里看到了落寞。

一种不为人所知的落寞。

她的心里突然隐隐发酸，发疼。

卓智，不管有什么事，我不会让你一个人去承受，我会陪着你一起去面对。

绝不独自走开。

绝不。

晚上，卓智在楼上的房间上网，这个房间本是他的卧室，家里唯一的台式电脑安装在这里，他要用电脑，只能待在这个房间。

丁翘把自己的手提电脑也搬上楼，开始写稿和处理视频、图片。她刚才打过电话给姚馆长了，今天的进展依然顺利，他们采集了更多更丰富的瓷片。

在电话中，姚馆长兴奋地说：“阿翘，我们采集的这批瓷片，从样式和花式来看，都能找到与古代宋瓷相对应的实物。若能证实这些瓷片确实产自宋朝，它们便具有很高的历史价值！”

丁翘听了很高兴，不由得激动地说：“太好了，姚馆长，继续加油！”

姚馆长说：“嗯，有件事我想跟你说一下。”

“请说。”

“请千万别把我们初步的判断意见向外界透露，不然恐怕会引起新一轮的哄抢，待鉴定有了结果再说，花碗坪在未来也许会成为一个文物保护基地。”

丁翘忙说：“这个我知道，姚馆长放心好了。”

丁翘边写稿边回忆着姚馆长说过的话，如果花碗坪上的瓷片被证实确实产自宋朝，浪琴湾将成为一个令世人瞩目的地方，它的未来也将会因此被改写，会有更多的人知道它的名字，知道它那像古琴声一样的浪声。

完成了视频的剪辑后，她站起来伸了个懒腰，走到窗前的桌子边看卓智在干什么——原来，他不是在上网，而是正在研究一张复杂的电路图。

咦，他还没有放弃那个神秘的实验？他的目光盯在屏幕上，完全没有留意她站在自己背后，连紧闭的双唇都显得那么认真、严肃。

这才是他，她认识的他，她喜欢的他。那个他，又回来了。

她忍不住轻轻地笑了。

他抬起头看着她，没好气地说：“笑什么？”

她恶作剧地说：“不打游戏了？我想打游戏呢，你带带我。”

他白了她一眼：“无聊！”

她一脸坏笑：“那你陪我做点不无聊的事啊。”

他别过脸不看她，双眼依然盯着屏幕，半晌，才冷冷地说：“你明天一早就离开这里吧，以后都不要来了。”

她笑得更灿烂了：“我偏来！你怕什么？是怕自己把持不住吗？”

他张口结舌，她什么时候变得这么无赖，这么流氓了？他默默地关掉电脑，走了出去。

丁翘是被窗外照进来的阳光叫醒的，她一骨碌坐起来，四周静悄悄的。

“阿智！”

她大声叫，但没人应答。

她趿着拖鞋走下楼，里里外外看过了，没人，院子里也没有。

她上楼，拿起电话拨打卓智的电话，他倒是接得很快，像是一直在等她的电话一样。

“睡醒了？”

“嗯，你去哪儿了？”

他的声音瞬间恢复了冷淡：“睡醒了就回家，别赖在别人家里。”

她纠正他：“这不是别人家，这是你家。”

他停了一下，估计也是拿她没有办法了，无奈地说：“你先回去好吗？以后，我再找你。”

她偏不上当：“以后是什么时候？是明天还是后天？”

他说：“我有正经事要做，你在这里……会让我分心。”

她紧追不舍：“你有什么正经事要做？你有什么事不能让我知道？”

他顿了一下，语气冷硬地说：“我……我要上班，下班我就住在公司里，你留在这里也没用。”

还是想赶她走，她才不上他的当，她轻描淡写地说：“好呀，那你就继续在公司里住，我呢，还会在这里住几天。”

说罢，不等他说话，便收了线。

哪料刚收线，手机便响了，来电显示是海洋与渔业局的科长，上次因为海豚小猪的事，丁翘跟他打过交道。

“丁记者，你好。”

“你好，科长，有什么事吗？”

“海洋公园把那只中华白海豚的化验结果发过来了，特意打电话跟你说一声。”

丁翘心里一跳：“那结果是……”

科长声音低沉地说：“死于声呐探测仪的伤害。”

虽然之前江台大学的吕教授已经有过类似的推断，但现在被敲上实锤，还是让丁翘很吃惊。她记得卓智跟她说过，吕仁等人用声呐在海上捕鱼的那天晚上，那只白海豚曾经在海里救起过她，声呐是伤害不了它的啊。

于是，她便把心里的疑惑说了出来，科长说：“这个情况我们也反映过了，但是对方说，不同的声呐，对海洋生物的伤害程度也不一样，伤害白海豚的声呐，是现在国际上最先进的型号，目前仅用于美国军方，它具有声音小、振幅小、杀伤力强等特点，危害更大。”

丁翘恍然大悟，像小猪那么聪明的白海豚，据说具有5岁儿童的智商，对于一般的声呐，它会有防备，但是对于这种新型的声呐，它又怎么有能力避开它？

“可是，这么先进的声呐怎会出现在浪琴湾的海域？是不是……”丁翘斟酌着措辞，“某些国家在窥探……”

科长停了一下，才谨慎地说：“这个还不清楚，但是，我们已经把情况向国家安全部门报告了，这也是我们的责任和义务。与此同时，我们也怀疑，会不会是白海豚游出公海时才受的伤，目前一切都还未可知。”

丁翘的表情也变得严肃起来：“嗯。”

科长又说：“这件事关乎国家安全，我希望你保密。”

丁翘马上说：“这个我知道。不过，那只死去的白海豚，是跟我朋友从小一起长大的，我能不能告诉他？我只告诉他，保证他不会对外说。”

科长沉吟了一下，说：“我记得他，可以。”

“好的，谢谢。”

卓智果然说到做到，中午也没有回来吃饭，摆出一副我惹不起但躲得起的架势。

丁翘没有出去，昨天买的肉和菜还有好多放在冰箱里，她简单地给自己做了午饭，吃了饭就上床午睡。

睡到下午3点多，她去码头，跟村主任请的船工一起去花碗坪接姚馆长和小杨，顺便做完余下的采访。

渔船在海上乘风破浪，很快便驶到了岛上。姚馆长和小杨早就收拾好东西，在等他们来。

三天的野外作业，姚馆长和小杨的脸都被晒得黑了一层，但是，他们的表情是愉悦的，精神是振奋的。丁翘知道，这一行，一定收获甚丰，可能远超出他们的预期目标。

果然，在船工面前，姚馆长和小杨不动声色，但是，当他们在船尾坐下，姚馆长便忍不住附在丁翘耳边激动地说："九成是宋瓷！"

丁翘激动地点头："嗯！"

回到渔村，村主任原打算留姚馆长和小杨吃一顿饭再走的，但他们婉拒了，说是连日劳作，想早些回家休息，于是丁翘便把姚馆长和小杨送到码头，看他们坐船离开，她才慢腾腾地走回去。

接下来的两天是周末，她还可以在这里待两天。她没有直接回家，而是去了江氏的深海珍珠研究中心。这是她第二次来，上次从这里离开的时候，她还发誓，从此以后不会再踏足浪琴湾，没想到这么快便又来了。

研究中心楼层虽然不高，但整体设计显得大气而恢宏，丁翘推开门走了进去，马上有穿着黑色西装的年轻男人走过来问："请问您是……"

丁翘干脆地说："我找卓智。"

年轻男人马上热情地说："找我们经理啊，你等等……"他的手机突然响起来，他掏出手机接听，表情变了又变，"是，是，我知道了。"

放好手机，他的语气更加热情了，热情地指着大门的方向："小姐，我们经理现在不方便见客，您还是走吧。"

丁翘笑了："刚才那个电话是卓智打来的吧，你告诉他，他的好朋友小猪有消息了，叫他回去找我。"

说罢，丁翘便头也不回地朝外面走去。

果然，她刚回到卓智家，把米洗好放进电饭煲中，外面便传来开门的声音，卓智回来了。

她自顾自地从冰箱里拿出肉和菜，看也不看他一眼。

卓智走到她跟前，低沉地问："你是说，小猪有消息了？"

丁翘说："是的。死于声呐，一种更加精密、杀伤力更大的声呐。"

卓智并没有露出惊讶的表情，只是点了点头："好，好，好。"

他一连说了三个好，丁翘却不知道哪里好了，她抬起头惊讶地看着他，他依然不看她，大步朝门外走。

"喂，你去哪儿，我煮了你的饭！"

他站定了没动，过了一会儿才回过头，她看见，他的双眼满是泪水。

这是她第二次看见他流泪，那么脆弱，那么无助，他的双肩在微微发抖，悲伤得难以自抑。

她心里一酸，冲上去张开怀抱，把他紧紧地抱住，他略为犹豫了一下，终于忍不住把她紧紧地抱在怀里，越抱越紧，似乎一放手，她便要离他而去，他便会永远失去她。

但也仅仅是一会儿而已，过了片刻，他便放开了她，擦掉眼中的泪水，慢慢恢复了平静："对不起，我没事了。"

她还沉浸在他刚才有力的怀抱之中，他把她抱得那么紧，那么用力，那么奋不顾身，为什么一转眼，他就装作若无其事的样子？他到底在担心、顾虑些什么？

她涩声道："为什么对我这么见外？"

他淡淡地说："我们已经分手了。"

她温柔地低声说："可我还爱着你。"她抚摸着左手食指上的创可贴，那是他昨天为她贴上的，"你也还在乎我。"

他看着她的眼睛。自从他提出分手以来，这是他第一次直视她的眼睛。他的眼睛依然闪亮，可是他说出的每一个字，都冷得如同深海里的冰。

他说："可是我已经不爱你了。"

她怔怔地看着他，泪水便不由自主地流了下来。这大半年来，她曾经无数次在漆黑的夜里辗转反侧，深夜难眠，可是不管多么不甘心，多么忧伤，她都能强撑着，不让泪水流下来，但是到了这一刻，她终于控制不住了，也不想控制了，她的泪水肆无忌惮地倾泻出来。

他默默地看着她，默默地递纸巾给她擦泪，但始终不愿意安慰她，也不给她任何的安抚动作，直到她自己默默地擦干了泪。

她语气平和地说："你以前说过要陪我看桃薇花的，一直没去成，明天就陪我去吧。"

两天前她陪姚馆长去花碗坪的时候，曾经走去山顶上看过那片桃薇花，或许是这些日子天气一直暖和，桃薇花以为春天要来了，早就迫不及待地挂起了花蕾，这两天太阳这么好，料想早就开了。

他怔怔地看着她，似乎考虑着该不该陪她去，过了好一会儿，才郑重地点了点头："好。"

她又说："以后的事，以后再说。看花是件美好的事情，希望你明天不要再把分手挂在嘴边。"

这次，他没有犹豫，很干脆地点头："好。"

第二十二章

别来无恙

第二天依然是个大晴天，丁翘醒过来的时候，太阳已经出来了，海风掀开窗帘，阳光便调皮地钻了进来，落在床前的地板上，暖融融的。

楼下传来了动静，显然卓智也起床了。丁翘从床上爬起来，朝楼下走去。

厨房飘来香味，似乎是海鲜掺杂着葱花的味道，丁翘微怔，走向厨房。

卓智正在厨房忙活，听到声响回过头来，淡淡地说："起床啦，快去洗漱吧，早餐做好了。"说罢不等她回话，就又回过头去侍弄那煲海鲜粥。

丁翘不知所措地点点头，猛然想起对方并没有看自己，于是便又说："嗯。"

当她从洗手间出来，卓智已在院子里摆好了早餐，桌子上摆放着两碗海鲜粥，他也没有动筷子，只是坐在那里玩手机。

他在等她。

她心里一热，一步步地走向他，觉得好像又回到了过去的那些时光，他为了她，特意跟三婆学会了熬制海鲜粥，然后像献宝一样端给她吃。那时候他们坐在百香果的花架下，连海风都是温柔的，像极了他看着她时的眼神。

可是现在，连百香果都被连根挖起了，他们坐在空荡荡的院子里，他的眼睛，连看都不看她。

她坐在他的对面，他依然不看她，只是淡淡地说："吃早餐。"没有感情也没有温度，似乎一切都出于礼仪。

她默默地吃起来，海鲜粥依然美味，有虾，有蟹，肉厚，有弹性，很新鲜，估计是他一大早去码头买回来的。他费心地做了这一煲海鲜粥，却懒得跟她交流，自始至终，他的目光都在手机上，一边吃粥，一边玩手机。

她吃完了一碗粥，又吃了一碗，然后摸着撑得圆滚滚的肚子，满意地笑了。她突然站起来，凑近他的脸，亲了一口，大大咧咧地说："快吃了去洗碗，我要上楼打扮一下。"然后，扬长而去。

他瞠目结舌地看着她的背影，情不自禁地伸手摸了一下刚被她吻过的脸，过了好一会儿才继续埋头吃粥。

当她背着小背囊从楼上下来的时候，果然已经"打扮"过了。她今天穿了一身牛仔装，裤子是紧身而有弹力的，上衣是短装，但有小小的翻领，看上去简约而充满朝气。他的目光落在她的身上，但很快便转移开去，淡淡地说："下午有雷暴，我带了两件雨衣。"

"哦。"她发现他肩上挎着那个工具袋，便说，"需要我帮忙吗？"

"不用，走吧。"

他们上了渔船，渔船乘风破浪，朝花碗坪的方向驶去。或许是阳光正好，或许是天空正蓝，或许是海风正柔，两人虽然没有说话，但气氛松弛了下来。

丁翘忍不住开口问："你打算一辈子都这样对我吗？"

他默默地看着前面翻滚的海浪，说："我是为了你好。我……配不上你。"

丁翘说："我不用你为了我好，我只要你对我好。"

他没有说话，过了一会儿才说："你说过今天不提这些事的。"

渔船抵达孤岛的时候，太阳依然很好，卓智和丁翘慢慢地朝山顶走去。

丁翘说："有件事，一直没有机会告诉你，前几天，我带博物馆的考古专家来过这里了。"

"哦。"

这事早在村里传开了，他自然也会知道。

丁翘又说："专家认为，花碗坪上的瓷片，极有可能产自宋朝。"

他依然是波澜不惊地"哦"了一声，似乎对这个结果并不意外。丁翘略为惊讶地看着他："你都知道了？"

"嗯。"

"你是怎么知道的？"

以前他虽然怀疑过，但那只是猜测，他不可能如此笃定啊。

"我……就是知道。"

丁翘认真地说："阿智，我希望你坦诚相告，你家里神台上的宋代古瓷到底是哪里来的？我绝不相信，你家里会有这样的宝贝。"

卓智淡淡地说："信不信由你。"

丁翘想了一下，说："其实你是使了调包计，你找来差不多的古瓷片处理后放进了那个垃圾箱，然后把葵花洗带回家藏在神台上了，是不是？当江家父子把瓷片拿去鉴定的时候，自然鉴定不出什么问题，因为你早就知道，花碗坪上的陶瓷碎片就是产自宋朝，你这样做的目的，是想误导江家父子，让他们以为你家里还藏有古瓷碗是不是？"

卓智摇头："我不知道你在说什么。"

丁翘盯着他的眼睛说："还有，你在网上找人贩卖古瓷也是假的，你根本没有宋朝瓷碗。"

卓智勉强地笑了："我就是想骗几个钱，没想到那个家伙是惯犯，让公安盯上了。"

丁翘不甘心地说："难道你就不能跟我说真话？"

卓智说："这就是真话，只是你不愿意相信。"

她叹了一口气，不说话了，因为上山的路越来越不好走了。

或许是担心山上的荆棘会划伤她的皮肤，他走在前面，为她拨开那些横空而出的树枝，在岩石嶙峋的地方，会伸手拉她一把，还时不时回头问她："累不累，需要休息一下吗？"

别看丁翘的身材高挑，体格匀称，看上去似乎十分"能打"，但是她体能不行，以前上学时跑两步就气喘吁吁，跳高时永远会踩翻竹竿，跨栏倒是不会弄翻栏杆，因为她根本不敢跨过去。一到体育课，她便成为一个遭人嫌弃的人，因为没有人愿意跟她一组，唯恐她拖自己的后腿。

幸亏上高中的时候，跟赵莞同班，赵莞不嫌弃她，哪怕明知她体育不及格，也愿意跟她一组，还安慰她，傍晚时陪她跑步。

这些从不向人说的"糗事"，她都一一告诉过他，他还记得。

她摇了摇头："爬山我还是可以的。"

很快，两人抵达了山顶，果然，连片的桃薇花灿烂绽放，繁花似锦，艳若彩霞。

她欢呼一声，跳进花丛中，看看这朵，嗅嗅那枝，嘴里不由自主地哼唱着那首歌，他给她唱过的那首歌，她觉得旋律不错，就下载在手机里时时听，现在已经能唱了。

田野小河边，桃薇花儿开，
有一位少年真使我喜爱，
可是我不能对他表白，
满怀的心腹话儿没法讲出来，
满怀的心腹话儿没法讲出来……

卓智似乎受到了感染，把工具袋放下，席地而坐，看着花丛中唱歌的丁翘，渐渐地，嘴角绽开了笑意。

他突然像想起了什么，站起来开始采摘桃薇花，小心翼翼地，一朵朵地采摘下来，直到采了满满的一捧，才满意地把它们放在草地上，然后，他去翻抄工具箱，在里面装着一圈铜线。

丁翘好奇地凑过来，坐在旁边看他做什么，只见他左手拿起一朵花，右手拈起铜线朝花萼穿过去，只一会儿，便穿起了一串长长的桃薇花。

丁翘恍然大悟：他在做花环。

很快，花环就做好了。他看着她，她心领神会，走到他的面前。她额头上的刘海有一点乱，他用手细心地理顺好，然后，把花环举起来，轻轻地放在她的头发上，像是为她戴上皇冠一般庄重。

他伸手拈起她的一绺长发，笨拙地编了一根小辫子，然后，把这根小辫子缠绕在花环上，这样花环就会一直稳固地戴在她的头上了。

她惊讶地看着他，为他突然表现出来的柔情而不知所措，还带着微微的感动。他低沉地说："我们好了这么久，一直没有送过花给你，这18朵桃薇花，算是代我向你赔罪了。"

丁翘怔怔地看着他。

卓智又说："明天你就回去，以后的事，以后再说，我们都需要冷静一下。"

丁翘摇头，缓缓地说："不，除非你答应我一件事。"

卓智无奈地问："什么事？"

"你家里神台上的那个葵花洗，到底是哪里来的？"

卓智沉默，过了好一会儿才说："走吧！"

"去哪儿？"

"我带你去一个地方。"

卓智带着丁翘一直往海边走，丁翘认得这个地方，这片怪石林立的地方，就是她在海上遇险后醒过来的地方，也是她两次看到怪象的地方。

卓智把她带来这里干什么？她正想发问，卓智却说："还没到，继续往前走。”

两人一直往前走，直走到无路可走——前面就是悬崖了。丁翘记得卓智第一次带她来的时候就提醒过她，不要再往前走了，再走就是悬崖了！

他带她来这里干什么？她正要发问，他却停下脚步，说：“就是这里了。”

丁翘环视四周，这里虽是悬崖，岩石下面便是海水，但并不是最陡峭的，整体像一个“凹”字形，他们所处的位置，恰好就是最贴近大海的地方。

他似乎并不急于揭开谜底，反而往岩石上一坐，然后拍拍身边的岩石，示意丁翘也坐下来。丁翘狐疑地坐在他身边，不知道他葫芦里卖的是什么药。

卓智从工具包里掏出一包饼干，拆开包装，递给她：“吃块饼干，先休息一下。”

她迟疑了一下，拿起一块饼干，坐在他身边，慢慢地咬了一口，吃起来。他又递给她一盒牛奶，她暗笑，怎么搞得像去郊游，他是什么时候准备了这些东西的？

两人面对着大海吃喝起来，风很大，幸亏丁翘的头上戴着一个桃薇花环，不然一头长发非风中凌乱不可。他看了她一眼，又忍不住看了一眼，似乎对自己的杰作挺满意，偷偷地笑了。

她没发现他偷笑，她的注意力全被眼前的奇观吸引住了。浪花不断地拍击着岩石，瞬间飞花碎玉，但后面的浪花毫不迟疑地尾随而至，不断地进攻，也不断地失败，但是它们依然保持着激昂的姿势，一次又一次地向岩石撞击。

她喃喃地说：“像飞蛾扑火。”

他说：“不试过，怎么知道不会赢？起码，努力过。”

她瞬间理解了他话里的意思，他是如此坚决地去做某件事，谁也阻挡不了他，就像这些浪花一样顽固，说不定就在下一朵浪花撞击的时候，便有一块岩石被摧毁。

吃了饼干，喝了牛奶，他站起来，走到她身后的岩石后面，说："别回头看我。"

她以为他在方便，低声说："谁稀罕看你。"

过了一会儿，他走了过来，她惊讶地发现，他已脱掉了外衣外裤，只穿着一条贴身的短裤，皮肤在阳光下似乎会发亮。他想干什么？

不等她发问，他便说："你在这里等我。"说完，他便朝着海浪跳了下去，她大吃一惊，探头朝下看，只见悬崖下海浪迸击，哪里还有他的影子？

他这是干什么？疯了吗？丁翘站起来，大声地叫："阿智！阿智！你快回来！"

她想起他刚才说"不试过，怎么知道不会赢？起码，努力过"，这是什么意思，所以他要冒险吗？冒险做什么？

她不安地朝悬崖下张望，可是下面除了浪花还是浪花，她心里发虚，不由得双手紧握，越来越害怕……

她虽知道他水性好，但无论如何不能拿生命开玩笑啊，她甚至想，是不是因为她逼得他太紧，所以他要以这种激烈的方式来对抗她？

"阿智，你快上来吧，只要你上来，我不会再逼你，你说分手就分手，只要你好好的……"

她带着哭腔对着海浪大叫，徒劳地在悬崖边走来走去，满心都是无能为力的绝望、懊悔，怎么会这样？为什么会这样？

正在她濒临绝望，考虑着要不要跳进海里寻找他的时候，突然，她看见悬崖边搭着一只手，手指修长，骨节分明，她心里一喜，往下一看，正是他！

他正从悬崖上攀爬上来，因为用力，他全身的肌肉绷得紧紧的，而身后咆哮的浪花，就像为他燃放的礼花。

丁翘几乎喜极而泣，伏在悬崖边想拉他上来，他朝她挥挥手，示意她让开，然后，他的身子便灵活地翻跃上来。

他伸手抹了一下脸上的水，冲她笑了，她也傻傻地笑了，这时候她才发现，他腰间扎着一根细细的绳子，绳子上拴着一个小小的网兜，网兜里竟然装着一个碗!

不，不是碗，她依稀认得，那是一个淡蓝色的葵花洗，跟那天她在宴会上看见的展品是一模一样的，跟那天卓智从家里的神台上找到的也是一模一样的。

他解下腰间的网兜，把那个“碗”交给她：“你先拿着，我去换衣服。”

她有点不敢相信地接过“碗”，这个，就是产自宋朝的价值连城的葵花洗？为什么卓智能在这里找到？她把“碗”从网兜里拿出来，马上发现了问题：这个碗是残缺的，豁了好大一个口子。

但是，它的花纹真的很好看，她举起碗，眯着眼睛对着阳光看，那瓷质虽不及现代的骨瓷通透，却自有一股厚重的感觉，只可惜这是一个破碗，残次品。

她把碗放下来，眼眸的余光突然看见远处的岩石上，有人影在移动，她定睛一看，那人影却又不见了，难道眼花了？她擦擦眼睛，再向四周打量，咦，难道真是看错了？

卓智已穿好衣服，走到她跟前，见她不住地朝那边张望，问道：“怎么了？”

丁翘说：“我刚才好像看见有人在那边，不过现在看不见了。”

卓智的脸色马上变得严肃起来，他拉着丁翘的手，说：“走！”

丁翘说：“去哪儿？这个葵花洗是怎么回事，你还没跟我说呢。”

卓智指着天边说：“快下雨了，今天有雷暴，再不走来不及了，回去再说。”

丁翘抬头一看，可不，刚才还是风和日丽的天气，现在突然变得阴云密布，大团大团的黑云把太阳都遮挡住了，眼看着一场暴风雨就要来临。

丁翘说：“为什么急着走？有雷暴来不是正好吗？你正好可以做那个实验，你发现没有，每次出现那些奇怪的影像，都是发生雷暴天气时。”

卓智说：“实验以后再做，现在我们必须回去。”

丁翘不明白地问：“为什么？”

卓智说：“我怕……这种鬼天气。”

丁翘哑然失笑：“你会怕？”一个敢在台风之夜跳进大海的人，一个敢在悬崖边与海浪搏击的人，还会害怕区区雷暴？

不等她分辩，他已不由分说地拿起地上的工具袋，拉着她往前走。过了一会儿，估计是嫌她走得太慢，他还抢过她背着的小背囊，挎在自己的肩上，紧紧地握着她的手大步往前走。

一直走到渔船上，他才放开她的手。他们刚上船，暴雨已倾泻而至，他似乎松了一口气，发动小渔船，马达轰鸣着踏上归途。

暴雨越来越大，天色也越来越灰暗，四周都是灰茫茫的，前面的可见度非常低，卓智放慢了渔船前进的速度。

在这样一个下着滂沱大雨的天气，两人在海上颠簸，让丁翘生出几分“风雨同路”之感，她默默地把玩着手中的“碗”，说：“说吧，这个葵花洗是怎么回事？”

卓智说：“你不是看见了吗，从悬崖下面的海底捞上来的。”

丁翘大吃一惊：“不是你藏在那里的？”

卓智摇头：“不是，它们本来就在那里，我只是把它们从泥沙中挖出来。”

丁翘更加吃惊了：“有很多？很容易找到吗？”

卓智说：“不多，而且大部分都是碎片，这只破碗，已经算是保存得最完好的了，而且它们都散落在深深的淤泥中，非常难找。”

丁翘惊叹：“天啊，这浪琴湾，简直像一座宝库……你是怎样知道那里有这些瓷碗的？”

卓智静了一下，说：“当我发现我家里丢失的破碗跟拍卖会上那个古瓷碗一模一样的时候。”

“然后？”

卓智点头：“然后我就去花碗坪挑了一些瓷片请人鉴定，证实这些瓷片确实产自宋朝。我想，既然花碗坪散落了那么多细碎的瓷片，那么那些大块的瓷片，被海浪冲去哪里了？于是我查阅了大量的海上资料，利用气候、风向、水速、潮汐、岩石风化等信息，推算出数百年前，我们刚才待过的悬崖，其实就与花碗坪相邻，只是沧海桑田的变迁，把它们隔得越来越远，但是那些大块的瓷片，却永远地困在悬崖的淤泥底下了。”

丁翘不解地问：“这么多年海浪冲刷，那些破碗为什么竟然没被冲走？”

卓智说：“你没留意悬崖周围的环境？因为悬崖呈’凹‘字形啊，悬崖底下就像一个半包围圈，再大的海浪进了那个包围圈，也发挥不了什么威力。”

丁翘信服地点点头，她一向知道他是学霸，却没想过他竟然能厉害到这种程度：“你是怎么想到用这种方法推算找到大块瓷片的？”

卓智目视前方，说：“当我知道瓷片确实来自宋朝后，我特意去了一个地方，崖门古战场的遗址。”

丁翘是知道崖门古战场的，它位于广东新会的南端。700多年前，南宋最后一个皇帝在崖山建立行都。祥兴二年(1279年)二月，元军都元帅张弘范与副帅李恒率领元兵包围崖山，张世杰指挥战船与元军大战于银洲湖上，宋军力战不胜，浮尸十万。是役，宋少帝与丞相陆秀夫殉国于崖山奇石之下，宋朝最后覆亡。

“崖门古战场跟浪琴湾的瓷片有什么关系？”

卓智说：“我在那里走了一圈，有一个发现，过去曾经是大海的地方，现在成了滩涂，甚至是陆地。这些变迁，有些是人为造成的，有些却是大自然的选择，它们在久远的年代里渐渐地发生变化，过了数十年、数百年，便有了跟以前不一样的模样。我受到启发，才萌发了为花碗坪寻找它的‘另一半’的念头。”

丁翘仰慕地看着卓智，发出花痴般的感叹：“你竟然懂得这么多，我更不能放手了，你休想赶我跑。”

他发现自己上了她的当了，急了：“你明明答应过我的……”

她狡黠一笑：“你也答应过我要永远在一起呀，反正大家都是言而无信的人，正好互相祸害……”

话音未落，突然从船底传来一声闷响，两人来不及反应，渔船已经从中间断开，船头快速地沉没，卓智本能地伸手想要抓住丁翘的手，一个大浪扑过来，丁翘已不见踪影。

卓智的四肢奋力保持着身体在海水中的平衡，竭力睁大眼睛寻找丁翘的身影，风急雨骤中，他似乎察觉到身后有人影，惊喜地回头呼唤：“丁……”

“翘”字还未出口，他的头上便遭到棒击，他眼前一黑，倒在海水中。

海浪依然汹涌，雨越来越大了，还伴着阵阵雷声。

丁翘这一觉睡得好沉，依稀是在家里的床上，床非常柔软，棉被也非常柔软，舒服得令人不愿意睁开眼睛。

有人在拍她的脸，一定是赵莞，老是胡闹，她伸手推开赵莞：“老赵别闹，我还要睡一会儿。”

她的双手却传来一阵酸痛，丁翘大吃一惊，睁开眼睛，简陋的地板，简陋的木沙发，墙壁上还张贴着20世纪90年代的港台明星的大彩照，这是什么地方？

发生什么事了？她记得船底下突然传来一声巨响，后来渔船就开始下沉了，她听到卓智在叫她，她正要回应，却眼前一黑，好像有人拿东西砸她的脑袋，然后就什么也不知道了。

更让她恐惧的是，她发现自己的双手被人从背后捆住了，双脚也被捆得严严实实，她刚才是斜靠在墙边睡着的，窗帘被风吹得一下一下地飘动，正好打在她的脸上，她还以为是老赵在搔她的脸。

屋里亮着昏暗的灯，地板下似乎在一漾一漾地颠簸，她很快便判断，这是在船上。这么说，是有人救了她？可是为什么要把她捆绑起来？对方想干什么？卓智呢？他安全了没有？他的船上是有救生衣的，以他的本事，他应该能顺利找到救生衣，穿着救生衣就能逃出生天。

她四处打量着，房间虽然昏暗，但除了她之外再无别人，这让她稍觉心安，起码卓智没跟她一起被人抓住关在这里，他应该还是安全的吧？

这时候，她突然明白了，为什么卓智那么焦急地要带她回家，为什么她再三追问，他却什么也不说，是因为他早就预料到了今日的危险，为了她的安全，他唯有硬着心肠赶她走。

到了这个时候，她反而不害怕了。对方没任由她在海中葬身鱼腹，反而把她救了上来，说明她还是有利用价值的。而且，上次跟吕仁一伙在船上对峙的经历，已经让她的心理变得更加强大，现在她也算是一个见过风浪的人了。

她极力让自己的腰靠着墙壁，坐了起来，然后放声大叫：“有人吗？有人吗？来人啊！来人啊！”

外面很快有了反应，她听到了杂乱的脚步声，然后一个戴着熊猫面具的男人走了进来。

丁翘盯着面具上的那双眼睛，那双眼睛也盯着她看，丁翘不敢再挑衅对方，故作可怜巴巴地说：“大哥，帮我解开绳索吧，好疼！”

对方默默地注视着丁翘，似乎心有不忍，但是又颇为难。

丁翘又说：“你把我捆起来也没用，你想要钱，我可以叫我妈给你，汇款或支付宝都行，我妈为了我，不会报警的，她只有我一个女儿。”

她知道这样说不一定有用，但是，这样能令对方心怀恻隐，毕竟大部分人都不是天生的恶魔，当对方对她产生同情或不忍心的时候，那么她便有更多的自救机会。

外面传来一声暴喝：“不要跟她叽叽歪歪，把她拖出来！”

熊猫面具应了一声：“哦，来了！”

熊猫面具走到丁翘跟前，一副束手无策的样子，丁翘心想，他一定是不知道如何把自己“拖”出去，于是便哀求道：“大哥，你帮我把脚上的绳索解开吧，我自己走出去，反正在这船上，我也逃不到哪儿去。”

熊猫面具摇摇头，突然弯下腰，伸手把丁翘打横抱了起来，大步朝外面走去。

外面是一个比内间更为宽敞的地方，几个同样戴着面具的男人一见他们出来便哈哈大笑，当头一个戴着狼面具的男人大声笑道：“老六，你倒是会怜香惜玉！”

那个被叫作老六的熊猫面具也不说话，只是轻轻地把丁翘放在地上，丁翘心里想，这个人本质倒不坏。

戴着狼面具的人盯着丁翘看，隔着一层面具，丁翘都能感觉到对方双眸中的阴森和恶意，她不由自主地心底发寒，连忙低下头，装作乖顺的样子。

狼面具挥挥手：“去，把那个男的拖过来！”说完他又皱眉，“这个女的都醒了，那个男的还不见动静，不会是被打死了吧？”

一个长得肥壮的戴着猪面具的男人连忙点头哈腰地说：“不会不会，大哥你不是说那小子长得特壮，怕收拾不了他吗，我就下手重了些，不过不会死的。”转而对戴着熊猫面具的男人说，“老六，去，你把那个男的拖出来，抱出来也行，随你喜欢！”

几个男人放肆地哈哈大笑起来，只把丁翘听得心惊胆战，这么说来，卓智也落入他们手中了？他体能本来就比她好，这么久没醒来……会不会有性命危险？

熊猫面具估计是不喜欢猪面具戏谑他，瓮声瓮气地说：“我不去，你去。”

那个猪面具也不生气，哈哈大笑，说：“还使唤不动你了，那老子去。”

丁翘看着他走了出去，屋里的几个男人都坐下来玩手机，唯独狼面具一直盯着她看。丁翘被他看得心里发毛，一方面祈祷他们所说的男人不是卓智，另一方面暗自提醒自己千万要保持冷静，不要激怒这些人。

只过了一会儿，猪面具便拖着一个男人进来了，男人的双手双脚同样被绳索捆住，只不过他的双手是被捆在前面的，猪面具用手抓着他的双脚往前拖。定睛一看，丁翘的心便直坠谷底，那不是卓智是谁？

“阿智！阿智！”丁翘挣扎着欲扑向卓智，却因四肢均被束缚而无法保持平衡，身体扑在地上，脸颊直接砸在地板上，也不知道弄伤了没有，她也顾不上了，只是拼命地叫，“阿智！阿智！你怎么了？阿智呀！”

就像所有的希望都被破灭了一样，她拼命地在地板上挣扎着，努力向前挪动，哪怕离卓智近一厘米也是好的。

猪面具手一松，卓智的双腿便啪的一声摔在地上，猪面具没好气地说："这家伙看着瘦，还挺重，累死老子了！"

也不知道是不是双腿被摔痛了，卓智的双手动了一下，丁翘惊喜地大叫："阿智！醒醒呀，阿智！你应一下我呀！"

卓智缓缓地睁开了眼睛，过了一会儿，他把双手举到了胸前，估计是发现自己的四肢都被捆绑起来了，他竭力把头往上抬，目光逐次落在屋里每个人的脸上。

"别看了，除了这个女人，你一个都不认识。"猪面具大声说。

狼面具阴森森地笑了："不认识好，如果认识我们，就只能是死路一条。"

丁翘越听越不安，这些到底是什么人？他们想干什么？

卓智竭力把眼睛往丁翘这边看，不知道是受伤了还是太激动之故，他的嗓音有些嘶哑，他说："我朋友……我朋友什么都不知道，你们把她放了吧。"

狼面具又笑了，"哈哈哈，你小子有本事啊，一个渔村小子泡了个城里小妞，发展得挺快嘛，这才过了多久……"

狼面具似乎意识到说漏嘴了，突然闭嘴，双眼阴森森地盯着丁翘。

丁翘心里一沉：听这个狼面具的意思，他似乎认识我？就算不认识我，料想必然是认识卓智的，但是，他的目光那么阴毒，似乎对我怀着极大的敌意，这人到底是谁？

卓智大声说："你们别故弄玄虚了，我知道你们是江盛派来的！就算江盛在这里，他也不敢拿我怎么样，他不是想要瓷碗吗，叫他来跟我说。"

狼面具哈哈地干笑着，说："看样子你不蠢嘛，哈哈！"他突然语气一变，不屑地说，"江盛算什么鸟，老子迟早要弄死他！但是，如果你不把东西交出来，我就先弄死你的女人！"

丁翘更觉得奇怪了，这人到底是谁，好像对江盛也怀着刻骨的仇恨，只觉得这人的声音和语气似乎颇为熟悉，但一时之间想不起来在哪里听过。

卓智似乎也没有想到对方这样说，停了一下才说：“就算你们不是江盛的人，但你们想要什么我都知道，只要你们把她放了，我就把你们想要的东西都拿出来。”

狼面具突然提高了声调：“行啊，你得把你老子藏起来的古瓷碗交出来，也不用多。”他伸出三个手指，“三个就行！”

卓智说：“好，我答应你！”

丁翘听了暗暗心焦，卓智跟她说过，悬崖的海底下散落的那些瓷碗，基本上都是破碎的残缺品，他去哪里找三个完好的瓷碗给他们？正在担心，她便听见狼面具恶狠狠地说：“必须是好碗，像这样的次品，我不收货！”

他举起手中的碗，那碗正是卓智从海里捞起来的残破葵花洗。

丁翘恍然大悟。原来她在岩石丛中看见那个人影，不是眼花，而是有人一直在暗中窥视他们，把一切都看得一清二楚，一发现卓智在海里捞起了瓷碗，便立即行动，而卓智也意识到了这一点，所以急着带她离开那里。

卓智说：“好，我答应你们！你们先把她送上岸，我就带你们去打捞瓷碗！”

狼面具突然呵呵地笑了，走到丁翘身边，蹲下来，突然一手抓起丁翘的头发，她“呀”地叫出了声，狼面具笑得更加瘆人了。

这笑声，怎么如此熟悉？丁翘突然想起了，在一个暴风雨的夜晚，也是在一条船上，一个中年男人也是这样冲着她笑……是他！

狼面具手上发力，猛然把丁翘的脑袋往地板上撞击，丁翘因为有了心理准备，反而不害怕了，咬着牙，承受着这疼痛。她知道他为什么恨自己了，可以说，是她害得他声誉扫地，也是她间接造成了他家破人亡，他这是回来寻仇了。

她心里转过了千百个念头，脸上却满是倔强，既然落在他手上，哀求也没用了。

狼面具松开了手，丁翘的脑袋便又摔在地板上，卓智极力朝这边看：“不许伤害她！你答应了放过她的！”

狼面具笑了：“开个玩笑你倒当真了？我就是想让这小妞尝尝从希望到绝望的滋味！”

卓智大声说：“你有种冲着我来！欺负女人算什么本事！”

狼面具咬牙切齿地说：“你也不会有好下场！你等着！”他转过头死死地盯着丁翘的眼睛，狞笑着说，“你不是有很多鬼主意吗？怎么不说话了？说呀，求我放了你，说不定我心一软，真会放了你。”

丁翘静静地注视着狼面具的眼睛好一会儿才说：“半年前，浪琴湾有一只白海豚死于声呐，是不是你做的？”

狼面具似乎没料到丁翘这样问，他沉默了一下，呵呵笑了，说：“你认出我了？真可惜，本来还想陪你多玩一会儿的。”说罢，他一手扯下脸上的面具，露出一张熟悉的脸。

“丁记者，近来好吗？”

果然不出丁翘所料，正是他。

吕仁。

吕仁酒店的老板，曾因用声呐在海上捕鱼而获刑，妻子在其入狱后死于自杀。

现在，他来讨债了。

第二十三章

可惜一切来不及了

卓智早就认出吕仁了。他以前在吕仁酒店工作的时候，虽然跟吕仁接触不多，但是一个人的动作和语言特征都是其独有的，哪怕蒙上了脸，也是能让人认出来的。他一直不说，只是希望能说服吕仁把丁翘放了，一旦拆穿他的身份，就谁也走不了了。

但从吕仁的反应来看，他压根就没有考虑放他们两人一条生路，他之前所做的一切铺垫，不过是猫玩老鼠的把戏。

猫捉老鼠的时候，哪怕老鼠已被压在掌下，猫也是不会立即就吃掉老鼠的，它会无数次地把老鼠放开，让老鼠重燃希望，以为可以逃脱，可是一旦老鼠走出几步的时候，猫会重新出爪把老鼠扑倒在地，反复多次，让老鼠的希望一点点消尽，最终在绝望中死去。

卓智挺起头，大声说：“吕老板，当年是我举报你，如果不是我举报，丁记者也不会来暗访，一切都是我的错，跟丁记者没有关系。”

吕仁笑了：“看你这副半死不活的样子，现在还想着怜香惜玉，跟老六倒有几分相似。”

众男人便呵呵呵地大笑起来。

吕仁眼珠子一转，说："既然你现在不方便，不如让老六怜惜一下你的女人？放心好啦，老六会很温柔的，不会伤着她。"

丁翘怒目圆睁，大声喝道："你敢！"

吕仁笑呵呵地说："老六，就看你敢不敢了。"

老六没有说话，猪面具却大声说道："大哥，我敢！"

说罢，猪面具便冲上前，在丁翘面前蹲下来，伸手抚摸着她的脸，说："这小脸还挺好看的，看着就有欲望。"

丁翘只觉得浑身的血都凝固了，耻辱、害怕让她不由自主地发抖，但是，她的眼睛依然倔强地盯着猪面具，愤怒地吼出两个字："人渣！"

卓智怒声喝道："吕仁，你也是有妻女的人，放过她！要生要死冲我来！"

"冲你来？你怎么来？"吕仁伸腿狠狠地踢了卓智一脚，狠声道，"我请你干活，给你发工资，你反而出卖我？如果不是你们俩，我老婆会死？我会家破人亡？我在里面的每一个日日夜夜，都在想着回来怎样找你们算账，弄死你们也难解我心头恨！"

丁翘说："你坐牢是你罪有应得，你老婆也是受你连累，你怎能怪得了别人！"

吕仁狞笑着走到丁翘身边说："我就怪你怎么了？我在里面天天老老实实当孙子，就是为了减刑早点出来弄死你这个贱女人！"

猪面具讨好地说："大哥别生气，这个女人我帮你料理了，让她生不如死！"

说罢，猪面具便要解丁翘的衣服，吕仁挥挥手："不要动她，免得惹麻烦！"

猪面具说："大哥，这女的反正都要死的，不如先让兄弟爽一下。"

吕仁阴笑道："这可不行，你不知道现在公安的技术高明到什么程度，我可不想她过几天浮尸海面，被公安解剖发现你的D什么。"

熊猫面具说："大哥，是DNA。"

吕仁赞许地说："对，读过书的人就是不一样。"他转向猪面具，"老六就比你强！"

猪面具悻悻地站起来，走开了。

丁翘只觉得一阵阵寒意从脚底升起，听这些人的对话，显然并不想放她和卓智一条生路，他们会想出什么阴毒的法子折磨她和卓智？一种说不出的恐惧在她的心底蔓延开来。

卓智却不愿意就此放弃为丁翘求情的机会，他哀求道："吕老板，你行走江湖，也不过是求财，只要你放了她，我保证带你们去把海底下的瓷碗都打捞上来，到时你要风得风，要雨得雨……"

丁翘大声说："阿智，他就是一个魔鬼，你求他也没用！"

吕仁呵呵地笑了："这个小妞倒是门儿清，没错，你说什么也没用！你以为我稀罕你？让你活到现在，我已忍得很辛苦了，今天终于看清藏宝的地方，留你还有什么用？"

卓智惊讶地盯着吕仁，失声道："原来是你？"

吕仁得意扬扬地说："不错，就是我！你家的狗，是我打死的。你家的老婆子，也是我扔到楼下去的，病房里那对软弱的母女可不敢说实话，我说了，她们敢吐出半个字，我就把她们家的小孩也从楼上扔下去！"

丁翘只觉得浑身发冷，太残忍了，太狠毒了，地狱恶魔不外如此。她竭力看向卓智，只见他颓然倒在地上。

吕仁阴森森地说："我要让你家不成家，我知道你把那只狗当宝贝，所以我要弄死它！我知道那老婆子疼你，所以也要弄死她！我受过的苦，你要百倍承受！跟踪了你这么久，今天才找到你藏宝的地方，你也够狡猾的了！我告诉你，这还没有完，你们还要继续承受下去！"

猪面具说："大哥，天快亮了，快动手吧，为嫂子报仇！"

吕仁点头："好！"

丁翘大声说："慢着！"

众人均看着她，吕仁阴郁地说："你还有什么想说的，说吧，让你说个痛快！"

丁翘说："杀死白海豚的新型声呐，是不是你投进大海的？"

吕仁没有说话，脸色阴晴不定，似乎在考虑要不要回答丁翘的问题。

丁翘又说："新型声呐比你原来用的声呐要精密得多，杀伤力也大得多，价格也高许多，目前仅应用于美国军方，你投资这么大就只是为了杀鱼？这不合常理，反正我们都要死了，你不如说出来，让我们死个明白。"

吕仁环视四周，目光在众人的脸上掠过，突然笑了："哈哈，你这小妞倒是狡猾，临死还想套我的话，我偏不说！"

丁翘见他不上当，心里暗自着急，正想再说什么，却见吕仁朝猪面具使了个眼色，猪面具心领神会，拿出一瓶药，上前朝丁翘的鼻子喷了几下，丁翘虽竭力挣扎，但雾状的药物还是很快灌进她的鼻腔中。

她眼里最后的影像，是猪面具拿着那瓶药正在朝卓智的鼻腔中喷射，她来不及说什么，便觉得非常困，只觉得能闭上眼睛睡一觉，便是这世上最舒服的一件事了。

红通通的太阳从天边冒出来，把海水都染得红艳艳的，风不大，浪也不大，整个海面都是平静的。

一艘小小的木船在海面上漂荡着，随着海水的波动而一漾一漾，一时向东，一时向西。说它小，是因为它仅能躺得下两个人，一个躺在船头，一个躺在船尾，如果中间勉强再坐一人，估计脚都不能伸展了。

偶尔风大一点，浪花便能溅进船中。

现在，这艘小船上便躺着两个人。

是卓智先醒过来的。他一睁开眼睛，便看见蔚蓝色的天空，他的意识迅速恢复到昏迷前的场景，出于本能地动了一下手脚，发现手脚都是自由的，不由得心里一喜：难道自己得救了？

很快，他便感觉到所处环境的诡异，环视四周，才发现四周都是海水，他想坐起来，身下却剧烈地晃动起来，如果他直接坐起来，这艘小船非倾覆不可。他只好小心翼翼地用肘撑住身体，四处打量着。

丁翘躺在船尾，头部刚好在与他相反的方向，而她还在昏睡，似乎还做了一个美梦，脸上绽开出浅浅的笑纹。他昨天为她戴上的桃薇花的花环，因为有铜线和发辫固定着，现在依然套在长发上，看上去那么美，那么好，令他忍不住想伸手抚摸一下她的头发、她的脸，还有她的唇。

可是他什么也不能做，因为他一坐起来，这艘船就会翻，他心爱的姑娘就会葬身海中。在这片茫然无际的大海上，就算有再好的水性和体能，也无法游到陆地。而这艘小船上，连船桨也没有，他们什么也做不了，只能随波逐流，直到几天后他们被饿死渴死，或者被风浪打翻在海里溺死。

这就是吕仁所说的，让他们生不如死。

是的，这种躺着等死的滋味，可比一刀夺命要痛苦多了，它有可能持续数天，而在这数天中的每一天，不，每时，每分，每秒，都会被恐惧、沮丧支配，可能身体未衰竭，精神上已经崩溃了。

卓智默默地凝视着丁翘的脸，泪水慢慢地从眼眶滑落。他不忍心叫醒她，就让她继续睡吧，多睡一会儿也是好的，起码可以让她不要那么早就知道，他们已经濒临绝境。

可是天不遂人愿，他刚这么想，便看见她睁开了眼睛，估计是药物的作用，她并没有立即坐起来，双眉微蹙，似乎还未完全清醒。

卓智轻声唤她："阿翘！阿翘！"

丁翘双手支撑想坐起来，船身一阵剧烈的晃动，令她不得不停止了动作，用肘支撑着身子朝卓智看。

"我们还活着！"丁翘的脸上绽开笑意，"真好！我刚才做梦了，梦见我们俩在一起，你还跟以前一样对我好。"

卓智不忍心毁坏她的好心情，轻声说："嗯，我还跟以前一样，对你好。"

丁翘打量着四周："这船是怎么回事……"渐渐地，她的脸色变得煞白，她明白他们所处的环境了。卓智低下头不敢看她，他不忍心看她绝望的表情。

丁翘的沮丧，只是一瞬间的事，过了一会儿，她又变得高兴起来，说：“阿智你知道吗，我以为吕仁会把我们扔进大海里溺死，但我现在还能醒过来，还能看见你，就很高兴啦。哪怕明天就要死了，我现在也是高兴的。”

卓智点点头：“我也是。”

丁翘的眼里闪着光：“真的吗？你还……爱我吗？”

卓智温柔地说：“爱的，很爱，很爱。”

“我想让你抱抱我，你许久没有好好抱抱我了。”

“好，那你要小心一点，我们一起来想办法，来，看我的手势。”

两人慢慢地站起来，只要能保持两边平衡，船身便会稳稳地浮在海面上。卓智比丁翘要重，所以当卓智向前走一步的时候，丁翘要小心翼翼地向前走半步，以保持着船身的平稳。

他们张开双臂慢慢向对方挪动，突然，船身剧烈地晃动起来，卓智忙示意丁翘停下来：“站起来的话，船的重心不稳，我们还是要坐下来。”

于是，两个人又相向着坐下来，慢慢地向对方移动，终于，他们的手够着对方了，再用点劲，丁翘便整个扑进了卓智的怀里，船身剧烈地晃动了一下，卓智就着船身迅速调整位置，毕竟是物理学高才生，没过一会儿船身终于稳定了，伴着海浪的节奏轻轻地浮荡。

没有说一句话，两人的唇已经紧紧地吻在一起。

此刻的唇舌交战，能秒杀这世间最美妙的情话，如同金戈铁马在心上踏过，所经之处，无不驯服。

直到快要窒息，他们才松开彼此，但是他依然紧紧地抱着她，她依然深深地把自己扎进他的怀里。他们都无比满足，因为有了这一刻，之前的所有波折与磨难，都被成功地抵消。

卓智满足地道：“阿翘，你真好。”

丁翘依然紧靠在他胸前，问：“哪里好？”

“嗯，哪里哪里都好。”

丁翘伸手勾他的脖子，他以为她又要亲吻，便低下了头，却不料她的嘴巴贴近他的胸，他“呀”的一声惊叫，委屈巴巴地说：“你咬我，好痛呀……”

丁翘恶作剧地笑了，说：“谁叫你跟我分手？谁叫你赶我走？谁叫你说不爱我？”

卓智叹息一声，把丁翘更紧地抱在怀里，说：“你真小心眼。”

“我就是这么小心眼。”

“真是一个傻姑娘啊，小心眼，我也爱。”卓智痴痴地笑了，“你以为我不心疼吗？每次看见你委屈的小脸，我都心疼得要死，恨不得立即向你道歉，但我知道，不能这样做，这样做只会害了你。我已经没有了大包，没有了小猪，没有了三婆，不能再失去你了，只能故意气你，让你走得远远的，哪怕以后不能在一起了，我也不想让你出事。”

丁翘眼圈红了：“你知不知道，我很痛苦，很难过，不知道自己做错了什么，不知所措。”

卓智柔声说：“对不起，都是我的错。家里的瓷碗丢失，三婆和大包相继出事，我寻思来人有可能是冲着瓷碗而来，回想那段时间，只有江盛去过我家，所以我怀疑这事是他做的。”

丁翘点了点头：“嗯。”

卓智说：“后来发生的一件事，更让我深信不疑，因为我发现，我家里一个小本子，本来是我妈当年用来记日常流水账的，但在封底，写着江浩天的手机号码。”

丁翘一声惊叫：“啊？原来你不是看了BB机才知道江浩天跟你爸认识？”

卓智摇摇头说：“当然不是，那BB机当时倒是拿回来了，但因为被雨水浸泡，早就坏了。我是那晚听了你们的话受到启发，才决定诈一诈江浩天。我怀疑，三婆和我爸的死，很可能都与江浩天父子有关，他们杀人灭口，必然是为了掩饰一些事情。

“三婆去世后，我曾几次去找那对母女，询问当晚的一些细节，她们虽然肯定地说事发时她们正在睡觉，但问得多了，母女俩便有点前言不搭后语，而且面露惊慌，后来我再去，发现她们搬家了。如果不是受到威胁，谁会突然搬家？”

丁翘思考了一下，说：“这样虽然能证明三婆的死可疑，但不能说明跟江家父子有关啊，你当时怎么就认定了是他们？”

卓智说：“我当时的想法是，如果三婆不认识凶手，凶手也不至于这么害怕她醒过来后揭发他，所以要先下手为强。当时我先入为主认定了是江盛，却没想到是吕仁。”

丁翘喃喃地说：“我也没想到是他。太可怕了这个人，当年他为了获轻判，主动自首认罪，却没想到刑满释放后不但不知悔改，而且肆意报仇，伤害无辜。有一件事你可能不知道，吕仁进去后，江盛以我的名义长期资助他的女儿和岳母。”

卓智停了一下，说：“也许是我误解江盛了。其实我那时只是怀疑，直到三婆从医院的楼上摔下，同病房的母女搬家，我才知道，一直有人在窥视我，甚至想置我于死地。自从我知道我爸认识江浩天后，便在潜意识中认为，我爸的死，还有三婆的死，都可能与瓷碗有关，与江家父子有关。所以我去江氏工作，想方设法试探江盛，但是一无所获。”

丁翘委屈地说：“你为什么不告诉我，告诉我，我也许能为你出点主意。”

卓智伸手捏了一下丁翘的脸，说：“我怎么可能舍得让你冒险？我思前想后，只能向你提出分手，只有你离我远远的，你才能安全，我才能心无旁骛地做自己想做的事，找出杀死三婆的凶手。”

丁翘叹了一口气，说：“你真傻呀，我说过，如果你有危险，我绝不会走开的！”

卓智把下巴抵在她的额头上，轻轻摩挲着：“你还不是一样傻？现在看来，是我对江家父子有偏见，江浩天拿出来的借条，上面是我爸的字迹，也许，他真是一个善良的人，他不但没有害我爸，反而曾经对我妈有救命之恩。”

“那个被摔坏的葵花洗，也是假的了？”

“嗯，正如你猜测的那样，其实是我提前从海里捞出来的破碗，再挑了一些体积和剖面相仿的碎瓷打磨好后混合在一起，提前藏在垃圾桶里，利用电脑监控的漏洞把展出的葵花洗偷回家放在神台上，然后故意触动报警器，好让江家父子怀疑我，我因为害怕不得不接受威胁，最终暴露出我家藏有古瓷的假象。我就是想让他们知道，我家有古瓷，看他们会有什么行动。”

丁翘说：“其实，这些事，陈队也猜了个八九不离十，他跟你一样，都认为江家父子很可疑，说你就是故意引他们上当。”

卓智说：“他们没接我的招，要么他们真的是无辜的，要么就是他们太高明了。”

丁翘突然想起一件事：“你怎么知道会展出葵花洗的？又怎会找出一个一模一样的葵花洗？”

卓智说：“说来也是凑巧，我在花碗坪悬崖下的海底里摸出那个破碗后，第二天就接到了安保任务，说是要从美国进一批古陶瓷，我便偷偷进入江盛的信箱系统，发现里面有一个碗跟我在海里捞到的碗是一模一样的。”

丁翘感叹：“天啊，这可真是太凑巧了！”

中午，太阳升至高空，把海水照得碧波荡漾，银光闪闪。

小船随波逐流，漫无边际地漂啊漂，没有任何参照物，没有任何工具可查询，哪怕是卓智这样一个从小在海边长大的人，也完全不知道身在何处。

因为小船上没有任何遮挡，丁翘和卓智的脸被晒得红通通的，嘴唇都干裂得翻出了白皮。饿只是小事，此刻，他们只想喝水，水！水！

四周都是茫茫的海水，可是他们不敢喝，这个时候喝海水，不但无法解渴，而且会加速死亡，这是常识。

“你说，会有人在寻找我们吗？”

“会的，我妈联系不上我，会找赵莞，赵莞找不到我，会报警。”

“报警也没用，谁也不知道我们在这里。不过，也许会有渔船经过的，一有渔船经过，我们就求救。”

“嗯。”

“所以啊，我们必须保持足够的体力，不然渔船路过时，我们无法站起来呼救，那就糟糕了。”

“嗯。”

“你是不是累了？来，靠着我，睡一会儿。”

丁翘把脑袋靠在卓智怀里，眯上了眼睛。

小船依然一漾一漾地随着波涛起伏。

月亮出来了。

月光是白色的，把海面照得反着白光，银闪闪的。

丁翘的头枕在卓智的大腿上，仰望着皎洁的月亮，感叹：“真美啊，如果不是这么渴的话。”

卓智摸摸她的手臂：“冷吗？”

她的牛仔上衣在落水的时候已经脱落，现在身上穿的只是一件白色的短袖T恤，布料很薄，她的手臂微微发凉。

丁翘摇摇头：“不冷，就是渴。”

卓智怜惜地抚摸着丁翘的头发，触摸到她头发上的东西，说：“要不，你把桃薇花吃了吧，可解渴，也可填肚子。”

丁翘摇头：“不，我不能吃，这个花环是你送给我的。”

卓智说：“我以后再另做一个给你。”

丁翘柔柔地苦笑：“别骗我了，我们没有以后了。”

卓智心里一酸，抱起丁翘的头，贴近她的唇亲起来，希望以这样的方式，让她的唇稍为滋润些。

丁翘突然推开他：“你的嘴流血了！”

卓智温柔地说：“别害怕，是我故意咬出来的，来，这样你就不会口渴了。”

丁翘叹了一口气：“我怎么忍心吸你的血？”

第三天太阳升起来的时候，卓智和丁翘都有点迷迷糊糊的了，听说人类在不吃不喝的情况下，可以熬七八天，可是这几天他们体力透支，而且在太阳底下煎熬，体内已严重缺水，加重了不适的症状。

卓智甚至提议，与其在小船上等死，不如直接跳进海中，游到哪里算哪里，起码总算努力过。丁翘知道他已经进入了一种痴狂状态，忙紧紧地抱着他，温柔地劝说了好一会儿，他才平静下来。

中午的时候，两个人已经有气无力了，勉强地斜靠在一起。

卓智好像清醒了些，温柔地唤着丁翘的名字。

“阿翘，你知道我有多爱你吗？”

“我有多爱你，你就有多爱我。”

“不，我一定比你更多。”

“可惜一切都来不及了。”

“但是我们在一起啊。”

“嗯。”

“阿翘。”

“不要说话，我累了，要睡了。”

海上天气变幻莫测，乌云突然把整个天空都笼罩住了，连带着海面也变得黑黢黢的，眼看着一场暴雨即将来临。

没有人介意大雨的来临，船上的两个人都睡着了，不，都昏迷过去了。

很快，暴雨倾泻而至，豆大的雨点打在两个人的脸上、嘴里，如同甘露，令他们本能地张开嘴巴，接受这大自然的馈赠。

卓智先苏醒过来，他惊讶地看着白茫茫的雨帘，惊喜地拍打着丁翘的脸：“下雨了，阿翘，下雨了！”

丁翘依然一动也不动，卓智十指并拢放在胸前，把接到的雨水一点点地滴在丁翘的嘴里，她的眼睛虽然没有睁开，咽喉却微微动了一下。过了一会儿，她睁开了眼睛，看见一张惊喜的脸：“阿翘，下雨了！”

丁翘笑了：“我们，又活过来了。”

“嗯。”

“不知道这次我们还能坚持多久。”

这场雨，一下就是一个多小时，船里的积水越来越多，两人在喝饱水后，又开始担心船上的积水问题，只好不断地用手把船上的水泼出去。

雨没有停的趋势，而且风也越来越大，天也变得越来越暗，卓智抬头看了一眼天空，脸色突然变得非常难看。

“阿翘，今晚会有更大的风暴，我们的船，不一定能支撑得住。”

丁翘停下了泼水的动作：“你怎么知道？”

“因为……”卓智指着天上的云，“看见那片云没有？我们渔家人都知道，这种云叫台风云，台风来之前，天上就有这种大片大片的云。”

“嗯。”

两个人都没有说话，默默地握紧了对方的手。在海里，连大船都怕台风，更何况这种小小的木船？一个浪头，便有可能将它打翻，卷至海底。

过了好一会儿，卓智才说：“到时我们可能身不由己，甚至连道别都来不及说就要被分开。”

丁翘说：“我们紧紧地抱在一起也不行吗？”

卓智叹了一口气，说：“争取吧，也许行。”

丁翘满意地笑了：“那就好。”

卓智说：“其实我也不怕，我可以见到我爸我妈，还有大包、三婆、小猪，他们也许都想我了。”

丁翘伤感地说：“可是……我会想我妈，还有老赵，我答应帮她找婆家的，我死了，她嫁不出去怎么办？”

卓智被她逗笑了，说：“别丧气，老赵那么勤快，一定能嫁出去的。来，我们大声呼唤我们的亲人吧，他们一定会听到的。”

丁翘说：“好！妈咪，我爱你！”

卓智大声说：“爸、妈，我想你们了！”

丁翘对着大海呼喊：“老杜，请对我妈好一些！”

卓智大声叫："三婆、大包，我也想你们！"

丁翘又说："江盛，对不起，我误会你了！"

卓智把手指放在嘴唇边，发出欢快而尖锐的音节："啾啾啾！啾啾啾！"

丁翘惊讶地问："你这是在叫谁？"

卓智说："叫小猪啊，小猪就是这样叫的，我也这样叫它。"

丁翘哈哈大笑："原来这就是海豚音啊，有趣，快教我。"

卓智说："行，跟我学，来，啾啾啾！啾啾啾！不行，你得跟我一样，把手指撮在唇边，这样声音才能传得更清更远。"

丁翘照样学起来："啾啾啾！"

卓智又发出一串："啾啾啾！啾啾啾！啾啾啾……"

风雨越来越大，卓智发出的"啾啾"之声穿越风雨，在茫茫的大海中越传越远……

波涛汹涌中，小船左颠左倒，两人满脸满身都湿了，也不知道是雨水还是海水。卓智双手紧握着丁翘的手，只觉得她的手越来越冰，不由得担心地问："阿翘，你还好吗？"

丁翘努力挤出笑容，说："我很好，别担心，只要你抱着我，我就不怕。"

卓智温柔地说："我也是。"

两个人紧紧地靠在一起，明知道下一秒小船便有可能倾覆，但在这一刻，起码他们可以互相依靠、互相取暖，正因为时间无多，所以弥足珍贵。

丁翘突然惊呼起来："阿智，你看那边！那是什么？"

卓智睁大眼睛竭力看过去，不远处，几团粉白色的东西正在海中忽浮忽沉，但他一时辨认不出是什么。

丁翘期待地问："是渔船吗？"

卓智摇摇头："不像，好像是白色的，如果是渔船，远远地看过去，会是灰色或黑色。"

丁翘再定睛细看，惊叹："好像是鱼！它们是不是嗅到我们的味道，想过来吃掉我们？"

卓智忙安慰她："别害怕，鱼是不会主动攻击人类的，它们的目标不一定是我们。"

可是，那几团粉白色的东西似乎正在冲着他们游过来，风急雨骤中，它们的目标是那么明确。

卓智抹了一把眼中的雨水，突然惊讶地大叫："是海豚！阿翘，是白海豚，它们跟小猪长得一模一样！"

是的，这正是一群白海豚，一共四只。它们一前一后地朝着小船游过来，但是到了距小船十多米处，它们便停在那里，胖乎乎的身子在波浪里翻来滚去，就是不肯靠近。

卓智说："它们一定是听到我叫小猪的声音游了过来。"

丁翘惊喜地说："可能它们认得你叫小猪的声音，知道你是小猪的好朋友，你快再试下呼叫小猪！"

卓智答："嗯。"他把手指放在唇边，发出悠长而悦耳的声音，"啾啾啾！啾啾啾！"

令人惊讶的一幕出现了，只见几只白海豚排成一排，突然挺直了身子，圆滚滚的身子依次跃出海面，在水面上画出一个漂亮的弧度后，相继落在海面上，然后，它们排成一排朝小船游来。

丁翘情不自禁地感叹："天啊，好可爱的生灵！"

卓智激动地朝海豚招手："你们是小猪的兄弟姐妹吗？"

丁翘忙提醒他："别说话，它们不会听人话，你快学小猪叫！"

卓智忙答应着，把手指放在唇边："啾啾啾！"

几只海豚终于游到了小船边，任由海浪汹涌，它们围着小船静立不动，丁翘心里一动："听说海豚的智商很高，它们会不会是想保护我们？"

卓智说："对，成年海豚的智商与一个5岁的小孩差不多，相当于上幼儿园大班的年龄了。"

丁翘福至心灵："它们，是不是想救我们？"

卓智说："那你坐稳了，我试一下。"他慢慢地朝一只海豚招手，那海豚像是明白他的意思一样，慢慢游到船边，卓智伸手摸摸海豚的头，它竟然也不躲避，发出"啾啾啾"的声音。

卓智对丁翘说："你注意保持船身的平衡，我到海里试一下。"

丁翘叮嘱道："那你小心一点，不要离船太远，如果不行，就马上上船，我配合你保持船身平衡。"

卓智说："好。"

卓智正要跳进海里，丁翘却又伸手拉住他的手："你要记住，我们要在一起。"

卓智点头："嗯，不管怎样，我们都是要在一起的。"

卓智一跳进海里，先前那只海豚便凑近他身边，把身子放平浮在水面上，卓智慢慢地跨上海豚，伸手紧紧地抱着海豚那圆圆的脑袋。

丁翘激动地欢呼："太好了！阿智，我们得救了！"

深夜，卓智和丁翘才回到家中。

海豚把他们送到一处海湾，便不愿意再前进，卓智看见远处有灯火，马上便明白了——海豚对潜在危险有着本能的警惕，前面就是浅滩，如果再前进，它们就会搁置在那里，会有生命危险。

于是，卓智便从海豚身上溜下来，随后赶来的丁翘也跟着溜进海水中，几只海豚恋恋不舍地围绕着他们转了几圈，游走了。

看见灯光，离陆地就不远了，而且求生的欲望也在激励着他们，很快，他们便上了岸，找人一问，才发现这是邻镇的海边，后来有好心的人帮他们报警，还有人给他们送来了干净的衣服、食物和水。

很快，派出所来人了，鉴于他们体力不支，民警给他们做了简单的笔录，边听边惊叹，对他们的遭遇既同情又愤慨，表示将尽快行动，把吕仁和他的同伙捉拿归案。笔录完毕后，民警还贴心地把他们送回浪琴湾。

回到家中，简单洗漱后，卓智和丁翘便一头倒在床上睡着了。

连日来的担心、焦虑，令他们这一觉睡得如同死过去一般。

但是，好歹，他们真的又活过来了。

睡梦中，他们始终两手相握，就像在海上相约的那样，永远不会放开对方的手。

第二十四章
寻宝诗

卓智和丁翘是被楼下的叫声吵醒的，两人一骨碌爬起来，才发现外面已艳阳高照，看一眼桌上的小闹钟，已经是中午12点了。

卓智凑到窗前朝楼下看，看见小郭正在院子门前叫：“卓智！卓智在家吗？”

卓智朝楼下挥手：“在家！在家！”

小郭昂着头朝楼上看，大声说：“你今天没来上班，打电话也不通，小江总怕你有什么事，让我来看看！”

小郭是从总公司来的，习惯把江浩天称为江总，把江盛称为小江总。这天是星期一，卓智本来是要上班的，但他没露面，电话又联系不上，小郭只能到家里来找他了。

卓智大声说：“我确实是有点事，手机丢了，因为事发突然来不及请假，麻烦你跟小江总说一声，我下午会回公司。”

丁翘心念一动，也凑近窗前，朝小郭挥手：“小郭！麻烦你告诉江盛一声，如果他有空，让他过来一下，我的手机也丢了，没办法打电话给他。”

小郭猛然见到丁翘在这里出现，似乎吃惊不小，但他毕竟是一个聪明人，马上朝丁翘扬扬手："好的，丁小姐。"

等小郭离开，卓智从后面贴近丁翘，俯头吻她的头发，笑着说："小郭一定吓了一跳，发现你在我家睡。"

丁翘回过头来瞪了他一眼："我在你家睡还要小郭同意？"

卓智笑了："不用不用，连我都没有资格表态，完全由你说了算。"

丁翘想起前些日子卓智老赶自己走，是自己非要死皮赖脸留下来，只觉得他这句话，分明就是讽刺自己，便抬脚狠狠地踩了他一脚。卓智吃痛，却纹丝不动，依然紧紧地抱着她。

丁翘反倒有点过意不去，说："你傻呀，也不知道躲。"

卓智说："不躲，有本事你打死我。"

丁翘忍俊不禁："你真无赖。"

卓智贴近她的耳朵，暧昧地说："我还可以更加无赖。"说罢，他的唇已落在她的唇间。

丁翘睁大眼睛，一把推开他，卓智不解地看着她："怎么了？"

丁翘捂着嘴说："我，还没刷牙洗脸。"

卓智认真地说："我也没有，反正咱们互相不嫌弃就好了。"

丁翘笑了："我以前看电影，男主角一早醒来，便会吻女主角，其实我很好奇，这样真的好吗？"

卓智被她逗笑了，一把搂着她，说："来，告诉我，你叫江盛来做什么？是想把这几天发生的事情告诉他？"

丁翘故作认真地说："不，我打算跟江盛说清楚，我的心里只有你，没有他。"

卓智说："不要开玩笑，严肃回答我的问题。"

丁翘说："你不是怀疑我跟江盛吗，我要跟他说清楚。"

卓智伸手捏她的脸："调皮！"

丁翘说："其实我叫他来，只是想告诉他吕仁已经出狱的事，他一直在资助吕仁的女儿和岳母，有时候还上门探望她们婆孙俩。当年江盛陪我去偷鱼的时候，吕仁见过江盛，我怕他们狭路相逢，吕仁认得他，会对他下毒手。”

卓智说：“极有可能。吕仁报复心极强。”

丁翘说：“是啊，关键是吕仁现在还不知道我们已逃出来，行事可能会更加猖獗，警方虽然说会布控抓捕他，但还不知道情况如何。”

卓智突然想起一事，说：“有件事，我一直很奇怪，上次那个宴会，为什么江盛会请你去？我看过邀请的名单，除了你，其余的人不是名流便是明星，更奇怪的是，邀请你去，却不让你报道新闻，这到底是怎么回事？”

丁翘点点头：“其实我也很奇怪，他还安排我坐在他旁边，如果从西式餐桌的礼仪来说，那是一个相当于女主人的位置了。”

卓智困惑地说：“真奇怪，他竟然给你安排一个这么……暧昧的位置？你当时没有问他？”

丁翘说：“没问，我当时就是觉得，他把我当成好朋友，创造机会让我这个土包子长长见识，所以也没当回事。”顿了一下，她又吞吞吐吐地加上一句，“江盛……曾向我表达过好感。”

卓智可怜巴巴地说：“我生气，我妒忌。”

丁翘扭头朝外面走去，卓智跟在后面问：“你去哪儿？”

丁翘边下楼边笑着说：“去弄壶毒酒，等江盛来了毒死他。”

丁翘几天前买的菜还没有吃完，卓智用青菜和虾简单地煮了一锅面，两人刚在院子里坐下准备开吃，江盛便来了。

江盛上下打量着他们，似乎看见了不可思议的事。

丁翘笑了：“看什么？没见过人家破镜重圆吗？”

江盛点头：“现在见过了，很好，祝贺两位。”

卓智忙拱手道谢：“谢谢老板。来点面条吗？”

江盛忙摇头：“不了，吃你们撒的狗粮已经够饱的了。”说罢，他自己找了张凳子坐下来，“听说你们都丢了电话？怎么回事？”

于是丁翘便把这三天两夜的事情说了一遍。因为记得姚馆长的叮嘱，她隐瞒了卓智在悬崖底下捞瓷碗的事情，只说吕仁刑满释放后，为了报复他们，把他们绑架到一艘渔船上，后来是海豚救了他们，只把江盛听得一惊三叹，惊讶不已。

"现在吕仁还不知道我们脱险。"丁翘说，"我知道你时常去探望他的女儿，我怕你会遇见他，担心他会对你不利，所以要提醒你。"

江盛点点头："我知道了，我会小心的。警方那边有消息了吗？"

丁翘说："还不知道，一会儿打电话问问，不过我们的手机在海里丢了，得重新买手机办电话卡。"

江盛说："手机不用买了，我一会儿让人送过来给你们，你们去补办个卡就行了。"

尽管丁翘和卓智都表示不用，但江盛回去还是让人送来了两部新手机，而且是同款的，一部粉色，一部黑色，摸上去手感极好。想着推来推去倒显得小家子气了，他们也就勉为其难地收了下来。

傍晚时分，丁翘回到了市区的家中，赵莞一见她，便大呼小叫地冲过来嘘寒问暖："这几天你去哪儿了？打电话不听，信息也不回？你妈打了几次电话过来，我怕她担心，只说你下乡采访了，可能乡下信号不好。"

丁翘怕把自己被吕仁绑架的事说出来会吓坏她，而且，事情三言两语也说不清楚，于是便顺水推舟地说："孤岛上的信号确实不好。"

赵莞瞪大了眼睛看她："你还骗我？我打电话去博物馆问过了，人家姚馆长早就回来了，今天都上班了。"

丁翘只好干笑："嗯，我在阿智家待了两天，我们和好了。"

赵莞恨铁不成钢地摇头，丁翘只好讪笑着解释："人家想回来再告诉你嘛。"

赵莞嗔怪地说："有异性没人性，快给你妈打个电话吧，要不然她一会儿又打过来了。"

话音未落，桌上的固定电话便响起了铃声，赵莞笑着说："一定是你妈，快接。"

丁翘还未把电话贴近耳朵边，便听见母亲在那边说："小赵，阿翘回来没有？”

丁翘忙说：“妈咪，是我，我回来了。”

周颖芝担心地说：“你这份工作老下乡，辛苦不说还危险，台风那次可把妈咪吓坏了，女儿啊，要不你还是辞职，跟妈学做生意？”

丁翘忙说：“妈咪，我哪有你这么能干，做生意我可学不会。”

周颖芝说：“我的女儿这么聪明，怎么可能学不会，再说，妈的生意已经打好了基础，你一来就可以上手了。妈的生意迟早要交到你手上的，你不如早点辞职出来。”

丁翘想了一下，说：“妈，我还是比较喜欢当记者，反正你和老杜现在还年轻，这些事，以后再说。”

周颖芝一向是开明的母亲，一听丁翘不乐意，马上便转移了话题：“对了，女儿，你现在也是单身，可以考虑一下你那位朋友啊。”

丁翘一时反应不过来，问：“哪位朋友？”

周颖芝说：“江盛啊，给你送过手机的小伙子嘛，你不是让我买了个包包送给他吗，听你说他好像挺不错的。年轻人嘛，多谈几个男朋友，正常。”这已经是周颖芝第二次建议丁翘考虑江盛了。

丁翘忙说：“妈咪，我跟江盛只是朋友。还有，我跟阿智，又在一起了。”

周颖芝惊讶：“啊？怎么回事？是他回头来哄你了？”

丁翘含糊其词地说：“哈哈，反正差不多啦，妈咪，你放心好了，我们在一起很开心。”

周颖芝顿了一下，说：“你开心就好，那妈就放心啦。”

丁翘笑着说：“妈，你也是，你和老杜也要开开心心的。”

第二天上班时，丁翘先去补办了电话卡，刚把卡装进手机，按下开启键，各种信息提示便铺天盖地冒出来，她按照先急后缓的原则，把该回的信息都回了，该打的电话都打了，才回到报社。

派出所那边，她还未联系，不知道事情的进展如何，不过她已经打定主意，回办公室后处理好手头的工作，下午就要找陈俊峰聊聊，把这几天发生的事情告诉他，基层派出所汇报情况讲究程序，陈俊峰可能还不知道这些事。

不料她刚回到报社楼下，陈俊峰的电话便打过来了，一听见丁翘的声音，他便惊呼："你终于接电话了！"

丁翘便明白，他知道她的事了，于是也不多做解释，说："手机掉在海里了，我刚补办了电话卡。"

陈俊峰直截了当地说："见面聊吧。"

丁翘沉吟了一下，说："下午我正好要去你们公安局采访，到时完事了找你。"

陈俊峰说："好，我等你。"

既然陈俊峰也在关注这件事，有他看着，丁翘就不急着打电话问派出所的进展了。回到办公室，她先对通讯员的来稿和报料做了跟进，又把上周在花碗坪采访的素材处理好，一抬头，发现已到了午饭时间。

正想去饭堂吃饭，手机提示收到了信息。丁翘打开一看，是卓智发来的："我的电话卡办好了，欢迎来电来信骚扰。"

丁翘嘴角绽开笑意："我知道你很骚，但是，我不扰。"

刚发过去，手机便提示收到新消息，打开一看，却不是卓智发过来的，而是姚馆长。

她说："丁翘，有新发现！明天过来一下。"

丁翘忙回过去："好的，姚馆长。"

接着，卓智的信息也过来了："你不扰我是对的，必须是我扰你啊。"

下午，丁翘在公安局开完会后，便直接去了陈俊峰的办公室。

一见她，陈俊峰便说："吕仁现在仍然下落不明。"

丁翘说："难道他还在海上没回来？"

陈俊峰摇头："不一定，他可能是潜逃了。"

丁翘惊讶："他应该还不知道我和卓智已脱险，按理说没跑路的必要啊。"

陈俊峰摊手："那还能是什么原因？我们有兄弟冒充社区的人去他

家里走访过，他的女儿说，昨天本来是吕仁的生日，吕仁答应了回家跟她一起庆祝生日的，但是，昨晚兄弟们守在他家附近等了一夜，他都没有出现。”

丁翘纳闷地说：“奇怪，难道他听到了什么风声？”

陈俊峰说：“你把事情的前因后果再说一次，我想知道更多的信息。”

丁翘知道陈俊峰是一个善于从小细节中发现端倪的人，于是便把那天发生的事细细地说了一遍，陈俊峰认真地听着，表情越来越严肃。

丁翘说完了，他半天没有说话，似乎在思考着什么重要的事情，过了好一会儿才说：“这个吕仁，没有你们想象的那么简单。”接着，他又问，“那个白海豚死亡的时间，你还记得吗？”

丁翘说：“记得。”她说出了一个具体的日期，陈俊峰便打了一个电话，询问对方吕仁刑满释放的日期，放下电话，他的眉毛皱得更深了。

丁翘小心翼翼地看着他：“怎么了，是发现什么问题了吗？”

陈俊峰说：“虽然吕仁在狱中表现良好，获得减刑，但他从监狱出来的时候，白海豚已经死了。”

丁翘惊讶地说：“这么说，白海豚的死跟吕仁没有关系啊……那我问白海豚是不是他用声呐害死的时候，他为什么不否认？”

陈俊峰沉吟着说：“那只有一个可能，他跟那个用声呐害死白海豚的人是一伙的，就算不是一伙，他也是知情人，所以当你问起海豚的死的时候，他不否认，但是，不否认不等于承认，此人如此奸猾，不否认必然有他的理由。”

丁翘信服地点头：“对对，还有一个奇怪的地方，既然他丝毫没有悔改之心，当年他为什么不顽抗抵赖或者想办法为自己开脱，反而立即去自首了？现在细想，觉得很奇怪。”

陈俊峰说：“这个倒不难理解。他知道你拍下了视频，一切都有了证据，自首的话他能得到从宽处理，像他那么狡猾的人，自然是权衡过的。”

丁翘犹豫了一下，说："有件事，我还未跟你说，但是今天不说，恐怕会影响你的判断，此事关乎国土安全，但是，我相信你的为人，希望你能保密。"

陈俊峰被她严肃的表情震住了，庄重地点头："你说。"

丁翘说："海洋与渔业局告诉我，白海豚死于一种新型的声呐设备，目前它仅用于美国的军事勘测。为何在我们的海域会出现这种声呐，国家安全部门也在查这事。"

陈俊峰脸上的表情凝固了，他严肃地说："这个我一定会保密的，你放心。看来我之前是想得太简单了，这个吕仁不简单。"

丁翘点头："越想越觉得不正常，以他的知识和阅历，也很难跟拥有这种高科技的声呐的人联系上啊，除非有人在背后支持他或资助他。"

陈俊峰突然脸上一喜，说："你这样说倒提醒我了，他之前自首，也许并不是为了获得轻判，而是——为了迅速结案，为了保护他背后的人！"

丁翘困惑地说："如果他背后真有这么一个人，那么这个人的目的又是什么？"

陈俊峰说："具体的原因我们还不知道，但可以确定的是，一定不会是为了捕鱼。也许，那些鱼，还有白海豚，都只是无意中成为牺牲品。吕仁当年爽快地自首认罪，也许是为了掩盖背后的真正目的。"

丁翘只觉得情况越来越深不可测，喃喃地说："这些人，到底想干什么？"

陈俊峰语气坚决地说："我会把这个情况向上级汇报，不管他们想干什么，都不会得逞的！"

丁翘点头："嗯。"

陈俊峰说："另外，我会请示领导，加强警力布控，掘地三尺也要把吕仁挖出来！这段时间，你自己也要注意安全，如果吕仁知道你活着回来了，极有可能会对你不利……咦，不对……"

丁翘惊讶地看着他："什么不对？"

陈俊峰说："如果吕仁像我们猜测的那样，他和他的同伙都是另有目的，按理说，他不会为了报复你们而闹出这么大的动静，这不是引火烧身吗？他背后的人应该也不会允许他这样做啊。"

丁翘说："这事情越来越复杂了。"

陈俊峰说："从现在起，你不能再独来独往了，一会儿我会送你回家，另外，你家附近的派出所，我也会跟他们打声招呼，让他们加强巡逻，防患于未然。"

丁翘感激地说："谢谢您，陈队。"

晚上，丁翘把陈俊峰与自己交流的情况告诉了卓智，卓智半晌不语，过了许久才说："他说得有道理，这段时间，你必须要特别小心。不，我还是不放心，我要去守在你身边。"

丁翘笑了："你傻呀，不上班啦？再说，就算你出来了，我也得采访写稿啊，难道你整天跟着我去采访？那还不成为报社的笑话？"

卓智愁苦地说："那怎么办啊……要不，你休假吧，休假去国外旅游，你不是很久没见过你妈了吗，正好可以去探亲，说不定等你休假回来，吕仁已被捉拿归案了。"

丁翘说："我哪里也不去，你放心好啦，陈队已经安排了同事暗中保护我，没事的。"

卓智这才略略放下心，丁翘提醒他说："不要老是担心我，你自己也要小心，我怕吕仁还会找你的麻烦，如果他们发现悬崖下面的海底只有一些陶瓷碎片，估计会不甘心。"

卓智说："说起这件事，我倒有点奇怪，我今天下班开船去花碗坪看了一下，没有人在悬崖附近打捞过的痕迹。"

丁翘猜测说："有没有可能他们已经发现悬崖底下全是碎瓷？"

卓智说："就算他们捞到的都是碎瓷，也不会这么快就放弃吧，我也是前后捞了一个多月才彻底死心的，那班亡命之徒，费了这么大的周折才知道藏宝地，不可能一下子就放弃了。"

丁翘说："他们也有可能知道你已经回来了，所以躲起来了。"

卓智说：“我也这么想，估计他们白天是不敢露脸了，晚上可能会悄悄行动。”

丁翘忙说：“你千万别晚上去，很危险！”

卓智说：“我答应你，我不去，我已把这些情况跟派出所说了，他们说会派人穿便装，扮成渔民在附近巡逻，一旦发现吕仁的踪影，便会立即行动。”

丁翘这才放心：“嗯。”

深夜，丁翘正要入睡，赵莞敲门进来，不怀好意地盯着她笑：“嘿嘿嘿。”丁翘被她笑得莫名其妙：“别奸笑了，有话就说。”

赵莞说：“你男人倒是长情，三更半夜，巴巴地打电话来，让我陪着你出入，这把狗粮啊，简直吃得我直冒酸水。”

丁翘一听便知道卓智还是不放心自己，便把吕仁已经刑满释放的消息告诉了赵莞，说：“阿智担心吕仁会报复我。”

赵莞探究地盯着丁翘看：“你们好奇怪啊，分手了半年，完全没来往，突然又和好，而且好像还比以前更好了。”

丁翘笑着说：“这就是爱情啊。”

赵莞用手掩胸，哀号：“单身狗受到重创了！”

丁翘忙安慰她：“我明天请你去潮记吃饭，补补身子。”

赵莞这才满意地点头。

第二天，丁翘在约定的时间去博物馆找姚馆长。虽然陈俊峰和卓智都提醒过她别单独行动，但她并不是很担心，吕仁连自己的生日都没敢回家庆祝，又怎么敢出来生事?

一见面，姚馆长便把丁翘请进办公室，泡了一杯茶，关上了办公室的门，才用抑制不住的激动语气说：“丁翘，经过专家确认，我们此次在浪琴湾花碗坪考古勘探及采集获得的标本，均产自宋朝。这也是我国目前发现的最大的宋朝古瓷集散地，具有很高的历史价值。我们已向上级汇报了，下一步将展开对宋瓷的保护和研究工作。”

虽然早就猜到了，但经姚馆长亲口证实，丁翘还是很兴奋：“那可太好了！”

姚馆长说：“我有个请求，这个你先不要报道，等我们做好准备工作，把古瓷遗址保护起来，届时再报道。”

丁翘点头表示理解：“是因为当年那里盛产瓷器，还是因为那里是交易的场所？”

姚馆长摇头：“不一定。我这几天一直在查找相关的史料，看能否从中找到答案。据史料记载，早在北宋时期，江台市就是广州通海夷道上的‘放洋’之地，也是国外朝贡的船只停靠之地，在南海中外贸易航线上，具有相当重要的作用。所以，我怀疑，这些瓷器，本来是打算运往外国的，但为什么最后在花碗坪被打碎，散落了一地，那就很奇怪了。”

丁翘说：“也许那个时候，花碗坪也不叫花碗坪，只是因为有了那些碎瓷，后人才把它改名叫作花碗坪。”

姚馆长说：“对。北宋地理学家朱彧在宣和年间（1119年—1125年）所撰写的《萍洲可谈》记载——‘广州自小海至溽洲七百里，溽州有望舶巡检司，谓之一望。稍北又有第二、第三望，过溽洲则沧溟矣。商船去时，至溽洲少需以诀，然后解去，谓之放洋。还至溽洲，则相庆贺，寨兵有酒肉之馈，并防护赴广州。’溽洲，就是现在的浪琴湾所在的镇。”

丁翘信服地说：“我一直以为咱们广东在古代属蛮荒之地，想不到当年，人们已经通过海上开辟了对外贸易之路。”

姚馆长说：“这是有历史原因的。隋唐时期，由于西域战火不断，陆上丝绸之路被战争阻断，海上丝绸之路便随之举盛。到唐代，随着我国造船、航海技术的发展，我国通往东南亚、马六甲海峡、印度洋、红海，以及非洲大陆的航路纷纷开通与延伸，海上丝绸之路终于替代了陆上丝绸之路，成为我国对外交往的主要通道。”

丁翘点头：“嗯，经济的发展往往最能体现当时的政治环境。”

姚馆长点头认同：“不错。在采集瓷片的时候，我们发现，瓷片中有‘景定’‘咸淳’等标识，这也是符合史实的。景定和咸淳分别是理宗和度宗的年号，当时宋朝经济、社会的发展还是相当不错的，到了德佑、景炎年间，便一年不如一年，而宋末帝赵昺上位的两年间，人民更是流离失所、疲于逃命。所以我们有理由怀疑，这些瓷片，极有可能是在咸淳年间散落在此的。”

丁翘默默地点头。

姚馆长说：“这些都只是我们的怀疑和推测，现在我们能做的，就是大胆假设，小心求证。不过，在调查中，我发现一件特别有意思的事。”

姚馆长的话引起了丁翘的兴趣：“什么事？”

姚馆长说：“在距江台市70多公里的新会，有个村子叫宋皇村，村民大部分都姓赵，据说是当年在海战中侥幸逃生的赵氏后裔，村民的语言也颇有古风，比如把婆婆称为安人，在宋朝，丈夫必须是朝奉郎以上，其妻才能封安人，这个称呼极有可能就是那个时候沿袭下来的。不过，最有意思的不是这个，而是这个村子里世世代代传唱着一首寻宝诗。”

丁翘好奇地说：“寻宝诗？寻什么宝？”

姚馆长说：“没有人知道，但是这首诗，他们代代相传。”

丁翘笑了：“我对这首诗倒挺感兴趣，念来听听？”

姚馆长笑了：“来，我教你，很简单，才四句。榄仔对峨眉，十万九千四，月挂竹竿尾，两影相交地。”

因为这诗实在太简单了，丁翘默默地吟了两次，便能完全背下来了。

丁翘说：“听起来这首寻宝诗像是童谣，会不会是大人编来哄小孩的？”

姚馆长摇摇头，道：“不像。我在村里跟老人聊天时，他们均说这个是以前的老人家流传下来的，并要求代代相传，如果只是一般的童谣，似乎没必要这样做，但到底要寻什么宝，却没人说得清楚，有人说是皇帝留下来的玉玺，有人说是无数的金银珠宝。”

丁翘笑了："有意思。"她想起了陈俊峰说过的话，便对姚馆长现学现卖，"不要看这些信息似乎毫不相干，也许到了某个时刻，找到某个关键点，所有的问题便可迎刃而解了。"

姚馆长佩服地说："想不到你年纪轻轻，倒是心水清。"

丁翘忙谦虚地说："这个可不是我说的，是我的一个公安局的朋友说的。对了，上次制止村民胡乱采摘瓷片，也是这位朋友帮的忙。"

姚馆长说："代我谢谢你这位朋友。也许在将来，花碗坪会建起一个以宋瓷为主题的博物馆，届时，你和你这个朋友都是当之无愧的大功臣。"

丁翘真诚地说："姚馆长，您才是大功臣，没有您的深入研究，它们只是沙滩上的碎瓦片。"

丁翘与姚馆长开启"商业互吹"模式，聊得正高兴，手机突然响了，是陈俊峰打来的，丁翘笑着说："白天还真不能说人，刚说他，他就打电话来了。"

"陈队，您好。"

电话那边，是陈俊峰低沉的声音："丁翘，吕仁死了。"

丁翘大吃一惊："啊？"

第二十五章
吕仁之死

吕仁的尸体，是在海边被发现的。

丁翘和陈俊峰赶到现场的时候，已经是傍晚了。虽然周围拉起了警戒线，但还是围满了看热闹的群众。

陈俊峰和丁翘走近那具尸体，法医正在现场工作，空气中隐隐飘浮着一股恶臭。因为长期跑公安线，这样的场面对丁翘来说已不算陌生了，但当她的目光触及吕仁的尸体，还是忍不住涌起一阵恶心，几乎要呕吐了，好不容易才控制住。

或许是因为长时间浸泡在海水中，吕仁的脸看上去比平时起码大了一倍，而且非常黄，像一个泡开的馒头。很明显，他是死后被海水冲上岸的。

这是一片较偏僻的海域，因为岸边积了较多的淤泥，风景也不算好，所以平时少有人来。一名渔民妇女在海边拾贝类时，远远看见吕仁肥胖的尸体，以为搁置了一条大鱼，兴冲冲地走近一看，被吓了个半死。

虽然吕仁曾两次欲置自己于死地，但亲眼见他沦落到如此地步，丁翘还是心有不忍。陈俊峰似乎看出她内心并不好受，带着她走到不远处的岩石处坐下来。

很快，法医完成了相关的工作，殡仪馆的人把吕仁的尸体运走了。

法医走到陈俊峰跟前，看着丁翘欲言又止，陈俊峰说："没关系，丁记者是我们自己人，不会胡乱报道的，说吧，具体的死因是什么？"

法医说："死者的头骨有被钝器敲打过的痕迹，但初步判断这并非致死的主要原因，从综合情况来看，死者极有可能是被打伤导致昏迷，然后被扔进海里的。"

陈俊峰双眉微蹙："所以，他的死因是……"

"溺亡。"法医说，"虽然还未对尸体进行解剖，但死因基本上可以肯定了。"

陈俊峰点点头："好的，谢谢你，辛苦了。"

"不好意思，我想请问一下……"丁翘问法医，"能估算出死者的溺亡时间吗？"

法医说："非常精准有点难度，只能说大概吧，从海水的温度、岸上的温度和湿度来分析，死者应该是死于5天前。"

丁翘点头道谢："谢谢您，明白了。"

法医走后，丁翘和陈俊峰继续在附近的海边走。此时夕阳西下，把海面照得泛出万丈金光。

丁翘感叹："吕仁曾两次想让我死在海里，却没想到我两次都逢凶化吉了，他自己反而在海里溺亡。"

陈俊峰说："但他并不是自己跳进海里的，是有人先袭击他，然后把他扔进海里的。"

丁翘若有所思地说："如果法医的判断没错，那么吕仁是在我们上岸的同一天出事的。"

陈俊峰说："这位法医的判断不会错，他是我们公安系统最有经验的法医，被同僚称为能让尸体开口说话的人。"

丁翘沉思着说："按理说，吕仁的目的是报复我和卓智，他的目的已经达到了，为什么还会继续待在海上，而且还出事了？"

陈俊峰说："会不会是内讧？你回忆一下，当天挟持你们的人当中，有没有什么特别的？"

丁翘想了一下，说："我记得当天除了吕仁外，还有三个人，一个戴着熊猫面具的，倒像是老实人；另外一个戴着猪面具的，感觉是个狠角色；还有一个基本上不说话，感觉就是小弟的角色，他自始至终没有说话。"

陈俊峰静默了一下，说："这么说来，那三个人中也许有一个就是我们之前猜测过的，站在吕仁背后的厉害角色。我猜，很有可能你们在海上随波逐流的那几天，其实吕仁他们已经回到了花碗坪的悬崖下打捞瓷碗，因为没有打捞到他们想要的东西，以致产生内讧，然后他的同伙杀死了他。如果是这样，那么吕仁极有可能是在浪琴湾附近的海域遇害的，后来被海水冲到了这边。"

丁翘想了一下，说："不对……"

陈俊峰目光深沉地看着她："哪里不对？"

丁翘说："如果按我们之前的推测，吕仁当年自首是为了掩盖背后的真相，为了保住身后的正主，那么双方的合作必然是长期的、稳固的，怎么可能会突然杀死他？就算有矛盾，双方都合作了这么久了，也不会因一时之气而杀人吧？"

陈俊峰默默地想了一下，点头称是，过了好一会儿，他才说："除非，他们的矛盾已到了不可调和的程度。"

丁翘说："两个长期合作、狼狈为奸的人，能有什么原因让他们彼此仇视？"

陈俊峰说："这个倒不难猜测，要么是为女人，要么是为钱，不法分子的内讧，基本上逃不出这两样。"

丁翘苦笑："可惜我们连另一个人是谁都不知道，现在吕仁又死了，所有的线索都没有了。"

陈俊峰微笑："别这么悲观，问题总会解决的。"

丁翘突然心念一动："女人……会不会跟吕仁的老婆有关？我还记得，吕仁的女儿吕文静一直说她妈妈不会自杀，难道吕仁的老婆真的是被人谋杀的？”

陈俊峰欣赏地看着丁翘，说：“你这个想法有一定的道理，假设这个人趁吕仁入狱，企图对吕妻图谋不轨，但遭到她拒绝，此人担心她会把事情告诉吕仁，先下手为强，趁她熟睡放火。”

丁翘兴奋地说：“对，很有可能！”

陈俊峰说：“所以，事情有可能是这样的，吕仁从监狱里出来后，对妻子的死一直耿耿于怀，可能也在怀疑这件事，但投鼠忌器，所以跟这个合作伙伴依然保持着表面的亲密关系，但是背后他做出了激怒这个合作伙伴的事，这个人一怒之下，解决了他。”

丁翘若有所思地说：“他到底做了什么事，令这个合作伙伴这么生气？”

陈俊峰说：“也许是因为他绑架了你和卓智？凑巧的是，吕仁刚好死在你们脱险的那天……”

丁翘说：“我明白了！你的意思是说，另一个人知道我们回来了，知道吕仁保不住了，于是干脆……”

陈俊峰点头：“对，就是这样！吕仁这次是绑架杀人，跟上次用声呐捕鱼不一样。声呐捕鱼，可以让吕仁自首掩盖他们想要保守的秘密，这是最安全最省事的办法，但是，绑架杀人不一样，情节恶劣者有可能是死罪。吕仁若是落网，有可能为了争取立功而把对方供出来，这样，对方便很有可能先下手为强，把吕仁干掉！”

丁翘叹为观止：“应该是这样了。”

陈俊峰说：“吕仁死了，这个人估计还会继续他们的不法勾当，不会就此罢手的，只要他一动手，便逃不了！”

丁翘困惑地说：“他们的真正目的是什么？真让人费解。”

陈俊峰表情严肃地说：“总之不会是什么好事！我国这些年的迅猛发展，已经引起了某些资本主义国家的觊觎，他们要不择手段干点什么，一点也不奇怪！但是，他们不会得逞的！”

丁翘信服地点头：“嗯！”

晚上回到家中，丁翘把吕仁已死的事告诉了赵莞，赵莞松了一口气，说："我这两天都提心吊胆的，老是担心那个人会找上门来寻仇，会躲在卫生间里或柜子里突然冒出来，现在好了，没事了，安全了！"

丁翘哭笑不得，赵莞又问："是谁杀死了吕仁？"

丁翘说："可能是黑吃黑吧，公安局也在查。"

赵莞又变得紧张起来："他的同伙，不会来追杀你吧？"

丁翘笑了："当然不会，我又不认识他的同伙。"

赵莞认真地说："可是他的同伙有可能认识你啊，你在明处，他在暗处。"

丁翘点头，一脸担忧地说："是啊，不过，他的同伙对我也不熟悉，如果他寻上门来，很容易把你错认成我……"

赵莞哀号一声："我害怕！我今晚要跟你睡！"

丁翘当然没有答应赵莞跟她一起睡，两分钟后，她不顾赵莞可怜巴巴的眼神，坚决地把她推了出去，因为她要打电话给卓智。

白天，她已经把吕仁的事告诉卓智了，但还有好多事，两人要捋顺一下。听了丁翘转述的陈俊峰的分析后，卓智半晌没有说话。

"阿智，怎么了？"

卓智感叹："当我们以为事情解决了的时候，它却越来越复杂了。阿翘，这些日子你出入一定要特别注意安全。"

丁翘说："难道你也像赵莞那样认为，吕仁的同伙会来找我算账？"

卓智说："对方是什么人，我们虽然一无所知，但因为我们跟吕仁接触过，可能无意中已掌握了某些线索，只是一时还未能察觉。对方不一定这样认为啊，对方可能为了掩盖真相，会对你不利。"

丁翘觉得卓智说得极为有理，不由得点头称是："嗯。"

卓智又说："对了，派出所的人已经撤走了，估计他们也是接到上级的通知，知道吕仁一伙内讧，近期内，他们应该不会行动了。"

丁翘说："这点你跟陈队的看法恰恰相反，他认为对方既然把吕仁干掉了，反而会更加急于求成，不会停止行动。我估计，派出所的人从花碗坪撤走只是表象，他们有可能通过更加隐秘的模式进行监控。”

第二天刚上班，丁翘便接到陈俊峰的电话，他在电话中激动地说：“丁翘，我的猜测是正确的，吕仁果然是在浪琴湾附近的海域遇害的。”

丁翘心里一跳，说：“找到证人了吗？知道是谁杀死吕仁的吗？”

陈俊峰说：“没有找到证人，但是有证物，法医在吕仁的胃内容物中，发现了一种海藻，这种海藻，只生长于浪琴湾一带的海域。”

丁翘问：“知道第一案发地就在浪琴湾，是不是很快就能破案？”

陈俊峰说：“这个不一定，不过我们会对浪琴湾加强排查，不放过任何一个可疑的线索。”

丁翘突然想起一件事，说：“我也许能帮上忙，如果能找到吕仁用来绑架我们的那艘船，估计就能找到他的同伙了。”

陈俊峰说：“可是你们提供不了详细的资料啊。”

丁翘说：“那艘船就是普通的出海捕捞的渔船，虽然我一下子说不出它有什么特征，但是，如果让我走进船里，还是能认出来的。”

陈俊峰问道：“那你打算……”

丁翘说：“我和卓智会想办法把浪琴湾的渔船都看一遍，这虽然是一个笨办法，但好歹也是一个办法，总比什么都不做要强。”

陈俊峰说：“对！”

傍晚的时候，江盛打电话给丁翘，问她有空不，丁翘知道他这样问，必然是有事，便笑着说：“我的男朋友在你手上，我能说没空吗？”

江盛便笑了，说：“如果有空，陪我去一个地方。”

下班的时候，江盛来接丁翘，原来他说的地方，是吕仁家。

虽然吕仁曾两次要置自己于死地，但一想起他的女儿吕文静，那个有着一双忧伤而闪亮的大眼睛的女孩，丁翘便不由自主涌起一股怜悯和柔情。先是爸爸入狱，妈妈自杀，好不容易等到爸爸出来，他又突然被害，哪个孩子承受得了这样的打击？

不过丁翘也有顾虑，因为报道过吕仁的事，吕文静对她的敌意很深，她担心吕文静会抗拒自己。

江盛安慰她说："放心吧，吕文静现在是一个懂事的大姑娘了，比以前懂事多了，我跟她聊过这事，她心平气和地说，其实是她的爸爸做得不对，你报道是应该的。"

丁翘这才放下心来。

江盛和丁翘到吕家的时候，天色已完全暗了下来，吕文静和外婆正在吃饭。吕文静已长成了少女模样，外婆似乎更老了，或许是接二连三的打击令她失去了活力，她的动作都变得迟缓了，眼神也混浊了，一直呆呆地坐在那里，机械地扒着碗里的饭。

吕文静给他们倒了两杯水，说："谢谢你们。其实社区已经告诉我了，是你们一直在资助我。"

丁翘忙说："是这位江哥哥出的钱，我……没出什么力。"

吕文静淡淡地笑了，说："我知道你们是好朋友。"

丁翘被她脸上的友好打动了，忍不住伸手轻轻地拥抱了一下她，吕文静也没有拒绝，但在放开的一刹那，丁翘看见了她眼睛中有泪光。

丁翘没有把吕仁在出事前曾绑架自己的事告诉吕文静，她觉得，等吕文静再大一些，她对这个世界、对她的父亲，也许会有更充分的认知，也许到那时候再告诉她也不迟。

因为吕文静要伺候外婆休息，而且她第二天还要上学，丁翘和江盛稍坐了一会儿，便告辞准备离开。

吕文静突然叫了一声："丁姐姐……"

丁翘惊讶地看着吕文静，只见她脸色通红，似乎在犹豫着什么，便知她有些话想跟自己说，于是温柔地说："怎么了？"

吕文静吞吞吐吐地说："我……"

丁翘善解人意地说："是家里的经济上有困难吗？如果需要帮忙，我可以和江哥哥一起资助你。"

吕文静连连摇头："不是，我和外婆有低保，再加上江哥哥的资助，我们省点用就行了。”她犹豫了一下，说，“你们等等。”

她走进里间，很快便拿了一个银行卡走出来，说：“这是我爸几天前给我的，说如果他出了事，这卡里的钱可以供我读大学、给外婆养老。”

丁翘和江盛对视了一眼，江盛问：“你知道卡里有多少钱吗？”

吕文静说：“知道，200万。”

丁翘大吃一惊，200万可不是一个小数目，据她所知，吕仁入狱时给妻女留下的钱并不多，现在刚出狱不久，哪里来的这么一大笔钱？

丁翘说：“这笔钱是你爸留给你和外婆的，你拿出来是……”

吕文静眼圈又红了，说：“我爸回来后，也没找到正式的工作，突然拿这么一大笔钱出来，我总觉得哪里不对。如果能找出杀害我爸的人，我宁愿不要这些钱。”

这是一个懂事且明辨是非的孩子，丁翘有点感动，说：“你就不怕……”

吕文静说：“我不怕。你做的新闻，我在网上都看见了，我知道你是一个不畏强权的好人，我只相信你。我把银行卡交给你，你能不能帮我查到是谁害了我爸？”

丁翘感动得再次拥抱吕文静，她说：“文静，这个我无法答应你，但是，我会尽量努力。”

丁翘记下了银行卡的号码，把银行卡还给吕文静：“这个卡，还是你拿着，将来如果证实不是赃款，你就用这笔钱，安排你和外婆的生活。”

从吕家走出来，丁翘和江盛有好长一段时间没说话。

过了好半天，江盛说：“真没想到，吕仁那样的人，竟然有这么一个懂事的女儿。”

丁翘叹息：“可惜他没有珍惜，如果他出狱后老老实实找一份工作，他和女儿就可以过上安稳的生活。”

丁翘把银行卡的账号发给陈俊峰后，很快，答复来了。

在电话中，陈俊峰说："这笔钱不是转账，是吕仁自己存在银行的。我们查过开户银行的监控，存款的时候，他是独自前往银行办理的，身边没有任何可疑人物。"

又一条路被堵住了，丁翘"哦"了一声，只觉得无比失望。

陈俊峰可能意识到了她的沮丧，安慰她说："放心好了，事情到最后，总会水落石出的。"

"嗯。"

周末，丁翘要到浪琴湾找卓智，卓智在电话里一听便拒绝了："不行，这个时候，你最好是待在家里，哪里也不要去。虽然吕仁死了，但他的同伙说不定正在伺机对付你。"

丁翘说："现在处处有监控，大白天的，哪会有事。"

卓智说："城市当然有监控，但出了城就没有了，尤其是我们这边。"

丁翘讨好地说："不是还有你吗，你会护着我的，是不是？"

卓智说："我当然会护着你，但只怕我到时候也自身难保，想起上次的事，我就害怕，绝不敢让你再冒一点风险。"

丁翘语气降低了八度，柔弱无比地说："可是，人家想你了怎么办？"

卓智立即说："那你乖乖待在家里，我去找你。"

丁翘法宝使尽，只好图穷匕见，正色道："卓先生，这个周末我是一定要去浪琴湾了，你同意也得配合，不同意也得配合。"说罢，她便把自己答应陈俊峰帮忙查找吕仁用来挟持他们的渔船的事说了出来。

卓智停了一下，说："其实，我也考虑过这个问题，但渔船是渔家人揾食的工具，他们早出晚归，有的出去十多天才回来一次，所以想上他们的渔船，并没有那么容易。"

丁翘说："那是因为没有人帮你，如果我去了，一定能有办法上他们的渔船。"

卓智认真地说："阿翘，你不了解海上的渔民，如果你来了，他们更加不会让你上船。"

丁翘好奇地问："为什么啊？"

"因为……"卓智尽量把话说得婉转一点，"渔民认为，女人是不吉利的，渔船要出海必须大吉大利，因此是绝对不会让一个陌生的女人上他们的渔船的。"

果然，丁翘生气了，恼怒地说："真是封建无知！"

卓智忙劝她："这是一代一代传下来的封建糟粕，你不要放在心上。"

丁翘又问："那些老封建这么见不得女人，他们的妻子也不让上船吗？"

卓智说："那倒不是，要出远海捕鱼的话，有时候一出去就是10多天、20多天，船上还是得有女人负责煮饭、洗刷等事情的，不过一般不会请外人，都是船主的老婆，或者请来的帮工的老婆。"丁翘计上心来："那我有办法了。"

卓智好奇地道："你有什么办法？"

丁翘笑眯眯地说："到时你就知道了。"

卓智知道丁翘脑袋转得快，满肚子的小计谋，只好勉强地同意了。

船还未靠岸，丁翘站在甲板上，便看见卓智在码头上朝她挥手，不禁莞尔，这个家伙，口口声声阻止她来的是他，现在迫不及待地要见她的也是他，她心里不由得一热，也用力地朝卓智挥手。

船一停稳，人们争先恐后地涌上岸，丁翘被人群推着往前走，很快便到了码头，看见卓智站在那里正冲着自己笑，便起了恶作剧的念头，冲过去扑进卓智的怀里。

卓智见她来势凶猛，忙伸手拥抱她，她却乘机把双手攀上他的脖子，修长的双腿已灵活地盘上他的腰间。

大庭广众之下，卓智的脸都红了，丁翘得意扬扬地看着他的脸，笑着说："哼，嘴里说不要，身体很诚实嘛。"

卓智老老实实地说："嗯。"说罢不等她反应，突然手上用力，把原来拥抱的姿势变成了公主抱，然后大步朝前走去。

丁翘大吃一惊："你干什么，快放下我，这么多人看着，快放下我。"

卓智满不在乎地说："看就让他们看呗，闲着也是闲着，抱抱媳妇锻炼身体。"

众人哄笑，直到丁翘低声求饶，卓智才把她放下来，一脸坏笑地说："其实，就算你不求我，我也会放下你的，我快撑不住了，你最近是不是胖了？我觉得你今天比平时重。"

丁翘眉开眼笑："重了10斤。"

卓智在一惊："啊？10斤？肉藏在哪里了？"

丁翘指指背上的背囊："这里，这里有10斤糖果。"

卓智更加奇怪了："你买这么多糖果干什么？"

丁翘神秘地说："求我，求我就告诉你。"

卓智从她背上抢过背囊，大步往前走，颇为豪气地说："大丈夫，威武不能屈，美色不能淫，不求！"

两人一路打闹着回家，一路上，不时有人跟卓智打招呼，现在卓智是江氏的保安经理，村里不少人在他手下当差，他也算是个人物了。

傍晚，卓智终于知道那10斤糖果的作用了。

丁翘把糖果分装在一个个精美的荷包袋里，那荷包袋是金色的丝线织成，上面还印着大红的双喜，看上去喜气洋洋的，谁收到这样的礼物都会喜笑颜开。

"走，送喜糖去！"

卓智马上明白了她的意图，她是想利用给船家送喜糖的机会，登船看个究竟。在渔村，乡民对结婚、生孩子这样的喜事，有一种本能的随喜心态，比如谁分发了喜糖或满月红蛋，收到的人都会格外高兴，觉得能给自己带来好运，丁翘正是利用人们的这种心理，创造上船的机会。

两人还未结婚，却要给人送喜糖，这样的事情只有丁翘能做出来，卓智有点感动，为她对自己的无限信任。丁翘知道他在想什么，拍了他一下："别乱想了，我这个喜糖，就是做做样子！"

卓智却说："我可不是做做样子，这一辈子，只发这一次喜糖。这个，花了多少钱？我给你，不能我娶媳妇，让你花钱。"

丁翘被他逗笑了，说："也没花多少钱，这个糖果，是我在批发市场买的，十块钱一斤，一共花了一百块。这些小荷包，是同事结婚时用剩的，她当时是在淘宝上买的，一块钱一个，无偿送给我了，一分钱也没花。"

卓智眉开眼笑："一百元就娶了个这么好看的媳妇，值！"

果然，正如他们预料的那样，他们得到了船家人的祝福，船家人还热情地邀请他们上船参观。但是，忙碌了半天，他们并没有找到那艘渔船。

回来的路上，丁翘的情绪都有点低落，卓智逗她："怎么不高兴了，我的新娘子？"

丁翘沮丧地说："张罗了半天一无所获，怎么高兴得起来？"

卓智幽怨地说："怎么没有收获？难道刚才我们送喜糖时的微笑是假的？人家的祝福是假的？甚至，你爱我也是假的？"

丁翘无奈地说："这个，当然是真的。"

卓智理直气壮地说："就是啊，我们起码实现了另外的目标啊，怎能说一无所获？"

丁翘好奇道："什么目标？"

卓智认真而不失严肃地说："秀恩爱。"

丁翘终于被他逗笑了，伸手打他，他却高兴地说："走，咱俩继续秀恩爱去！"

"怎么秀？"

卓智自豪地说："继续发喜糖啊，还有好多喜糖没发完呢，必须要给村里人都发上，我要告诉全村人，我娶了一个全村最好看的媳妇！"

丁翘纠正他："不对，是最聪明！"

卓智说："聪明要用在我身上，你负责好看就行了。"

"哈哈哈，你不要脸！"

这一天，几乎整个浪琴湾的人，都尝到了他们的喜糖，听到了他们的笑声。

吕仁的死讯传到了浪琴湾。

第二天一早，卓智和丁翘去码头上买海鲜的时候，便听见人们在议论此事，三姑六婆压低声音边议论边神色诡异地挤眉弄眼，也不知道提防着谁。

“听说了吗，以前那个吕老板，死在海里了，早几天浮上来了！”

“啧啧，听说全身没有伤，莫名其妙就死了，真可怕！”

“听说是在花碗坪死的，吃了一肚子的海藻！”

“早就说过花碗坪有那种东西了！要不然，怎么那么多花花绿绿的瓷片！”

“以后可不敢去那儿了，邪门！”

…………

丁翘心想，这样倒好，在乡间，乡民敬畏“那些东西”多过敬畏法律和法规，因为心生敬畏，他们便不敢再去花碗坪搞事，起码可以保证在有关部门把花碗坪列为保护区之前，那些碎瓷片不会遭到破坏。

吃过午饭后，丁翘打算去花碗坪走一趟，因为卓智家的渔船上次已经被吕仁一伙毁掉，两人只能在村里租了一艘小渔船去。

出发的时候，卓智依然挎着工具袋，连款式都跟以前那个一模一样。上次他们坠海后，工具袋和手机都不知去向，卓智重新置办了一套新的行头。

丁翘笑道：“怎么你又买了个一模一样的工具袋，不趁机换别的款试试？”

卓智说:“自己选中的必然是最适合的,为什么还要费神重新挑选？”

丁翘说：“难道你就不想试试其他的款式？比如我们女孩子，就算很喜欢一个包包，但见到其他款式的包包，还是会动心啊。”

卓智拍拍他的工具袋，另有所指地说：“我跟你们不一样，我喜欢了就会一直喜欢。”他略带点委屈，“会不会有一天，你也想把我换掉？”

丁翘忍俊不禁，笑了，男人要撒起娇来，简直比女人还嗲。

船一靠近，两人先去了花碗坪。花碗坪像以前一样静悄悄的，唯有那些细碎的瓷片在阳光下闪着光。

丁翘今天特意穿了一条碎花长裙子，她在沙滩上奔跑着、跳跃着、欢笑着，让卓智给她拍了无数张照片。花碗坪的保护与开发是迟早的事情，必须要抓紧时机多拍一些照片，也许，这些照片在将来都会成为宝贵的历史存照呢。

离开花碗坪后，两人登上山顶看桃薇花。上次卓智送给她的那个桃薇花环，虽然她一直不舍得吃掉那些花，但浸泡在海水里久了，那些花瓣都脱落了，最后只剩下光秃秃的花萼，才不得不扔掉了。

山顶上，桃薇花依然灿烂地开，那么热烈，那么鲜艳，好像从不知道人间疾苦。

丁翘采了一大捧桃薇花，放进包包里装好，她要带回去晒干，用来泡茶。

卓智正在用桃薇花给她编织一个花环，因为有了经验，这次的花环比上次的好看得多，也隆重得多，与其说是花环，倒不如说是花冠。

当卓智把花冠套在丁翘的头上时，两个人情不自禁地拥抱、亲吻了。

卓智说："好了，套住你了，以后你都是我的了。"

丁翘用手轻抚着头上的花冠，说："这个，是我专属的，你以后不许再送给别人。"

卓智伸手把她脸上的一丝乱发理顺，疼爱地说："傻姑娘，除了你，谁会稀罕这个！"

"以后每一年桃薇花盛开的时候，你都要给我编一个。"

"好。"

"快，给我拍张照片。"

"好。"

"咔嚓"一声，丁翘的笑容和桃薇花都定格在照片中——在开得铺天盖地的桃薇花丛中，头戴着桃薇花冠的丁翘，美得像个仙子。

丁翘实在太喜欢这张照片了！她把照片发上了朋友圈，只写了三个字：这一刻。

很快，朋友圈的评论便爆满了——

“好靓的花花呀，这是哪里？”

“好仙呀，比明星还好看！”

“太美了！这花是假的吧，真花怎么可能这么漂亮……”

这世界假的东西太多，当你奉上真的时，人们理所当然地认为它是假货。

丁翘也没有解释，她不想让这片桃薇花成为网红打卡点，就让它们自顾自地美丽吧，她不愿意让这片桃薇花被践踏。

从山顶上下来，卓智继续他未竟的事业——他坚信自己能破解磁场的秘密，虽然现在没有任何进展，但他认为那只是迟早的事。

卓智的那些电线、正负极、电池、能量王，丁翘都是帮不上忙的，于是她找了块平坦的岩石坐下，岩石旁边还有一块竖起的石头，她正好用来当靠背。

午后的阳光正好，照在人身上暖洋洋的，丁翘整个人都松弛下来，刚开始的时候，她还饶有兴趣地看着卓智在岩石边操作，后来不知不觉就斜靠在石头上睡着了。

这真是一个悠长而甜蜜的午觉，梦中都散发着桃薇花的味道……不知道睡了多久，丁翘睁开眼睛，看见卓智正靠在石头旁，盯着自己笑，她忙不迭地伸手摸自己的脸：“你笑什么？我是不是睡得流口水了？”

卓智伸手握住她的手：“没有，你睡得很好看，还有点……撩人。”

丁翘抽出手来打他：“你笑我！”

卓智吻她的额头，说：“真的，你在睡梦中，一直在笑。”

丁翘不好意思地说：“很奇怪，我做的梦，竟然没有具体的情节，只是大片大片的桃薇花，气味芬芳，很香很香。真奇怪，以前我可没有做过这样的梦。”

卓智笑着说：“傻瓜，因为你头上戴着这个桃薇花环啊，上面有几十朵花，怎么会不香。”

“嗯……”她抬起头，突然惊讶地看着斜对面的大石山，失声惊呼，“那是什么？”

夕阳已西斜，阳光被山顶挡住，刚好斜斜地照在斜对面的大石山上，那个大石山生长的草木并不多，大块大块的石头都暴露出来，看上去颇有怪石嶙峋之感。让丁翘惊讶的不是这座石山，而是在半山腰的一块大石头上刻着一个字。

虽然她能清楚地认出那个字，但她还是忍不住迫切地问卓智：“你快看，那是什么字？”

卓智眼眸都不抬，说：“榄，榄字。”

丁翘大吃一惊：“岩石上的那个字，你……早就知道了？”

卓智笑了：“当然知道了，不但我知道，全村人都知道啊，听村里的老人说，这个字，从他们的爷爷的爷爷那一辈起就有。”

丁翘吃惊地盯着那个字，那块岩石所处的位置，那么陡峭，不要说刻字，就算攀爬上去，也要冒很大的风险。当年，是谁冒着危险攀上去刻下这个“榄”字？她不由自主地吟哦着姚馆长教给她的那首寻宝诗：“榄仔对峨眉，十万九千四，月挂竹竿尾，两影相交地。”

广东话中，这四句诗的最末一个字，押的都是“ei”韵，因此卓智一听便佩服地说：“厉害啊，还吟诗作对来了。”他好奇地问，“是谁告诉你这个山名叫峨眉？”

丁翘惊讶地看着卓智，问：“这个山，叫……峨眉？”

卓智点头，说：“是啊，你不知道这个山叫峨眉，那你是怎么作出这首诗的？”

丁翘只觉得一颗心激动得怦怦直跳，她说：“这不是我作的诗，这是在宋皇村流传的一首寻宝诗。”

前几天她和卓智一直为吕仁的事伤脑筋，姚馆长把寻宝诗的事情告诉她后，她还未来得及跟他说，当下，她便把这首诗的来龙去脉一一向卓智细说了一遍。卓智听她说完，大呼神奇。

“你看……”卓智指着山边的一个凹陷处，“那个，像不像眉毛？”

丁翘定睛细看，果然，这边半月腰的一个地方，有一处细长的凹陷，粗看那不过是山势的起伏，但认真审视，像是古代仕女图中斜插入云鬓的峨眉，与对面石山上的“榄”字遥遥相对，可不堪堪正中了那句“榄仔对峨眉”。

丁翘不由得大吃一惊，问卓智：“这座山，真叫峨眉？”

卓智说：“是的，村里的老人家都这样叫，只是我们年轻的一辈都习惯把这一大片孤岛都叫作花碗坪。不过……”他纳闷地说，“为什么宋皇村流传的寻宝诗，恰巧跟我们这里的石山相对应？”

丁翘默默地看了一眼对面石山上的“榄”字，又看一眼这边半山腰上的“峨眉”，突然恍然大悟，说：“我明白了，诗中的‘榄仔对峨眉’，可能本是‘榄字’，只不过在长期的口口相传中，误传成了‘榄仔’。既然宋皇村能流传着这样的诗，我想，他们跟这边可能有着某种渊源。”

卓智点头表示认同，问：“下一句是什么？”

丁翘说：“十万九千四。”

卓智喃喃地重复：“十万九千四……”他突然惊叫起来，“我想到了，这个十万九千四，可能是指崖门海战那段悲壮的历史，南宋灭国时，陆秀夫背着少帝赵昺投海自尽，许多忠臣追随其后，十万军民跳海殉国。这个十万九千可能是实指，后面的四，极有可能是为了押韵。”

丁翘连连点头：“对对，极有可能是这样。”她的眼睛闪着光，又说，“如果榄仔对峨眉说的是这里，十万九千四说的是崖门海战那段悲壮的历史，那么它们之间有什么联系？”

卓智说：“那要看看后面的两句了，也许后面的两句破解了，就什么都清楚了！”

丁翘说：“来，我再读一次，你认真听着，说不定真能破解秘密，把埋藏了将近千年的宝藏找出来。来，听着，后面两句是——月挂竹竿尾，两影相交地。”

卓智喃喃地念着：“月挂竹竿尾，两影相交地……这个，还真不好破解。”

丁翘说："不要紧，咱们慢慢来。"

晚上，丁翘把用手机拍的"榄"字和半山腰的"峨眉"发给姚馆长，姚馆长的电话立即就打过来了。

"这是在哪里拍的？"

丁翘说："花碗坪，在岛上的另一边，'榄'字和'峨眉'分别属于两座山，刚好形成一个相对的夹角。"

"天啊！"姚馆长惊呼，"怎么这么巧？我明天必须要去看看。"

"来吧。"丁翘热情地说，"我在这里等你。"

姚馆长说："好，我到时还有一些事也想跟你聊聊，说不定你能给我启发。"

"嗯。"

丁翘刚挂了电话，手机便提示收到了新信息，打开一看，是她母亲发来的她今天发在朋友圈中那张头戴着桃薇花冠的照片。

"哈哈，是不是觉得你女儿特别好看？"

"简直美爆了！问题来了，这是在哪里拍的？"

"浪琴湾，一个海边孤岛。"

周颖芝没有回复，过了一会儿，她的电话打过来了，语气中有着一股抑制不住的激动："阿翘，老杜说，这是一种古老的玫瑰花品种，非常珍稀！"

丁翘便笑了，这个老杜，可真是浪漫，跟母亲在一起这么多年了，仍时时惦记着要寻遍天下最美的玫瑰花送给她，母亲和老杜在一起，就是爱情的模样。

丁翘便笑着问："老杜是不是想亲手摘了这花送给你啊？"

电话那头，周颖芝似乎还有点害羞："嗯。"

丁翘说："行啊，你叫老杜陪你回来，我带你们去摘。"她心念一动，"老杜知道这种叫什么花吗？"

"桃薇。"周颖芝说，"听他的读音似乎是这两个字，你也知道，他的中文不太灵光。"

丁翘忙说："但他说对了，这种花就叫桃薇，本地人也这样叫。"她感叹道，"天啊，真想不到这种长在山顶上的野花，竟然是一种名贵的玫瑰花。"

周颖芝说："老杜说，我们将尽快回国一次。"

丁翘笑了："为了送你玫瑰花，老杜还要大费周折陪你飞回来，真是甜到齁啊！"

周颖芝也笑了："他说，那是他的荣幸。"

第二十六章
解密寻宝诗

第二天上午，丁翘和卓智去码头接姚馆长。

姚馆长和她的助手小杨是坐最早的班车来的，下了班车又坐船，抵达浪琴湾也不过9点而已，这种敬业的态度令丁翘非常佩服，

一见面，丁翘便为双方做介绍："这位是姚馆长，这位是姚馆长的助手小杨，这是我的男朋友卓智，你们可以叫他阿智。"

姚馆长再三向卓智道谢，为打扰了他们周末的二人世界过意不去，卓智笑着说："快别这么说了，你们来也是帮我的忙。"

见姚馆长惊讶，丁翘便把卓智小时候在花碗坪上见过奇怪影像的事说了出来，姚馆长更加震惊了，说："看来这花碗坪，还有许多秘密需要我们去解开。"

一行人上了租来的小渔船，卓智发动马达，小渔船便嗒嗒嗒地朝着花碗坪的孤岛驶去。

为了便于清楚地观察石山上的"榄"字，卓智并没有把船停在平时靠岸的地方，而是一直驶到石山旁边的海面。这个位置对着悬崖，处于石山与另一座山的夹角，恰好能把"榄"字和"峨眉"都看清楚。

“天啊。”姚馆长惊叹不已，“竟然真的有个‘榄’字！”

小杨困惑地说：“这个峨眉是大自然的杰作，可是这个‘榄’字，应该是人为凿上去的吧？”

姚馆长说：“是凿上去的，这么多年日淋雨晒，这个字的一笔一画依然如此清晰，说明这些岩石是非常坚硬的。在那么高的地方，在一块坚硬的石头上刻一个字，难度有多大，可想而知。”

众人都默默点头。

大费周折地在一块位置险峻的石头上刻一个字，自然不是为了好玩，难道，真是跟传说中的宝藏有关？如果真有宝藏，那么这些宝藏埋藏在哪里？

“阿智。”姚馆长突然问，“你说的那些古怪影像，是在哪里看到的？”

卓智站起来，指着岸边：“那边，太阳刚好照到的地方。”此时太阳还未升至半空，斜斜地从写着“榄”字的石山射过来，越过石山的山顶，刚好照在对面的沙滩上。

姚馆长又问：“那你当时站在什么地方？”

卓智指着岸边的一块大岩石，说：“就是那里。”

丁翘惊叫：“真巧，我也是站在那里！”

姚馆长惊讶地问：“你也看见过？怎么没听你提起过？”

丁翘点头，但马上又摇头：“我们看见的影像不一样。”

姚馆长默默地寻思了一会儿，说：“过一会儿你再仔细说你看到的影像是怎么回事，现在我们来看这个。”她指着两边的山上说，“你们有没有发现，从‘榄’字到峨眉，到卓智站的地方，是一个什么形状？”

卓智最早反应过来：“是等边三角形？”

丁翘和小杨是典型的文科生思维，还在发愣，卓智却已恍然大悟：“我明白您的意思了！”

姚馆长脸带微笑：“假若自然界真存在磁场的说法，那么‘榄’字的石山和峨眉的石山与你站立的地方刚好遥遥相对应，形成一个等边三角形，根据三点决定一个平面的原理，那么这个平面，就有可能相当于一个放映器，把记录在磁场中的影像都放映出来，直接投射在前面的沙滩上。”

卓智激动得几乎跳起来：“对对，很有可能是这样，我怎么没有想到呢！”

姚馆长说：“因为你没有意识到自己也会成为磁场的一部分，也就是说，如果你没有站在那个位置，磁场上的能量可能也无法释放出来，那些影像可能也不会出现。”

这下子，连丁翘和小杨都完全被姚馆长折服了，丁翘不由得惊呼：“姚馆长，你学的究竟是什么专业？”

姚馆长微笑着说：“无线电。”

丁翘惊呼：“天啊，你竟然是读无线电的，怪不得你考虑问题的角度跟我不一样。当年你一个女孩子怎么会读无线电的？”

姚馆长依然是一脸笑意：“因为我喜欢啊，但是，我们那个年代，女孩子读这个专业不好找工作，后来刚好博物馆招人，我就考进了博物馆。”

卓智激动地对姚馆长说：“您知道吗，这个问题困惑了我许多年，想不到您今天一语惊醒梦中人，以前我一直以为是两座石山的夹角与沙滩形成了磁场，所以一直是从这个角度考虑问题，却没想到自己也有可能成为其中的一分子。”

姚馆长说：“你别忘记了，人也是良导体。”

卓智若有所思地点了点头，说：“如果真是这样，那么这个磁场是不是有一个开关，一旦这个开关被触动，这个磁场便会把储存起来的影像投射在沙滩上？”

姚馆长说：“对，这个磁场一定有着某种特定的开启形式，只是你还未意识到。比如，天气、风向、温度、湿度等多种自然条件基本适宜的情况下，或者在某种触动下，那些影像就会像放映电视录像一样呈现出来。”

卓智点头称是：“对，我之前也是这么想的，原本我是想通过电力的作用开启这个磁场释放能量，但一直未能成功。”

姚馆长说："从理论上来说，你这个方向是对的，也许只是需要一个关键的契机。"

丁翘激动地看着姚馆长，她原来只是想让她来看看那个"榄"字和"峨眉"，却没料到无意中帮了卓智一个大忙，心里又是激动又是高兴，不由得朝卓智看过去，而卓智也刚好看过来，目光中既兴奋又欢喜。

卓智把船靠近，一行人朝岸上走去。

因为有了姚馆长的启发，卓智更有信心了，他在沙滩上找出连接"榄"字和"峨眉"的第三个点，使之成为一个等边三角形。

姚馆长和丁翘、小杨慢慢踱去花碗坪。

沙滩上依然是静悄悄的，唯有那些五颜六色的碎瓷在阳光下闪着光，姚馆长说道："这是一座历史的宝库呀，它从宋元走到明清，再到如今，历经风雨一路无恙，如果我们不将它保护好，那么我们这代人将是历史的罪人！"

丁翘被姚馆长的话深深触动了，对她既佩服又敬仰。在她那单薄的身子里，有一颗坚韧而激昂的心，这让丁翘想起陈俊峰，他们同样是年过四十的中年人，同样有着丰富的工作经验和人生阅历，同样对这个社会充满热爱和责任。丁翘想，等忙过了这段时间，就介绍陈俊峰和姚馆长认识，他们一定能聊得来。

丁翘突然想起来，姚馆长说过有话想跟自己说，于是便问道："姚馆长，你昨天不是说有事想跟我说吗？"

姚馆长说："不急，来，我们回到那边的岩石上，坐下来慢慢说。"

三人缓缓地朝山那边的岩石走去。这里地势比卓智所处的地势稍高，三个人坐在岩石上，可以居高临下地看见卓智正在认真地勘测着地势，用电线"排兵布阵"。

姚馆长欣赏地看着卓智，微笑着对丁翘说："你这个男朋友，可真不错。"

丁翘笑了："我也觉得自己很有眼光。"

姚馆长与小杨都被她逗笑了。

“好啦，言归正传。”姚馆长说，“我们不是一直在猜测宋皇村代代相传的寻宝诗中说的究竟是什么宝贝吗，现在我基本上已有肯定的答案，这个宝，与大海有关，极有可能是一艘满载着财宝的船。”

丁翘好奇地问：“这个也是猜测？”

姚馆长摇头：“不全是。这几天我一直在研究宋唐元明清的史料中关于江台市的史实记载。”她朝小杨伸伸手，小杨马上把一张复印纸递过来，姚馆长接过复印纸，“雍正七年，也就是1927年，雍正皇帝颁发了一道关于江台的圣旨。”

姚馆长停顿了一下，说：“圣旨全文是‘谕，粤东三面皆海，千樯云集，各省商民及外洋番估携资置货，往来贸易者甚多，而海风飘发不常，货船或有覆溺，全赖营讯弁兵极力抢救，使被溺之人得全躯命，落水之物，不致飘零。此国家设立汛防之本意，不专在于缉捕盗贼已也。乃沿海不肖之弁兵等级，利欲熏心，贪图财物，每于商海失风之时，利其所有，乘机抢夺，而救人之事，故置不问，似此居心行事，更甚于盗贼，无耻残恶之极，岂国家弁兵忍为之事乎？’

“如雍正六年八月间，有福建龙溪县人徐榜，贸易西洋，行至广东新宁县，招风损船，广海寨守备（连长）邓成现兵丁等巡哨至此彼，捞获银钱，私相分取，而坐视徐榜等在困危之中，不行救护。

“嗣后若有此等，应作何严定从重治罪之条，使弁兵人等有所畏惧警戒，着沿海督抚各抒己见。议奏到时，九聊（都察院、通政司、大理寺、太常寺、鸿胪寺、光禄寺、太仆寺、宗人府、銮仪卫等九官属长官）会同，再行定议。”

姚馆长读得极慢且吐字清晰，丁翘自然听得清楚，她知道圣旨中所说的新宁县，便是今天的江台市，但圣旨与寻宝到底有何关联，她不得要领。

见她露出困惑的表情，姚馆长微微一笑，解释说：“我们都知道，海上丝绸之路是我国古代对外贸易的海上商路，从宋朝起便异常繁荣。从雍正这道圣旨中，我们可以获悉，大清朝廷对海上的监管非常严密，派出大量的兵卒驻守海边，为什么？”

丁翘想了一下，说：“治安的需要？”

姚馆长微微摇头：“在当时，广东可是蛮荒之地，蛇虫多，瘴气重，一直是历代皇帝流放囚犯之地，朝廷对广东其实并没有那么重视。”

丁翘恍然大悟：“那么……是为了寻宝？”

姚馆长欣然点头：“我也是这么想的，但是圣旨中，雍正并没有明确点出来。所以我怀疑，在南宋之后，历代朝廷都知道新宁海里有宝藏这回事，但一直没能挖掘出来，到了雍正年间，他派驻了精兵强将在海边驻守，表面是保一方平安，实质上极有可能是为了寻宝。”

丁翘与小杨均认同地点头，没有比这个更合理的解释了。

姚馆长又道：“但是，因为山高皇帝远，这些弁兵显然并没有把雍正的命令放在心上，他们也许并不相信海底沉宝之说，也许更加看中眼前的财物，故而三番五次在海上打劫，反而成为海上祸患，这点倒是雍正始料未及的，因此便下旨严惩。”

丁翘静默了一下，说：“如果这个猜测没错，连雍正都心心念念的宝藏，想必是一船金银珠宝了。”

姚馆长说：“这个尚不知道，可以确定的是，这一船宝物必定是价值连城，要不然宋皇村的族人不会将那首歌谣代代相传。从史料记载来看，宋元时期向外输出的多为中国陶瓷、丝绸、金银珠宝等，这艘船上的，应该也不例外。”

小杨说：“如果真有这么一艘宝船，那么这艘船是沉没在海底了吗？因为什么沉没的？”

小杨所问的，也正是丁翘好奇的问题，她说：“还有，如果当年真有一艘满载着珠宝的船只在海上沉没，为什么当年的人没打捞出来？数百年后的雍正派人打捞，到底捞上来了没有？”

姚馆长摇头：“应该是没有，因为在此后的史料中，再没有片言只字是与此相关的。你们想想，如果当年挖出了一艘这么大的宝船，那个时代交通不便，运输力有限，单是押送宝贝进京便是浩大的工程，怎么可能没有相关的史料记载？”

此言有理，丁翘和小杨均信服地点头。

丁翘突然想起了一件事，说："那么多人知道宝船沉海的故事，却一直没能捞上来，这是不是因为那些人根本不知道沉船的确切地点？"

姚馆长说："对，没错，应该是这样。"

小杨说："不是有寻宝诗吗？榄仔对峨眉，十万九千四，月挂竹竿尾，两影相交地……"

丁翘若有所思地说："这个沉船的地点，可能关键就在后面这两句，月挂竹竿尾……意思是不是说，在沉船的附近，种有竹林？"

姚馆长笑了："在下船之前，我问过你男朋友阿智了，整个浪琴湾都没有竹子，因为浪琴湾不产种子。"

丁翘不好意思地笑了："我来过这么多次，还不知道这里不产种子呢。"

这时候，天色突然变得灰暗起来，像是要下雨的样子。

姚馆长抬头看了看天边的云，站起来，说："走吧，过去看看阿智有什么收获……"

丁翘站起来朝远处的阿智看去，他仍然在认真地摆弄着他的那些装置。

此时太阳已升至半空，但是因为有大片大云的乌云笼罩着，阳光透过云层投射到地面，便形成了一片灰暗的阴影，尤其是卓智所站的位置，因为是在山脚下，便显得更加阴沉了。

丁翘看看天，又看看两座石山与卓智之间的距离，心中突然一亮，兴奋地说："姚馆长，我想我知道寻宝诗中所说的藏宝地在哪里了！"

姚馆长和小杨一听，均惊讶不已，连声追问，丁翘说："走，去那边跟阿智一起说，因为这个答案，其实是他想出来的。"

卓智、姚馆长、小杨把丁翘围在中间，三人目光炯炯地盯着她："说吧。"

这倒令丁翘有点不好意思了，站在那里不知道从何说起好，卓智鼓励地看着她，说："说吧，说错了也不要紧，我们允许年轻人犯错。"

丁翘被他逗笑了，说："错了也是因为你错，因为这个答案，本来就是你想出来的，只不过我拿来用用而已。"

卓智更加好奇了，催她："那你快说吧，我也想知道自己错在哪里。"

看着卓智和姚馆长、小杨三人"求知若渴"的目光，丁翘定了定神，开始说起来："这个月挂竹竿尾其实不是实指，它的意思只是说，当月亮升至半空的时候，就好像悬挂在竹竿上。"

姚馆长鼓励地看着她："对，这是古代的惯常用法，我们可以这样理解。"

丁翘又说："两影相交地，是什么影？我想，除了月亮的影子，还有太阳的影子。大家看，有'榄'字的山位于东边，而有峨眉的山位于西边，这恰巧是太阳和月亮升起的方向，什么时候这两座山的影子会'相交'？当太阳照在有'榄'字的山上，而月亮照在有峨眉的山上，它们投下来的影子重合的地方，就是相交的地方。"

卓智欣赏地看着丁翘："有道理！可这个我并没有说过啊，你是不是记错了？"

小杨迫不及待地说："丁记者，有个问题，如果按你刚才说的来理解，这两座山的影子相交的地方是在沙滩上啊，这藏宝的地方，难道是在这片沙滩上？"

丁翘对卓智微微一笑，说："刚才说的是我自己的推测，下面才运用到你的智慧。"她转而对小杨说，"接下来说的就是你问的问题了。"

姚馆长期待地看着她，说："愿闻其详。"

丁翘说："前段时间，卓智在峨眉山脚下的悬崖边发现了一些破碗，当时他说，他查阅了大量的海上资料，利用气候、风向、水速、潮汐、岩石风化等信息，推算出数百年前，那边的悬崖其实就与花碗坪相邻，只是沧海桑田的变迁，把它们隔得越来越远。"

卓智马上明白了，说："所以，就算后来者解开了这首寻宝诗的秘密，也不可能找到宝藏。"

姚馆长佩服地看着丁翘，接着说："难怪数百年后，哪怕雍正派出精兵强将，也无法找到那艘满载着宝物的沉船。"

小杨看看卓智，又看看姚馆长，纳闷地说："你们到底在说什么呀，怎么我听不明白？"

丁翘笑了，只好更加详细地解释给他听："古人这首寻宝诗，是根据当时的地理环境而作的，古人只记得沉船的地方，就在'榄'字与峨眉相对的地方，期待后人在条件成熟的时候，能把这笔宝藏捞起来据为己有。但古人没有想到的是，在将近千年的历史长河中，海洋与大陆一直在不断地变化，他们记下来藏宝的位置，相当于我们今天所说的刻舟求剑，其实沉船早就被海水和移动的沙子推远了，而这首寻宝诗却世世代代流传了下来。"

小杨张口结舌，好半天才佩服地感叹："天啊，你们这一个个的，都是厉害的角色，显得我很小白啊！"

丁翘忙安慰他："其实我也是不懂的，我只是站在巨人的肩膀上发挥了一下。"

一句话把卓智哄得眉开眼笑，略为骄傲地挺起了胸，丁翘看在眼中，心里暗笑，这男人啊，要虚荣起来，也是会膨胀的。

姚馆长感叹地说："这首藏宝诗的谜题是解开了，可惜那艘满载着财宝的沉船，却不知去向何方了。"

小杨颇为惋惜地说："是啊，如果能找到这艘沉船就好了。"

卓智把目光投向远处茫茫的海面，充满信心地说："我们国家越来越强大，科技也越来越发达，我相信总有一天，这艘沉船能被勘测出来，并被打捞出海，这批价值连城的宝物能重见天日。"

大家顺着卓智的视线看过去，这才发现海水突然变得深灰，天上的太阳已不见了踪影，天地间突然暗下来。

小杨担心地说："看样子暴雨快要来了，咱们还是回去吧。"

姚馆长说："天气预报说今天有雷暴，咱们是要找个地方避避雨。"

卓智看了看天色，对丁翘说："你带姚馆长他们上船避避雨，我要趁着这个机会做实验，试下能否把那些影像召唤出来。"

丁翘担心地说：“但是有雷暴啊，还是先避避雨，等雨停了再说好吗？”

卓智微微一笑，说：“你忘记了？每次出现影像的时候，恰巧都是电闪雷鸣的时候，我小时候见过的是，你两次见过的也是，所以，今天是最合适的时机。”

丁翘说：“那我也不走，我要陪着你。”

姚馆长说：“这么重要的时刻，休想赶我走。”

小杨见状，自然也不肯走了：“那我也要留下来。”

第二十七章

原来是他

很快，暴雨倾泻而至。

与暴雨同时抵达的，还有电闪雷鸣。

丁翘、姚馆长和小杨在一块大岩石下避雨，大岩石下面是悬空的，他们站在下面，像是站在屋檐下一样，因此他们可以安逸地站在下面。

从他们的方向，可以看见卓智披着雨衣站在山边。他的工具袋中长期备有雨衣，此刻正好派上用场。

可是大家都知道，这么大的雨，这么大的雷，露天站在外面，是很容易触电的，每个人都悬起了一颗心。姚馆长想过去劝卓智不要冒险，但是丁翘拉住了她，因为她知道他不会听。这么久了，实验好不容易有了进展，他怎么可能放弃？

她懂他。人这一生中，最宝贵的，当然是生命，可是生命中，也有一些事，值得我们全力以赴地去做，不遗余力地去搏，这才是生命最本质的意义，这样才无悔这一生。

不然，跟一只蚂蚁有什么分别？

雨水狠狠地打在卓智的身上，透明的雨衣被打得紧紧地贴在他的身上，更显得他的身板挺直。顽固的雨水不断地从雨衣头部打进来，弄得他满脸都是水，他的眼睛竭力地透过雨帘，看向不远处的岩石。

脚边，他带来的设备已打开，电压很低，就算人触摸上去，也不会有生命危险，但是，当闪电掠过的时候，它却能感应电流产生磁场，并迅速地影响周围的磁场。

现在，他就站在距“榄”字和“峨眉”同等距离的点上，只待闪电驱动磁场的时候，这个平面的磁场被启动，然后释放出在大自然界储存了数百年的影像。

每个人都拭目以待，但是，雨渐渐地小了，越来越小，天地间似乎平静了下来，连海边的浪声都变得温和了许多。

正在丁翘既失望又有点庆幸的时候，天边突然闪过一道耀眼的光，一声巨响在天边炸开，她在那惊吓的一瞬间，明白了为什么人们常说电闪雷鸣，因为真的是闪电先行开路，然后雷声才尾随而至。

惊雷过后，两道灰蒙蒙的白光突然在两座石山之间照射过来，很快地在卓智身上交集，就在他们来不及惊呼之际，三点突然变成了一个平面，像是蒙上了一层轻纱，沙滩对面出现了两个人影！

四周一片寂静，所有的人都屏息以待，静观其变。

丁翘激动地握紧姚馆长的手，这两个人影，就是她见过的那两个，因为她记得很清楚，差不多的身高，差不多的体形，跟以前不同的是，这次更加清晰。

以前她看到的影像，都是灰蒙蒙的，只能看个大概的轮廓，但是，这次她能清楚地看见，其中一个男人，身材修长，光着上身，下身穿着一条运动短裤；另一个穿着一套休闲装。

大家都默默地看着沙滩上的两个人。

很明显，那两个人在吵架。他们的声音不算高，但是因为大家都屏息静气，可以听见他们在说什么。

短裤男：“你这样做是犯罪！”

休闲男：“开玩笑！你是我请来的，你捞上来的东西必须归我！”

短裤男：“我把钱还给你，你把东西交出来！”

休闲男："还，你怎么还？你欠我的钱，一辈子也还不清！"

短裤男："反正我已经决定了，把这件事告诉村主任。"

"嘀嘀嘀！嘀嘀嘀！"一阵尖锐的声音突然响起来，短裤男从裤兜中掏出一个火柴盒般大小的小盒子，那小盒子的顶端闪着红灯。

丁翘暗想，那个就是在照片中看过的BB机了。

短裤男看着BB机，说："村主任呼我了，我这就回去告诉他。"

正如丁翘以前看过的那样，短裤男朝前走去，休闲男气急败坏地在他身后转圈，突然弯腰举起一块石头，紧跑几步追上短裤男，朝短裤男的后脑勺砸过去！

短裤男应声而倒，休闲男毫不犹豫地走过去，双手抓起短裤男的双腿，朝大海的方向走去，越走越远，渐渐消失在茫茫的海水中。

四周一片寂静。

一切又恢复了原状，没有留下任何痕迹。

姚馆长和小杨都惊呆了，毕竟，耳闻是一回事，目睹又是另一回事。

丁翘走到卓智身边，他依然木木地站在那里，脸色苍白，双眼定定地看着大海的方向，正是刚才那两个人影消失的方向。

丁翘轻轻地唤他："阿智，阿智，你怎么了？"

过了一会儿，卓智好像才回过神来，怔怔地看了丁翘好一会儿，才缓缓地伸出双臂，把她紧紧地拥在怀里，哽咽着说："阿翘，那个，真是我爸爸。"

隔着一层雨衣，丁翘都能感受到他的手是冰冷的，他的身子在抖动，她更加用力地搂紧他的腰，似乎这样就能给他多一些温暖，好让他不那么悲伤。

尽管已是20年后，可是，亲眼看见至亲被人残忍地谋杀至死，又有谁能忍得住不悲伤、不愤怒？

而且，那个凶手在他们面前，还装得那么道貌岸然、高风亮节。

当天晚上，卓智和丁翘、姚馆长、小杨一起离开浪琴湾，去了市区。

横亘在卓智面前的，是怎样把凶手绳之以法的问题，他需要请教陈俊峰，怎样才能有效地把凶手捉拿归案。

晚上，丁翘和卓智约了陈俊峰在一家茶馆见面。

丁翘把这一天发生的事都原原本本地告诉了陈俊峰，陈俊峰听了也是惊叹不已，感叹地说：“我们老说天网恢恢，疏而不漏，这才是典型的天网恢恢啊，江浩天自以为神不知鬼不觉，却不知道冥冥中有一双天眼在看着他。”

卓智担忧地说：“我现在最担心的是，事情已经过去了20年，会不会已经过了追诉时效？就算大家都知道他是凶手，他依然能逍遥法外？”

陈俊峰静默了一会儿，说：“确实如此。除非公安机关早就知道他的罪行，一直在通缉他，但这个案子显然不符合这种情况。不过，还有另外一种情况，犯罪人在追诉期限内又犯罪的，前罪追诉时效的期限从犯后罪之日起计算。”

丁翘问道：“也就是说，只要能找出证据，证明对方在后来又犯了罪，便可以新账旧账一起算？”

陈俊峰点头，说：“对，你这个表述很到位，就是这个意思。”

卓智半晌不语，过了好一会儿才说：“如果他后来没犯事，现在的他是商界楷模，热心公益，乐善好施，要把他绳之以法是不可能的了？”

陈俊峰同情地看着卓智，默默地点了点头。从感情上，他同情卓智，杀父之仇不共戴天，可是从理智上，他知道法律的威严不容置疑。

卓智双眼通红，愤懑地说：“这太不公平了！他明明杀了人，时过境迁之后，犯下的罪怎么可以一笔勾销？”

丁翘默默地握紧他的手，她知道，此时一切话语都安慰不了他，她唯有以这种无言的方式来传递她的关心和安慰。

过了半晌，陈俊峰才说：“商界楷模、热心公益，这不过是对方向公众展示的形象，我们不妨再深入了解一下他，也许会发现一个大相径庭的答案。"

卓智抬眸默默地看着陈俊峰，眼中的光芒越来越亮："你是说……"

陈俊峰点点头，耐人寻味地说："难道，你就不想揭开对方的画皮？"

丁翘兴奋地看着陈俊峰："陈队，你是不是知道了一些什么内幕？"

陈俊峰笑了，摇头说道："没有，我只是按常理推测，人都是有私心的，一个过于完美的人，反而让人怀疑，更何况，这个完美的人20多年前曾经杀人越货。"

丁翘与卓智对视了一眼，两人默默地点头。

陈俊峰又说："从你们描述的影像，以及联系当年的情况来看，我们可以推测，当年江浩天喜欢海钓，在浪琴湾认识了卓智的爸爸。某天，卓智爸爸从海里捞起一个碗，文化水平不高、阅历不深的他，自然不知道这是价值连城的古董，于是把这个碗送给了江浩天，江浩天自然是知道这个碗的价值的，于是两人便相约，以后卓爸爸专门为江浩天有偿下海捞碗。后来一个偶然的机会，卓爸爸知道了这些碗是古董，私人捞取不合规矩，于是便打算告诉村主任，江浩天担心此事传开会断了自己的财路，于是铤而走险杀了卓爸爸。你们过滤一下，是不是这回事？"

卓智和丁翘默默地点点头："是。"

陈俊峰说："那么问题来了，我们需要了解的是，在杀死了卓爸爸后，江浩天有没有继续在海里捞取这些古董碗？如果有，那么这也可视为追诉期限内又犯罪，因为国土上的珍稀资源，属于国家所有，凡是私人获取，均属非法行为。"

丁翘若有所思地说："我听江盛说过，他的父亲现在仍然喜欢海钓，所以，他在海里继续捞取古董碗的可能性很大。"

卓智说："除非是对海底环境特别熟悉的渔民，一般的人水性再好，也不可能潜入海底捞碗，如果江浩天自己能捞碗，他早就自己下水捞了。"

陈俊峰鼓励地看着卓智和丁翘："对，你们刚才都说到点子上了，假设江浩天依然在大海里捞取古董碗，那么可以肯定他自己必然不会冒险潜进海底去捞，那么他会通过什么方式捞取？或者说，他会跟什么人合作？如果能找到这些证据，就可以牵出20多年前的杀人案了！"

丁翘说："目前能够知道的，就只是江盛跟我说过，他们父子俩有时候也会一起出海钓鱼，至于另外还有什么人参与，就不知道了。"

陈俊峰说："跟他们一起出海的，也有可能就是他们新的合作伙伴，比如熟悉海底情况，水性又特别好的……"陈俊峰突然停顿下来，过了一会儿才说，"我突然想起一个人，不知道他们之间有没有关联。"

丁翘和卓智几乎是异口同声地问："谁？"

陈俊峰缓缓地说："吕仁。因为我发现他们有一个共同的特点，就是跟海上有关，表面上都是跟鱼有关，只不过江浩天是假装钓鱼，吕仁是利用声呐捕鱼……"

丁翘肯定地说："不可能。"她把当年自己为了暗访而闯上吕仁的船，在海上遇险后被困在孤岛上，是江盛和志愿者把她救出来的事一一说了出来，"我安全脱险后，他还陪我去吕仁的酒店偷那些受声呐伤害致死的鱼作为罪证，而且当晚他们还有过直接交锋。如果他们是一伙的，江盛怎会出卖自己的伙伴？"

陈俊峰与卓智均默默地点头。过了一会儿，陈俊峰说："还有一个可能，江盛对一切毫不知情，所有的事，都是江浩天暗中为之。"

丁翘想了一下，觉得也有可能。某些创业者通过不干净的手段赚取了第一桶金后，当务之急便是想方设法洗白自己，尤其是保护后代的纯洁与光鲜，绝不让他们再沾上那些不光彩的事情。

陈俊峰又说："我这边会想办法查清楚江浩天与吕仁之间是否有关联。卓智，你是江盛身边的人，也留意一下他的情况，尤其是……"他加重了语气，"最近江盛父子有没有出海。"

卓智说："好！"

丁翘说：“我这边会继续跟吕仁的女儿吕文静联系，看她那边有什么新线索。”

陈俊峰赞许地说：“好，那咱们有新消息再互相通知。”

第二十八章
桃薇花心开

第二天吃过早餐后，丁翘送卓智去客运站坐车。本来卓智是不愿意让丁翘送他去坐车的，担心她会迷路，可是丁翘根本不听他的，像条小尾巴一样跟在他身后。

到了客运站，拿了网上订的票后，距离开车的时间还有10分钟，两人便站在候车室里等。候车室里挤得水泄不通，空气也相当混浊，卓智便催丁翘回去。这些日子，为了他的事，她已经费了许多时间。

丁翘只是站在那里不动，被卓智催得急了，才怏怏地说："就让我陪你一会儿吧，前些日子，我们分开得太久了。"

卓智看着她可怜巴巴的样子，想起她前些日子受了不少委屈，心里一软，便伸手轻轻抚摸她的头发，把她搂在怀里。

丁翘轻轻地闭上眼睛，把头伏在卓智的胸前，只觉得这个人声鼎沸的候车室里，瞬间只剩下他们两个了。此刻，他们的世界很小，小得仅是一个怀抱，但是此刻，他们的世界也很大，大到天地间只剩下彼此。

"阿智。"

"嗯。"

“你答应我一件事。”

“好。”

“以后，不管遇到什么事，都不许让我离开。”

卓智静默了一会儿才说：“好，那你也要答应我一件事。”

丁翘轻声问：“什么事？”

卓智庄重地说：“将来我们两个，不管谁遇到不测，另一个，都要好好地活下去。”

丁翘把身子站直，抬眸看着卓智：“不许你乱说！”

卓智轻吻她的额头，坚持地说：“答应我！”

丁翘点头：“好。”

——当时，卓智只觉得自己若是要搜集江浩天犯罪的证据，必然会遭遇不测，但他万万没有想到，他今天说的这番话，在某天会成为丁翘叮嘱他的话。

丁翘临下班的时候，接到江盛的电话：“今晚有空吗？”

因为已经约了跟赵莞一起吃饭，丁翘便模棱两可地开玩笑：“那要看谁约了。”

“我。”电话那头，江盛依然是不紧不慢的语气，“今天吕文静生日，咱们一起去给她过生日吧？”

丁翘的脑海里，马上便浮现出吕文静那双清澈的大眼睛，心里还在犹豫，嘴里已经不由自主地说：“好呀，不过……我能不能叫上另外一个朋友？”她心里想，虽然江盛对赵莞热情不高，但赵莞对他一腔痴情，她想再为赵莞创造一次机会。

江盛顿了一下，说：“是赵莞吗？好啊，过生日嘛，多一个人更热闹。”

两人在电话中约了下班后见面，丁翘便把这个消息告诉了赵莞。听说是江盛邀约，赵莞似乎有点惊喜，不过很快又有点惴惴不安地问丁翘：“是江盛叫我去的吗？如果不是他主动邀请，我可不好意思去。”

丁翘当然知道她是怎么想的，忙说：“当然是他邀请的啦，他说了，多一个人更热闹。”

赵莞这才放下心来，跑进卫生间里好一番收拾，再出来时，连眼角眉梢都含着春意。丁翘看在眼中却不说破，赵莞的心事，她怎么会不知?

丁翘和赵莞到楼下的时候，江盛已经在下面等她们了。一见她们出来，他便体贴周到地为她们拉开车门，热情地跟赵莞打招呼，任何时候他都会照顾好所有人的情绪，让每一个人都如沐春风。

起码在丁翘看来，赵莞现在就是春风拂面的样子。

车子平稳地向前行驶，江盛说：“咱们得兜个弯，我给吕文静订了个蛋糕。”

丁翘便说：“好啊，到时你停车去取蛋糕时，我们正好可以去附近的水果店买水果。”

江盛说：“不用啦，我已经准备好水果了，你们在车上等我就可以了。”

因为赵莞在旁边，丁翘便有了撮合的意思，说：“江盛你实在太细致体贴了，将来谁做你的女朋友就有福气了。”

车上突然响起一个女声，略带点调皮地说：“他就差一个女朋友了。”

赵莞吓了一跳，伸长脖子四处张望，不明白车上为什么突然多了一个声音，丁翘便笑着说：“这是车上的智能机器人安妮，可厉害了。”

安妮受到表扬，颇有点扬扬自得地说：“哎呀，丁翘你别夸人家，人家会骄傲的。”

赵莞更加惊讶了：“天啊，它还认得你。”

江盛笑着说：“它下次同样会认得你，机器人是根据音频来辨认声音的，比人类认人更加科学。”

安妮马上乖巧地说：“谢谢主人夸奖，请问，这位美丽的小姐叫什么名字？”

赵莞受宠若惊地说：“呀，你问我吗？”

安妮说：“是啊，你的声音这么温柔，你的名字一定也特别好听。”

江盛嗔笑着说：“马屁精。”

丁翘笑着说：“安妮，这位是我的同事，也是我的好朋友赵莞。”

安妮欢快地说：“记住啦，这个名字真好听。”

江盛轻描淡写地说：“安妮，那你说是赵莞的名字好听，还是丁翘的名字好听？”

丁翘和赵莞都竖起耳朵，想听安妮怎么说，谁料安妮静默了一下，说：“这种没礼貌的问题，我是不会回答的。”

三人顿时笑成一团，赵莞不住地说：“哎呀，这个安妮，太可爱了！”

江盛淡淡地说：“你喜欢，我送一个给你。”

安妮马上幽怨地说：“不是每一个机器人都会像我这么可爱。”

三人又是一阵哄笑。

说说笑笑间，蛋糕店到了。江盛把车停好，让丁翘和赵莞在车上等候，自己下车取蛋糕。

赵莞对安妮很感兴趣，继续哄它说话：“安妮你好厉害呀，你还会些什么呢，告诉我好吗？”

安妮倒也不客气，说：“你们人类会的事，我都会；你们人类不会的事，我也会。比如分析数据、储存资料、查找交通线路等。”

赵莞好奇地问：“那你会唱歌吗？”

安妮说：“会啊，你想听什么歌？”

赵莞说：“跟爱情有关的吧。”

安妮马上说：“好啊，你想听男声还是女声？”

赵莞说：“你还能唱男声？那就唱男声。”

安妮没有吱声，似乎正在做准备。过了一会儿，车上便响起了唱歌的声音，是男声——

田野小河边，桃薇花儿开，
有一位少年真使我喜爱，
可是我不能对他表白，
满怀的心腹话儿没法讲出来，

满怀的心腹话儿没法讲出来……

赵莞与丁翘相视而笑，突然，丁翘的脸色变得严肃起来，她侧耳细听安妮唱的歌词——

河边桃薇花儿已经凋谢了，
少女的思念一点儿没减少，
少女的思念天天在增长。
我是一位姑娘怎么对他讲，
没有勇气诉说尽在彷徨……

丁翘的脸色变得苍白，一颗心瞬间变得冰凉，原来是他。

这首歌的歌词，本来是“红莓花儿开”，这世上只有一个人，会把它唱成“桃薇花儿开”。她记得很清楚，她第一次上吕仁的船上暗访的时候，卓智为了给她壮胆，在手机里录下了这首歌发给她。她在孤岛上昏迷后，手机丢失了。

后来，那手机开启过，但很快便关机了，从此再无声息。丁翘曾经以为，她永远不可能再有那台手机的消息了，却没想到，手机的消息突然就冒出来了。安妮无意中唱出来的歌词，暴露了一个秘密——丁翘丢失的旧手机，就在江盛手中。

江盛可能知道如果重启手机就会暴露自己，所以把手机交给这个智能的车载系统处理数据，却没想到，安妮在处理数据的时候，顺便也把那些数据占为己有，当赵莞点出爱情、男声的歌曲时，它很自然便挑了这首歌出来。

安妮的歌刚唱完，江盛便提着蛋糕上来了。

车子缓缓地启动，赵莞意犹未尽，跟安妮聊着各种有趣的话题，丁翘盯着江盛的背影，只觉得背上冒起阵阵寒意。

旁边的赵莞许是察觉她突然安静下来，伸手握她的手，惊呼：“阿翘，你的手怎么这么凉？”

江盛马上说："是车上的空调太冷了吗？要不要我调高两度？"

安妮不服气地说："车内的温度一直保持在26摄氏度，正符合人体的舒适度，怎么可能会冷？"

丁翘担心会引起江盛的怀疑，马上强打起精神说："没事没事，我不冷，可能有点低血糖，估计是饿了。"

江盛说："这样啊，喏，这里有朱古力，你先吃点。"

一盒朱古力从前面递过来，丁翘接过，轻声说了谢谢，打开盒子拿出了一块朱古力放进嘴里。

本是香浓的朱古力，此刻却味如嚼蜡，丁翘勉强地吞了下去。

吕文静和外婆正在吃饭，江盛和丁翘等人的到来给婆孙俩带来了意外的惊喜，吕文静忙不迭地张罗着给他们端凳子、倒开水，半痴呆状态的外婆乐呵呵地笑着，目光却被桌上放着的大蛋糕吸引了，不住地盯着看。

插蜡烛、唱生日歌、许愿、切蛋糕……丁翘心不在焉地配合着所有的程序，脑中却不由自主地回放着当年在孤岛上发生的一切。她醒过来的时候，已经在江家的游艇上了，是江盛带志愿者救了她，手机却不知去向，手机里面有吕仁一伙的罪证。

这么说来，江盛把手机藏起来，是为了掩盖吕仁的罪证，可是为什么他后来却又跟她一起搜集证据指证吕仁？真奇怪……

"阿翘，阿翘……"

旁边有人叫丁翘，她如梦初醒，这才发现江盛正拿着一块蛋糕递给她，她忙接过蛋糕，说了声谢谢，慢慢地吃起来。

江盛探询地看着她，问："你怎么了？不舒服吗？看你的脸色不大好。"

丁翘忙说："我没事，可能是中午赶稿没休息，有点累。"

江盛微微点头："哦。"

丁翘看了看吕文静，毕竟还是个孩子，一个蛋糕就治愈了她眼中的忧伤，她吃得心满意足。也许这是第一次有这么多人为她正式地庆祝生日吧，丁翘心里涌出一阵怜惜，等吕文静吃完了一块蛋糕，她又拿起铲子给她盛了一块。

吕文静接过蛋糕，说："谢谢丁姐姐，这蛋糕可真好吃。"

丁翘心里微暖，她记得上次来的时候，吕文静叫她丁记者。

吕文静看了看江盛，又看赵莞，他们纸碟中的蛋糕都快吃完了，就丁翘的纸碟中的蛋糕几乎没怎么动，她说："丁姐姐，你身材这么好，不用减肥，可以多吃些蛋糕。"

江盛和赵莞闻言都笑了，他俩刚才一起唱生日歌，一起为吕文静切蛋糕、盛蛋糕，配合得相当默契，现在赵莞的心情特别好，连眼里都带着笑意。

吃完蛋糕后，这个生日会也结束了，吕文静把他们送出巷子老远，还不愿意回去，丁翘停下来，说："快回家吧，你外婆在家里等着你呢。"

吕文静抬起头，可怜巴巴地问："丁姐姐，我爸的事，有消息了吗？"

丁翘摇摇头："还没有。"

吕文静垂下眼帘，说："如果有，你记得告诉我。"她抬起头，眼中像有一团火，"我要知道，是谁杀了我爸爸！"

丁翘点点头："嗯。你快回去吧。"

吕文静朝他们挥挥手，很快消失在巷子里。

赵莞感叹地说："如果杀人凶手不能得到严惩，这个孩子可能会一辈子生活在仇恨中了。"

丁翘看着吕文静消失的方向，坚定有力地说："不可能，坏人迟早会落网的。"

江盛脸上依然是温和的笑意，他说："我们走吧。"

因为在吕家吃过水果和蛋糕，三人都不饿，于是江盛直接把丁翘和赵莞送回小区楼下。丁翘和赵莞下车后，江盛追上来叫住丁翘："阿翘，我有点事想跟你说说。"他看了旁边的赵莞一眼，添了一句，"是关于卓智的。”

赵莞很识趣，马上说：“那我先上去了，你俩慢慢聊。”

赵莞走开后，丁翘问江盛：“阿智怎么了？是发生了什么事吗？”

江盛笑了一下，说：“那倒没有，只是他近来不知道为了什么事，老是请假，我有点担心他。”

他眼中流露出来的关心，倒不像是假的。

丁翘心里一动，说：“你也知道，他迷上了那些古瓷，自从把家里的古瓷碗赔给你们后，他嘴里虽然没说什么，但我知道他一直很懊丧。”她看了看周围来来往往的人，刻意压低了声音，说，“其实，他赔给你们的那个碗，是他爸当年从海里捞出来的，他也想像他爸那样，从海里再捞出碗来。”

江盛震惊地看着她：“啊？”

丁翘郑重地点头，说：“这事你千万不要跟别人说，他说只要捞到一个这样的碗，他和我就一辈子不愁吃穿了。可是我根本不在乎这些，也劝过他很多次，但是他不听我的。”

江盛理解地点点头：“他可能是想给你更安稳的生活。”

丁翘微微摇头，欲言又止，过了好一会儿才说：“他越是这样想，越容易惹祸，反而令我提心吊胆。”她顿了一下，慢吞吞地说，“其实，上次吕仁绑架我们，并不只是为了报复。”

江盛似乎很吃惊：“那是为了什么？”

丁翘说：“阿智在海底发现了一些古瓷，被吕仁知道了，吕仁把我们绑架了，要挟阿智说出来，阿智只好随便说了一个地方应付他。其实，那个地方的古瓷全是破烂的，没有任何价值。”

江盛惊讶地说：“啊？那吕仁上当了吗？”

丁翘淡淡地说：“上当了啊，他当时急着去捞古瓷，就把我和阿智扔进小木船里，自己带人去捞古瓷了，后来的事你都知道了，吕仁死了，我们怀疑他是被同伙杀的。”

江盛喃喃地说：“真没想到。”他抬眸看着丁翘，像是有意，又像是无意地问，“那阿智在海底找到古瓷了吗？”

丁翘犹豫了一下，说：“应该快了吧，这段时间，他常到海里去。”

江盛若有所思地点点头：“嗯，怪不得他最近好像挺忙。”

丁翘又说：“这事你千万别问阿智，他可能不喜欢我跟别人说这些，毕竟这些事不好说出去的，不过，我信任你。”

江盛脸色温和如常，说：“我知道，不会问他的，这是我们之间的秘密。”

江盛开车离开后，丁翘没有回家，而是去了小区附近的一家茶馆，找总台的小姑娘借了电话打给陈俊峰。

“陈队，我是丁翘。”

陈俊峰略显惊讶：“你在哪里？”

丁翘说了地址后，说：“你到了就直接来找我，千万别打我的手机，我怀疑我的手机被人安装了监听软件。”

陈俊峰知道事态严重，马上说：“好，你在那里等我。”

20分钟后，陈俊峰便赶到了茶馆。听丁翘把今天的事说了后，他的双眉微皱，问：“你怀疑当年是江盛把你的手机藏起来了？如果真是他做的，那他后来为什么又帮你？”

“因为他知道吕仁保不住了。”丁翘说，“我记得很清楚，我发现手机不见后，想起手机上的视频有可能会自动储存到云相册，当时让赵莞帮我查，赵莞说视频都在云相册备份了。这件事，我也是第一时间就告诉江盛了。”

陈俊峰眼前一亮：“这么说，这与我们之前的猜测是吻合的，假设江氏父子就是吕仁背后的人，那么当吕仁第一次犯事被暴露后，江家父子的第一个反应，就是让他投案自首，一来掩盖真相，二来掩盖他们的真实意图。”

丁翘说：“对！你还记得我们当时怀疑吕仁背后是不是有人主使的时候，讨论过他的同伙后来为什么把他直接杀掉吗？”

陈俊峰点了点头：“记得，当时我们怀疑双方一定是因为利益纷争产生了巨大的矛盾，比如金钱或女人，所以对方才把吕仁杀了。”

丁翘说："我怀疑这事跟吕仁的老婆黄秋芳有关。"

陈俊峰鼓励地看着丁翘，说："说下去。"

丁翘说："当时吕仁自首入狱后，他的老婆突然就死了，当时大家都认为是纵火自杀，但她的女儿吕文静坚信妈妈不会自杀，而且说黄秋芳临死前说过她会挣钱养家，让女儿不必担心。但是，当晚黄秋芳就自杀了，这不正常。"

陈俊峰眼睛一闪，说："所以，你怀疑黄秋芳的死跟江家父子有关？然后，吕仁出狱后知道了这件事，向江家父子勒索200万，此事也令他跟江家父子交恶，最后被江家父子派人暗杀？"

丁翘点点头，问："嗯，你觉得合理吗？"

陈俊峰微微一笑："何止合理，简直天衣无缝！丁翘啊，你是干刑侦的料啊！"

丁翘也笑了："那我就把你这话当成表扬了。我之所以怀疑江盛，还有一个很重要的原因，那就是吕家出事后，江盛对吕家表现出超乎寻常的关注。"

陈俊峰期待地说："说详细一点。"

丁翘说："你也知道，江家父子一向乐善好施，热心公益，多年来都是由专门的机构负责对接社会弱势群体，但对吕文静不一样。其实，他本可以把吕文静交给相关的福利机构来跟进的，但他似乎在担心些什么。"

陈俊峰赞许地说："说得好！那么，他在担心什么？应该还是跟黄秋芳的死有关。假设黄秋芳是江家派人杀死的，那么最大的问题是，吕仁为了掩护江家而入狱，江家为什么反而要派人杀了他的妻子黄秋芳？"

丁翘试探地说："或者，黄秋芳知道了江家的秘密？"

陈俊峰微微颔首："差不多了。"

丁翘静静地想了一下，说："会不会是黄秋芳勒索江家？"

陈俊峰满意地点点头："很好，你具备了一个刑侦人员的基本思维方式。"

丁翘从包里掏出手机交给陈俊峰，说：“这个手机是江盛送的，我怀疑他在里面安装了监听的软件，还有，我的上一部手机也是他送的，我被吕仁绑架的时候，掉进大海里了。”

陈俊峰接过手机，说：“我拿回去交给技术部的同事检查一下。”

丁翘忧心忡忡地说：“阿智的手机，也是江盛送的，我担心里面也安装了监听的软件。我现在都不敢打电话给他了。”

陈俊峰沉默了一下，说：“越是这个时候，你的表现越要自然，不能跟平时不一样，回去后，你可以用固定电话打给卓智，告诉他你的电话摔坏了，拿去修理了。以后再想办法提醒卓智，别在电话中说敏感的话题。”

如果江盛真的在手机中安装了监听软件……丁翘不敢再想下去了。这么长一段时间以来，她每天跟卓智在电话中卿卿我我，说着各种腻歪的话题，还有，她和卓智也多次在电话中讨论过江家父子是否可疑的话题……

见她脸色苍白，陈俊峰安慰她说：“别太担心，也许事情并没有你想象的那么糟糕，他不一定会在你们的电话中安装监听软件。”

丁翘勉强挤出一丝笑意：“嗯……今天在江盛面前，我故意设置了一个钩子。”

陈俊峰饶有兴趣地看着她：“什么钩子？”

丁翘说：“我故意告诉他，阿智最近忙于在海里打捞古瓷碗，快成功了，这个，他应该很感兴趣。”

陈俊峰笑了：“你怀疑江家父子跟吕仁合作的目的，就是在大海里捞取古瓷碗？”

丁翘反问：“难道不是？”

陈俊峰笑得更加满意了：“跟我想的一样。”

丁翘无奈地说：“可是这只是我们的猜测而已，对于江家父子，我们没有任何证据啊。”

陈俊峰说：“你不是怀疑江盛在你的电话中做手脚吗？我们也可以从他们父子两人的电话入手，如果他们跟吕仁真有关联，必然会留下蛛丝马迹，你等我的好消息。”

“那就拜托你啦！”

丁翘回到家的时候，赵莞已经洗了澡坐在客厅玩手机，见她开门进来，抬头就问：“跟江盛聊这么久，聊什么啊？”

其实她一回到家中，就冲到阳台上朝楼下看了，下面空无一人，连江盛的车也不见了，而丁翘迟迟没回家，这让她很是纳闷。

丁翘担心她误会自己跟江盛在楼下聊了这么久，便说：“江盛早就回去了，我回来的时候，不小心把手机摔在地上，摔坏了，刚才又拿去修了。”

原来是这样，赵莞心里松了一口气，说：“你呀，怎么这么粗心，手机修好了吗？”

丁翘摇头：“没有呢，放在修理店了。一会儿我还得打电话告诉阿智，免得他找不到我，着急。”

赵莞便摆出一副善解人意的样子，笑嘻嘻地说：“我明白了，你要打电话是吧，那我回房间了。”

丁翘忍俊不禁：“瞧你那鬼样子，好像我会跟阿智说什么似的。”

赵莞将兰花指放在下巴上，做出害羞的表情：“人家还是个宝宝呢，谁知道你们会说出什么少儿不宜的话来。”

丁翘大乐，拿起沙发上的抱枕朝赵莞扔过去，赵莞顺势接过，扔在丁翘身上，走回房间去了。

丁翘用桌上的电话拨打卓智的手机，电话只响了一下，卓智便接了。

“阿翘，怎么我刚才发信息你没回，我正想打电话给你，你就打过来了。”

丁翘怀疑江盛在卓智的手机中安装了监听的软件，竭力让语气保持着正常的状态，轻描淡写地说：“今晚吃饭回来的时候，不小心把手机摔坏了，刚才又把电话拿去修了。”

电话那边，卓智略带着嗔怪的语气说：“这样啊，我正担心呢，刚想打电话给赵莞问问，看你们有没有在一起。”

丁翘说：“在一起啊，今晚是和赵莞、江盛一起吃的饭。”她没有说他们一起去给吕仁的女儿过生日的事情，担心卓智一不小心说了敏感的话让江盛偷听了去。

卓智略带惊讶地说：“江盛找你们吃饭，是有什么特别的事吗？”

丁翘故作轻松地说：“是呀，叫了赵莞一起去，你知道的，我一直想撮合他俩嘛。”

卓智笑着说：“你撮合了这么久，也没见成功啊。”

丁翘便顺着他的话说：“这说明人家江盛不是一个随便的人啊。”

卓智在那边喊冤：“你这样说是什么意思，难道我就是一个随便的人？”

丁翘担心他在电话那边说出什么不得体的私房话来，让江盛偷听了，忙说：“对对，你也不是，你是一个特别严肃的人。”

迟了，卓智在那边已经笑了：“嘿嘿，我一点也不严肃，我在你面前，特想要流氓。”

一想到江盛有可能听见他的话，丁翘的脸便红了：“你……阿智，你困了没有？”

卓智说：“没有。”

丁翘说：“可是我困了，今天中午没睡，现在好困呀。”

卓智体贴地说：“嗯，那你快去洗澡睡觉吧。”

丁翘马上说：“好，晚安。”

“吻你，晚安。”

洗了澡上床后，丁翘却辗转反侧无法入睡。

江家父子跟吕仁是不是一伙的？目前还没有定论，但可以确定的是，江盛并不像他表现出来的那么正直坦荡，不然，他不会把她的手机藏起来。

背后，到底有什么秘密？

第二天，丁翘刚回到办公室，便接到门卫打来的电话，说下面有人找。丁翘走到报社楼下，远远地看见陈俊峰的车停在那里，便走了过去。

陈俊峰坐在驾驶座上，指指旁边的副驾驶座，丁翘拉开副驾驶室的门坐了上去。

不等丁翘开口，陈俊峰便说："你猜得没错，你的手机里，确实安装了一个监听的软件。技术部门的同事说，这款软件非常高明，一般的人查不出来。"

虽然已是意料中的事，但丁翘还是觉得一阵寒气从脚底升起，有说不出的恐惧："嗯。"

陈俊峰又说："卓智的手机也是江盛送的，他的手机中应该也安装了这款监听软件。"

"手机里的软件，拆除了吗？"

陈俊峰拿出手机递给丁翘，"还没有，由你决定怎么处理。"

一丝笑意在丁翘的嘴角绽开："那就先不要拆了。"

陈俊峰凝视着她，脸上是欣赏的表情："你有什么想法？"

丁翘玩弄着手中的手机，笑得更灿烂了："昨天不是在江盛那里埋了一个钩子吗？"

陈俊峰不禁笑了："你不搞刑侦真是可惜了！"

丁翘故作严肃认真地说："祖国的新闻事业更需要我，刑侦有你就够了！"

"这算是有自知之明？"

丁翘摇摇头，非常认真地说："不，这叫商业互吹。"

陈俊峰先是一愣，继而发出爽朗的笑声。

"对了，还有一件事……"陈俊峰说，"我们在查江家父子的手机通信记录的时候，发现一件可疑的事。"

"什么事？"

陈俊峰说："在吕仁被判刑入狱后，有一个固定电话打过江浩天的手机，这个固定电话的机主正是吕仁。不过黄秋芳出事后，吕家人搬离了那个地方，那个电话也销号了。"

丁翘惊讶地看着陈俊峰，问：“这么久还能查出来？”

陈俊峰说：“我们有特别的手段，三年之内的通话记录，都可以查得到。”

丁翘点点头，边寻思边说：“如果这个电话是在吕仁入狱后才打给江浩天的，那就很有可能是黄秋芳打的。”她的语气中带着抑制不住的兴奋，“这说明了，黄秋芳跟江浩天有过接触？”

陈俊峰点头：“不错。”

丁翘困惑地说：“可是，黄秋芳找江浩天做什么……会不会是男女私情？”

陈俊峰摇头：“我看不像。我在我们的内部系统查过黄秋芳的资料，她长相一般，穿着打扮也极为平凡，就是一个朴实的家庭妇女的感觉，不像是攀上了高枝的样子。”

丁翘说：“如果吕仁跟江浩天有合作关系，吕仁入狱后，黄秋芳打电话找江浩天就很正常了。”

陈俊峰赞许地点点头：“对，也许正是这次接触，导致了黄秋芳的死亡。”

丁翘不解地说：“那黄秋芳找江浩天有什么事？为什么会令江浩天起了杀心？”

陈俊峰沉默了一会儿，说：“如果黄秋芳知道吕仁和江浩天的秘密，并以此要挟江浩天，江浩天会怎么做？”

丁翘眼前一亮，脱口而出：“你怀疑有人要杀人灭口？”

陈俊峰说：“不错。我记得黄秋芳刚出事的时候，你就跟我说过，她的女儿吕文静一直坚信她的妈妈不会自杀。”

丁翘说：“对，吕文静还说，出事前黄秋芳对她说过，就算爸爸不在家了，妈妈也有办法供她上学，让她不必担心。其实黄秋芳自从生了吕文静后一直在家里照顾家庭，根本没有稳定收入。”

陈俊峰说：“吕文静坚信黄秋芳不会自杀，吕仁出狱后，吕文静自然也会跟父亲说起此事，想必吕仁也会怀疑黄秋芳的死跟江浩天有关，但苦于没有证据也不好发作，于是向江浩天要了一大笔钱。后来，他带人绑架了你和卓智，原本以为把你俩扔在小船上，你俩只能是死路一条，却没料到海豚救了你们，这时候吕仁又一次暴露了，为了自保，江家父子只好把吕仁解决了。”

丁翘兴奋地说：“对，对！”

陈俊峰笑了：“可是这只是我们的猜测，必须有证据才行啊，要不，我们想办法找点证据？”

丁翘双眉微皱：“怎么找啊？”她突然眼前一亮，摇摇手中的手机，“这个？”

陈俊峰点头微笑。

下午，卓智在江氏上班时，接到丁翘的电话。因为丁翘的工作比较忙碌，两人多是晚上才联系，她大白天打电话来，想必是有重要的事情。

卓智问：“阿翘，电话修好了吗？”

丁翘的语气似乎并不轻松，甚至还有点低沉：“修好了……你那边，说话方便吗？”

卓智是独立的办公室，他身边并没有其他人：“方便啊，怎么了？”

丁翘说：“你下午想办法请假来市区一下，有事跟你商量。”

卓智惊讶地问：“什么事这么急？”

电话那头，丁翘似乎刻意压低了声音，说：“刚才我在办公室接到吕文静从学校打来的电话，她说有人送了一封信到学校，是吕仁生前托人带给她的，里面说了一些事情，她不知道怎么办，让我过去看看。我担心到时候不知道怎么处理，就叫上你和陈队，傍晚下班时我们一起过去。”

卓智知道事态严重，说：“我下午请假去市区，到时直接去你们报社找你。”

丁翘说：“好。”

傍晚，正是放学时分，吕文静随着一群学生涌出校门。像所有的中学生一样，她穿着一套浅绿色的校服，挎着一个黑色的书包，这是普通女生的打扮，在人群中极其不起眼。

学校外面就是一条宽敞的马路，马路上人来人往，学生们说笑着、打闹着，整条马路都变得热闹起来。

一辆摩托车从后面驶过来，车上的两人戴着全封闭的摩托头盔，悄无声息地凑近吕文静。

吕文静毫无察觉，她随着人流朝前走着，默默地想着心事。

坐在摩托车后面的人伸出一只手，抓住吕文静的书包猛然往前一拽，与此同时驾驶员猛然加油，吕文静被拉扯得扑倒在地，待她反应过来，书包已经被抢走了。

众同学见状大叫：“抢东西啦，抢东西啦！有人抢东西呀！”

歹徒得手，摩托车迅速驶离现场。

有几个女同学趋步上前扶起吕文静，吕文静看着绝尘而去的摩托车，顾不上拍打衣服上的尘土，便哭着说：“我的书包被抢了，这可怎么办好？”

她不知道的是，那辆摩托车在前面刚转了一个弯，便被两辆警车截住了，连人带赃落了网。

卓智抵达报社的时候，丁翘和陈俊峰在报社门口已经等他好一会儿了，一见到他，丁翘便从车窗里伸出手来，招手让他上车。

虽然卓智跟陈俊峰不算熟悉，但因为丁翘的缘故，两人也算“老熟人”了，两个男人相互微笑一下便算打了招呼，陈俊峰熟练地发动车子驶离报社。

卓智和丁翘坐在后排，两个人都没有说话，默默对视了一眼，手却不约而同地握在一起，脸上均是淡淡的笑。

陈俊峰开着车，不动声色地从后视镜中看着这一幕，也微微地笑了。

像是春风拂过，像是小草吐着绿芽，像是花儿冒出了蓓蕾，年轻人的爱情，真让人羡慕啊。

车内一片寂静。

过了一会儿，卓智才问丁翘："吕仁给吕文静的信里说什么了？说了谁是凶手吗？"

丁翘和陈俊峰都笑了，丁翘说："根本就没有那样一封信。"

卓智惊讶地看着丁翘："啊？"

丁翘便把所有的事情都一五一十地跟他说了，只把卓智听得时而皱眉，时而气愤："这个江盛，太会装了！"

丁翘说："因为他一直在监听我们的电话啊，我怀疑他在送给我的第一个手机里就安装了监听软件，也正因为这样，他知道我们所有的事情，自然懂得怎样做才能让我们打消对他的怀疑。"

卓智说："他自以为神不知鬼不觉，想不到你们正好利用手机引他上当，这个主意真是高明。"他憨笑，"把我也骗了。"

丁翘说："如果你都不相信，江盛怎会上当？"

说话间，车子已驶进了公安局的大院。

陈俊峰把车停好，说："走吧，看江盛派了什么人来。"

留置室里，一个小青年双手都被铐上了手铐，垂头丧气地坐在那里，一名民警正在给他做笔录。一见陈俊峰进来，民警便站起来，恭敬地跟他打招呼。

陈俊峰扫了那个小青年一眼，问民警："什么情况？"

民警站起来，陈俊峰心领神会，两人走到外面。丁翘和卓智正在外面候着，见状便走过来。

民警说："两个家伙都招供了，说是在网上接的单子。"

丁翘和陈俊峰、卓智交换着激动的眼神，为首战告捷而兴奋。

陈俊峰说："他们跟对方是怎么联系上的？能找到对方吗？"

民警说："只能通过网络联系。"

陈俊峰沉吟着说："那，他们具体是怎样交易的？有没有约定交易的地址？"

民警说："没有，对方很警惕，通过微信转账打了定金，让他们抢到信后，再把信拍下来发过去，然后销毁信件，对方再把余下的款项发过来。"

陈俊峰说：“叫网监大队查一下，把对方挖出来。”

民警说：“网监的同事说，对方是利用海外的服务器登录的，我们追踪不到具体的地址。”

陈俊峰沉默了一会儿，迸出一句：“奸猾！”末了，他叮嘱那民警，“一会儿把书包还给那个被抢的小姑娘，她晚上还要做功课呢，对了，记得安慰几句，别把人家吓坏了。”

民警“嗯嗯”地答应着，陈俊峰朝丁翘和卓智挥挥手：“走吧。”

上了车，丁翘和卓智都有点沮丧，觉得忙活了一场，一无所获，都有点丧气。陈俊峰说：“也不是没有收获啊，起码印证了江盛一直在监听你们的电话。”

卓智心念一动，说：“那两个人抢不到东西交不了差，江盛会不会生疑产生警觉？”

陈俊峰微微一笑，说：“这个不会，同事已准备好了一封信，届时让这俩小毛贼发过去，再催他要余下的款项，他就不会生疑。”

丁翘不由得好奇道：“那信里写什么啊？”

陈俊峰胸有成竹地说：“吕仁不是给吕文静留下了200万吗，可发挥的空间还是很大的，吕仁的字迹我们也有存档，总之不会让江盛生疑。”

丁翘和卓智这才放下心来。

陈俊峰说：“现在已基本可以确定，吕仁的死，与江家父子脱不了关系。”他顿了顿，郑重地说，“丁翘，是时候把你的钩子放出来了。卓智，这次要看你的了。”

丁翘和卓智也郑重地点头：“嗯。”

第二十九章

请君入瓮

星期六，天气预报说，此日有雨，傍晚有雷暴。

雷暴是开启花碗坪的“记忆录像”的钥匙，卓智试过很多次了，在非雷暴天气，不管他怎样操作，“三点成一面”的磁场“放映器”都无法启动，但雷暴一至，便如启动了磁场的记忆密码，发生过的事就会被重新演绎一次。

午后，丁翘和陈俊峰抵达浪琴湾，卓智把他们带到了花碗坪。虽然已经多次耳闻花碗坪的绚丽多彩，但第一次目睹，陈俊峰还是叹为观止：“真不可想象，这个偏僻的小海湾竟然有这么漂亮的瓷片！”

傍晚的时候，一大片乌云把尚未落山的太阳遮蔽得严严实实，开始起风了，预报中的雷暴，即将如期如至。

卓智已做好准备，丁翘和陈俊峰站在离卓智不远处的岩石旁边，突出的大岩石可以挡雨，在这个位置正好可以把卓智那边发生的事尽收眼底，而又不会影响他的“实验”。

一道闪电从天空掠过，紧接着是一声闷雷，天地间突然黑成一团，就在这电光石火间，两座山与卓智像是被一层浅白的光连接在一起，然后，前面的沙滩上，出现了两个人像……

还是熟悉的影像、熟悉的情节、熟悉的动作……直到人影散去，四周空无一人，唯有苍茫的暮色以及哗哗的水声，还有远处的浪声。

好半天，陈俊峰才如梦初醒，惊叹道：“之前一直听你们说，但总觉得过于荒诞，现在亲眼看见，才知道大自然实在太神秘了，不知道这天地间还有多少未被人类发现的秘密。”

丁翘说：“只可惜不能把这一切录下来，因为，但凡有一点外来的光线影响，那些神秘的影像都会立即消失。”

说话间，雨渐渐变小了，虽然天色更晚了，但光线比先前亮了一些。

两人朝卓智走去。

卓智已收拾好东西，陈俊峰走过去拍拍他的肩膀，赞许地说：“小伙子，不简单啊，你这个发现若公布出去，恐怕会惊动全世界。”

卓智谦虚地说：“现在还不行，条件还不成熟。”

陈俊峰惊讶地问：“那要怎样才算条件成熟？”

卓智说：“我小时候也在这里见过一些衣着跟现代人不一样的影像，而且人更多，他们抱着各种瓷器瓶罐在这里走来走去，但是自从能启动磁场后，我一次也没有看见那些影像，来来去去都只是同一个场景。”

丁翘说：“我在这里看见过两次，也是同样的影像。有没有可能，磁场里录下来的影像不多，所以我们现在只能看见同一个？”

卓智说：“目前我们知道存下来的影像，是两个，就算是随机播放，我们也有很大概率看见另一个，是不是？”

陈俊峰笑了：“这个应该不会是随机的，当中必定有某种玄机，只是现在我们还不知道。”他盯着卓智看，“你小时候看见那些影像的时候，大概是几岁？”

卓智说：“5岁。”

陈俊峰若有所思地说：“5岁的小孩有多高？”

丁翘边思考边说：“上幼儿园大班的年龄，100厘米，或者多一点吧。”

陈俊峰又问卓智："现在呢，多高？"

卓智说："180厘米。"

陈俊峰掉过头来看丁翘："你呢？"

丁翘说："168厘米。"

陈俊峰微笑着说："这就是了，你们当时站在那里，跟两座山形成一个大磁场，你们身高相差不大，所以磁场播出来的影像，是同一个场景。"

卓智和丁翘一听，均觉有道理，卓智更是面露喜色，说："那我再找身高不同的人来试试。"

陈俊峰忙提醒他："这个先不忙，一旦这事传开去，恐怕这里会成为网红打卡地，这事先暂缓一下，当务之急是把江家父子引出来。看过这个影像，我对你们的计划更有信心了。"

卓智说："好。"

丁翘说："我现在只担心江浩天那个老奸巨猾的狐狸不会上当。"

陈俊峰胸有成竹地说："他会上当的。昨晚，同事捣毁了一个毒窝，其中一名吸毒人员，叫郭若。"

丁翘立即想起了小郭，江浩天安排在江盛身边的亲信，处事大方，彬彬有礼，怎么看都不像是一个吸毒的人，不由得问道："小郭怎么啦？"

陈俊峰说："这个家伙有多年吸毒史了，只是因为有体面的职业，也不缺乏毒资，一直混得人模狗样，被警察现场抓获还是第一次。我们的人知道我在调查江家父子的事，就把他带给我，一盘问，他就什么都说了，包括他的老板江家父子。"

丁翘和卓智都激动地看着陈俊峰："他说什么了？"

陈俊峰说："他说，就在你们从海上回来之前的那天晚上，江浩天父子去过花碗坪，但去花碗坪做什么他不知道，因为游艇上只有江家父子俩。但在此之前，他听见江浩天在电话里跟吕仁吵架。"

丁翘和卓智都有点兴奋。丁翘说："阿智，我们要不要赌一赌？"

卓智笑了："当然赌啊，为什么不？"

陈俊峰说："查过天气预报了，接下来几天均无雨，不过本周六，全市会有雷暴，具体时间还要气象局确认一下。"

丁翘说："好。"

想到即将来临的对决，丁翘既兴奋又激动。

星期五晚上，周颖芝和老杜回来了。

母女俩久别重逢，自然是格外亲昵，搂着抱着说着笑着。老杜在一边用蹩脚的普通话欢呼着"姐妹花"，一边拿着手机给她们拍照，每叫一次JOJO，都带上无数个"宝贝"，倒把赵莞弄尴尬了，她连忙躲回房间去，生怕自己打搅了这相亲相爱的一家人。

不过周颖芝毕竟是在国外待得久了，很多事情都被老杜同化了，吃过丁翘和赵莞煮的晚饭（其实基本上都是赵莞在操作，丁翘只是打下手），便与老杜回酒店了，丁翘一直把他们送到酒店。

他们约了第二天去浪琴湾，丁翘本来是想独自前往的，但是老杜一听她说要去的地方就是那个桃薇花盛放的孤岛，兴奋得快要疯了，欢呼着一定要去，要亲手摘下那神秘的古老玫瑰送给他亲爱的JOJO。

想到多两个人也不会对事情有什么影响，丁翘答应了。

回到家，她便接到卓智的电话。卓智在电话里兴奋地说："阿翘，我今天晚上在浪琴湾摸到了一个碗！"

这是早就约定的戏码，丁翘一秒进入角色，高兴地说："真的吗？好看吗？"

卓智说："当然！我一会儿把照片发给你看，比上次那个葵花洗还好看！够咱们吃一辈子了！"

丁翘语气中有掩饰不住的激动："那你找到买家了吗？"

卓智说："只要有好货，就不怕找不到买家，我打算挂上网，价高者得。"

丁翘思考了一下，说："千万别！挂在网上也不知道会招来什么人，说不定还会惹祸，不如……不如问问江盛，看他们想不想要？"

电话那头，卓智似乎在犹豫。

做戏做全套，丁翘诚恳地说："我看江浩天人挺不错的，以前他帮过你家，你怀疑他，人家也没生气，还让你在江氏工作，还有江盛，上次还特意让我多关心你。跟他们交易，我放心。"

卓智沉吟了一下，说："好，那我问问江盛要不要。"

丁翘问道："那个碗呢，放在哪里了？"

卓智说："不敢拿回家，还是藏在花碗坪更安全。"

丁翘说："嗯，如果他们要看碗，交易的地点就定在花碗坪吧。"

过了一会儿，卓智打电话来了，他说："跟江盛约了明天下午去花碗坪看碗，江浩天也去。"

丁翘心里一跳，鱼儿终于上钩了！她难掩心里的狂喜，笑着说："太好了，把碗卖出去，咱们就可以买楼买车结婚了！"

电话那头，卓智意味深长地说："你就这么急着跟我结婚？"

丁翘豁出去了，干脆说："我还急着跟你生猴子呢！"

电话里传来卓智放浪的笑声，这是一种无法言说却心照不宣的喜悦，丁翘忍不住也笑了。

因为老杜和周颖芝要看桃薇花，丁翘中午就带着他们抵达浪琴湾，与卓智会合后，再一起前往花碗坪。丁翘当然没有跟他们说与江家父子的交易，反正他们什么也不知道，就让他们开开心心地赏花好了。

桃薇花依然在盛放。

老杜一看见那片桃薇花，眼睛都直了，他抱起周颖芝冲进花海中，欢呼着，叫嚷着，那种从心底涌出来的喜悦，是如此强烈和疯狂。

丁翘想起老杜的誓言——要把全天下最美的玫瑰都找来献给她母亲。

多么甜美的誓言啊，永远活在爱情里，永远活在爱与被爱间，所以她母亲这么多年来永远保持着年轻的体态和幸福的笑容。

丁翘不禁看向卓智，卓智也正好在看她，他的眼中有微微的笑意："怎么了？你也希望我抱起你冲进桃薇花丛中吗？"

丁翘莞尔："还是不要了，桃薇花有刺，我还是喜欢你编的花冠。"

卓智从工具袋中找出铜线，给丁翘编了一个花冠戴上，一看时间，跟江家父子约定的时间差不多到了，两人跟周颖芝和老杜打了一声招呼，让他们继续在此赏花，便下山去了。

还未走到山边，天上便涌起了积雨云，极目远望，可以看见远处的海面上，一辆游艇正在朝这边驶来。

丁翘带着兴奋的语气说："阿智，他们来了！"

卓智看了天上的积雨云一眼，说："拜托这雨快点来啊！"

丁翘淡定地说："放心好了，等他们上岸，这雨也就到了，陈队再三跟气象局确认过，不会出错的。"

游艇慢慢地向岸边靠近，雨却已不由分说地下起来了。

卓智和丁翘戴着雨具，站在岸上迎接打着伞的江家父子。

大雨下得如同瓢泼一样，江家父子只打着一把伞，眼看衣服就要全淋湿了，看上去很是狼狈。

丁翘建议说："这雨太大了，先找个地方避雨吧。"

江盛看向江浩天，江浩天点点头："是要先避避雨，看这雨一时半会儿停不了。"

丁翘带着江家父子走向那块大岩石下面避雨，那是最好的"观影"位置。

三人走到岩石下，雨依然哗哗啦啦地下，但顶上的岩石把雨水都挡在外面了，三人站在那里，恰好"躲进小楼成一统"，外面的风雨是侵袭不进来的。江盛把伞收起来，放在旁边的岩石边放好，低声嘟囔："怎么突然下这么大的雨，真是！"

江浩天依然是一副儒雅淡定的样子，说："天有不测之风云，不急。"

江盛突然说："卓智呢，他怎么不在这儿，去哪儿了？"

丁翘用手指着斜前方，卓智正站不远处，江浩天奇怪地道："他站在那里做什么？怎么不过来避雨？"

丁翘淡定地说："等一会儿吧，等一会儿他就过来了。"

雨越下越大，天也越来越暗，广东人习惯了这种狂风暴雨骤然而至的天气，江家父子也不当回事，聊着浪琴湾的珍珠和海藻发展基地，言辞之间全是造福一方的理念，丁翘偶尔搭上几句，三人聊得也算融洽。

终于，聊到了卓智即将出手的古瓷碗，江浩天诚恳地说："把这个碗收下来，我也只是不想让民族的瑰宝流落在外，中国人嘛，总不能眼看着我们的老祖宗留下来的东西成为外国人的玩物。价钱方面，我可能给的不及境外的高，阿翘，不知道你和卓智能理解不？"

他跟丁翘见面不多，上次见面，他还是客气地叫她丁记者，但这次见面，他跟江盛一样叫她阿翘，语气既温和又亲切，像是长辈对晚辈，却又不失一个成熟男子的谦和。

丁翘在心中暗自赞叹，这是一个多么有魅力的成熟男士。

天边突然传来尖锐的雷声，像是有人用钢锯把天幕锯开了，一道闪电从天幕中劈开来。

丁翘心里一跳，来了，终于来了！

旁边，江浩天焦急地说："阿盛，快把卓智叫过来避雨，被雷击中可不是好玩的。"

他语气中的关心和焦急，可不是装出来的，丁翘担心江盛走出去会影响卓智那边的磁场，忙拉着江盛说："我们在这里等他，风大雨大，他一会儿就会过来了。"

说话间，已见一层薄薄的白光在两座山和卓智之间架设而起，丁翘担心江家父子没留意，故意指着那边惊呼："你们看，那是什么？"

透过茫茫的雨幕可见前面的沙滩上，突然出现了两个人影，他们开始争论、争执……

旁边的江盛脱口而出："爸，那个人很像你啊……"

江浩天故作镇定地说："别说话，看看是怎么回事。"

沙滩上，两个人的争吵陷入了僵局，其中一人往前走，另一人拾起地上的石头猛然砸在那人的后脑勺上，那人猝然倒地，被另一人拖着走向大海深处……

这一幕，丁翘已经看过几次了，但江家父子是第一次见，想必心中都震惊不已，待两个人影完全消失在大海中，丁翘听见江盛失声惊呼：

"那两个人呢，怎么不见了？不行，我得去看看！"

"阿盛！"丁翘听见江浩天声音淡定地说，"别去！"

江盛惊惧地说："可是那两个人……"

丁翘淡定地说："那两个人不是真的，只是幻象，我以前跟你说过的。"

江盛突然想起了什么，转过脸来问丁翘："这两个人，这两个人，就是你以前看见过的？"

丁翘点点头："嗯。"她的目光掠过江浩天的脸，那张脸变得胆怯而恐惧，早没有了平日的温和与从容，她淡淡地说，"从后面搬石头袭击的那个人，很像江先生啊。"

江盛骤然一惊，看向父亲，江浩天没有吱声。

雨依然在下，却比先前小了许多，天色也变得亮了一些。

一个人朝他们走来，身材高挑，步伐坚定，是卓智。

江盛不明就里，说："卓智，刚才那两个人你看见了吗？太神奇了，阿翘说是幻象……"

"不是幻象。"卓智接过江盛的话，"是真的发生过。那个被石头砸中的，是我爸。"

江盛大吃一惊："啊？"

卓智又说："那个在背后行凶的，是你爸！"

江盛连声叫道："怎么可能？怎么会！你别乱开玩笑！"

卓智冷笑一声，目光落在江浩天的脸上，说："我是不是开玩笑，问你爸！"

江浩天脸色煞白，故作镇定地说："我不知道你在说些什么，作神弄怪的，我们走！"

说罢，他便头也不回地朝前走，江盛犹豫着要不要跟上去。

卓智大声说："江先生，别走啊，还有一幕戏，你要不要看？"

江浩天慢慢地站定，回过头来，盯着卓智，警惕地问："什么戏？"

卓智神秘地说："这幕很新鲜啊，你前些天才做过的，不会这么快就忘记了吧？”

江浩天不说话了，顿了一下，严厉地瞪了江盛一眼：“还不走！”

这时候雨已经停了，天边浮起了淡淡的霞光，远处，几个穿着制式服装的人正朝这边走来。

是陈俊峰和他的同事，也不知道他们是几时来到的，江浩天脸色骤变，步伐停了下来。

身后，卓智说：“别走了，人都齐了，自首吧。”

陈俊峰跟同事迎上来，他看着江浩天，说：“是江浩天吧？我们接到报案，怀疑你跟两宗谋杀案有关。”

江浩天脸上镇定自若：“我不知道你在说什么。”说罢，他傲然挺着腰板往前走去。

“阿翘！阿翘！发生什么事了？”

不远处，周颖芝和老杜朝这边走来，刚才下雨的时候，他们躲在附近的岩石底下避雨，把这边的情况都看得一清二楚。

“妈咪，我没事！”丁翘走上前，拉着母亲的手，“别担心。”

江浩天扫了周颖芝一眼，依然大步朝前走。

“你再走，我们就不客气了！”陈俊峰厉声喝道，“你在20多年前谋杀了卓杰，10多天前谋杀了吕仁，我们都已找到了证据，如果你现在说，我们可以视同自首，如果你一定要跟我们回公安局再说，那可就不是自首了！”

卓智说：“刚才我已经把一部分证据展示出来了，这证据是真是假，江先生不会不知道吧？”

江浩天回过头来，脸上阴晴不定，似乎在权衡着得失利弊，他的目光掠过所有的人，最后落在卓智脸上：“那个录像，你是怎么得来的？”

卓智说：“是海豚录下来的，我不过是用电脑转换过来再放映。”

江浩天大声说：“这不可能！”

卓智微微地笑了：“怎么不可能？吕仁把我们放进小木船里以为我们必死无疑，也是海豚救了我们啊，这事你忘记了？海豚是有灵性的动物，能感知人的杀机，每次当有人在海边或海上杀人的时候，它都会及时出现，虽然不能制止杀人，但它会把这个过程录下来。”

江浩天歇斯底里地叫：“这不可能！”

卓智说：“怎么不可能？现代人对海豚的研究已经很深入了！你不知道儿童的孤独症是用海豚的声音来治疗的吗？海豚的特异功能，超出你的想象！你的所有罪行，它早就全部录下来了！”

江浩天的目光不甘心地闪动着，在所有人的脸上逡巡着，似乎在权衡着。

卓智决定冒险一搏，说：“不要以为你们的所作所为神不知鬼不觉，其实全被海豚录下来了，吕仁利用声呐捕鱼，你出海钓鱼，目的都是寻宝！其实我们早就知道了，不管是你当年杀了我爸，还是现在杀掉了你的好搭档吕仁，我们都有足够的证据！”

陈俊峰厉声说：“江浩天，是自首还是跟我们回去再说，你自己定！”

江浩天的身子似乎在颤抖，额前的头发耷拉着，昔日的意气风发一扫而光，有说不出的狼狈与困顿。

丁翘不忍心再看，一个曾经令她那么敬重的人，此刻斯文扫地的样子，真让她心酸，她对旁边的周颖芝说：“妈，我们走吧。”

周颖芝淡淡地说：“我不走，我要看看这种人有什么下场。”她朝老杜微笑着说，“这种人，死不足惜。”

老杜耸耸肩，摊手，说出一句蹩脚的普通话：“噢，不可惜。”

江浩天的目光发直，直直地看着江盛的方向，他的神色越来越惊惧，突然坐倒在地，说：“我自首我自首，这些事都是我自己做的，跟我儿子无关！”

江盛走上前扶起他，悲呼：“爸！”

暴雨来得快，去得也快，很快便雨过天晴了。

岛上的岩石旁，现在成了一个临时的讯问室。江浩天坐在岩石边，显得比刚才镇定多了，他向陈俊峰请求：“能不能给我一根烟？”

陈俊峰把香烟递给他，他接过放进嘴里，陈俊峰拿打火机帮他点上香烟，他深深地吸了一口，熟练地吐出了一串烟圈，感叹道："我已经有20多年没抽过烟了。"停了一下，他说，"知道为什么吗？因为，我怕抽过烟的手再跟古瓷接触，会损害它们的瓷质。"

陈俊峰说："说说吧，说说这20来年的经历。"

江浩天深深地吸了一口烟，然后把香烟按在地上，直到香烟熄灭了，他才叹了一口气，说："我全部都说了吧。"

陈俊峰示意旁边的民警记录，大家都静静地等着江浩天说当年的事。

"20多年前，我开了一间小小的山寨厂，没有自己的商标和品牌，代别人贴牌生产，但这一行的竞争非常大，资金回笼也慢，眼看快熬不下去了，连工人的工资都发不下去了，工人天天缠着我要钱，还扬言要告我，父母老迈，妻儿还等着我养家，我很苦闷，甚至想过自杀，找一个僻静的地方一了百了。于是，我坐船来到了浪琴湾。

"我随着人流上了岛，却不知何去何从，坐在码头上发呆，后来，看见卓杰一家人上船出海，我就走过去问，可不可以捎我一程。当时我想的是，等船驶到大海中间，我就趁他们不备跳进大海里，这样死得干脆又利索，而这一家人恐怕也不敢说出去，毕竟他们也怕给自己惹麻烦。"

丁翘心里想，你倒是死得利索了，可是人家一家人平白无故受这惊吓，真是倒霉透了。

江浩天说："也许是卓杰看出我心情不好，他主动跟我聊天，还教刚学说话的儿子叫我叔叔，让我想起了自己也差不多大的儿子，心里更难受了。船驶进了大海，我却没勇气跳下去了，我想看看这家渔民是怎样谋生的，再不济，我也不会活得比他们差啊。"他看着卓智说，"那时候你才两岁，也算救过我一命了。"

卓智冷冷地看着他，说："我救了你一命，结果呢，你要了我爸的命。"

江浩天的眼睛变得黯淡起来："是我对不起你爸。"

他停了一下，继续说："船来到了一座孤岛，就是这里，花碗坪，卓杰下海摸海胆去了，我一个人走到海边的悬崖上发呆，我已打定主意，等他们一家人离开，我就在这里结束自己的生命。

“过了没多久，卓杰拿着几个海胆找我，说请我吃新鲜海胆，我从没有吃过生海鲜，心里想既然都打算死了，也不顾虑是否卫生了，于是就壮着胆子吃了两个，感觉味道还挺鲜美，心情也就好了些。聊天时，卓杰告诉我，刚才他在海底摸到了一个碗，我心里一动，就说想看看。

“那个碗，比饭碗稍大，花纹的颜色也不鲜艳，也许是由于长期浸泡在海水里，瓷质显得有点粗糙，看上去很旧的样子。卓杰见我拿着碗看个没完，就说如果你喜欢，就给你吧。

“我心里一跳，心想这个碗会不会是古董？如果是古董，就能救我一命了，我怕卓杰会改变主意，就装作无可无不可地把碗收下了。回来后，我把碗拿给一家古董行看，对方说可以用一万元收购，我心里便明白了，这个是真货。”

卓智只觉得心底冒出一股凉气，我善良的爸爸啊，你当时助人是出于好意，却没想到对方心地歹毒，爸爸反而因此搭上了自己的性命。

江浩天又说：“后来，我把这个碗拿到黑市交易，卖了10万元，这10万元，足够我缓过劲来渡过难关，我的厂子终于起死回生了。

“我买了很多礼物送到浪琴湾给卓杰一家，当然，我没有提碗的事情，只是说自己的生意不错。卓杰文化水平不高，长期在岛上生活，社会阅历也有限，在他眼中，我就是一个事业成功人士，住在市区，开着厂子，他见我把他当朋友，也很高兴。

“我跟卓杰说，上次那个碗，我很喜欢，问他还能不能帮我捞些上来，卓杰为难地说，在海里捞碗无异于大海捞针，很难。我就告诉他，如果他能捞上来，我就高价买下来，就算他捞不到，我也可以给他劳务费。卓杰答应了，我很高兴，因为我知道，他是一个实诚的人，只要他答应了，就会一心一意地帮我做这件事。

“从此，我每隔一段时间便到浪琴湾来，不过为免人生疑，我每次来都会带着一套钓具，装作海钓发烧友。我还叮嘱卓杰，这事对任何人都不要说，包括对老婆孩子。正如卓杰所说，在海里捞碗是件很不靠谱的事，整整一年，他没有任何收获，但我依然每个月都坚持来两次。

“终于有一天，卓杰高兴地打电话给我，说他在海里摸到了几个碗，我一听便高兴得疯了，马上赶了过来。卓智交给我几个碗，我也给了卓智一笔酬劳，当然，我不会给太多，我怕他会怀疑这些旧碗的真实价值，只是轻描淡写地说这些旧东西虽然没有什么用，但我喜欢收藏旧东西，喜欢把它们摆在家里。在卓杰眼中，我就是一个性情古怪的城里人。

“我问卓杰，怎么突然能在海里捞出这么多碗，卓杰说，他发现了海底里有个洞藏着那些旧碗，不过因为被淤泥压着，要找也不容易。我一听便来了兴趣，问他那个洞在那里，但他支支吾吾不说，我便明白了，他不再是那个爽快慷慨的渔民了，他知道我喜欢那些碗，开始想漫天要价了。

“后来，我把那几个碗拿出去卖了，得了一大笔钱，我用这笔钱扩大了工厂的生产规模。说来也怪，以前怎么做生意怎么不顺，现在却越做越顺，我的生意也越来越大。但我知道，不管生意怎样做大，都不及那些古瓷碗来钱快。

“我往浪琴湾跑得更勤了，但卓杰迟迟没有新的收获。很多次，我故意在他下水的地方等他，但他依然两手空空地上来，而且也不愿意说出以前捞出的旧碗到底是在哪里找到的。正在这个时候，卓杰的老婆病了，手术费需要5万元，卓杰向我求助，我二话没说，立即把钱送到医院给他，但我也留了后招，我让卓杰写了一张借条。”

丁翘暗想，这个人既小气又恶心，自己靠着人家发了大财，现在人家有求于他，反而被他当成一个要挟对方的砝码。

“卓杰的老婆动了手术后，很快就恢复了健康，出院回家了。有一个周末我到浪琴湾来，卓杰说他前几天又捞了一个碗，我就和他一起出海来到花碗坪。这时的我，因为一连出手了几个古瓷碗，在黑市也算有点名气了，买的、卖的行家都喜欢找我交易，我也对古瓷碗有了研究，渐渐地便搭建了一条黑市贩卖的线路。我知道卓杰现在信任我，以后还会给我捞更多的古瓷碗，我已经打定主意，这些碗先不急着出手，可以放着囤积居奇，以后卖大价钱。

“正在这时候有个行家打电话给我，聊了几句后，我便忍不住在电话中向对方炫耀，说我最近将入手一批宋朝的古瓷碗，改天一起欣赏之类的。待我打完电话，才发现卓杰拿着一个碗，怔怔地看着我。他问我，这些碗是不是古董。我当然说不是，他说他已经听见了我在电话中跟人说的话了，我说他听错了，我说的古瓷碗跟他在海里捞的碗是两码事。”

“后来，卓杰还是把那个碗给了我，那是一个宋朝葵花洗。”江浩天转过脸来，对卓智说，“就是前些日子被你打碎的那个，所以当你说家里有一个一模一样的碗时，我一点也不奇怪，因为卓杰心里早就打起了鬼主意，他知道那些旧碗值钱，就想着捞更多的碗据为己有。”

卓智强忍着从心底里涌上来的厌恶，冷冷地说：“摔坏的葵花洗是我用旧瓷片粘贴起来仿造的，我赔给你的那个葵花洗，才是我爸当年给你的那个。”

江浩天呆了一下，说：“难道他没骗我……有一天我又到浪琴湾来，跟卓杰说，如果他愿意把埋藏古瓷碗的地方告诉我，他欠我的债就可以一笔勾销，我还可以给他一大笔钱，但他拒绝了。他说，他在海里捞出来的那些碗，是古董，所以他要把这件事告诉村主任，让村主任向政府报告，他还让我把那些碗都退回来，还给政府。”

丁翘和卓智均恍然大悟，原来是这样，怪不得卓杰当年急巴巴地找村主任，原来是要说这件事。

江浩天叹了一口气，说：“我一听就急了，先不说那些碗还能不能退回来，单凭倒卖文物这一宗，我便要被判好几年。我对卓杰说，就算把那些碗献给政府，他也捞不到什么好处，这事不如就算了，以前他向我借的5万元就一笔勾销了，以后他每在海里捞一个碗，我就给他5万元。我原以为他一定会答应的，毕竟他一直缺钱，但没想到卓杰一听，便大声嚷嚷道，原来这碗真是古董，你一直在骗我！

“我求了他许久，说只要他不对外说出这事，怎样处理都行，但他坚决不松口，并说要马上回去告诉村主任。我没想到平时那么温顺的一个人，却突然变得这么轴这么倔，眼看着他快要上船了，我也是急疯了，就搬起一块石头砸向他的后脑勺……”

虽然早知道结果，但众人听到此处还是不约而同地“啊”了一声。丁翘看了卓智一眼，他的眼圈红了，双手在微微发抖，她不由自主地伸出手，把他的手紧紧地握住，似乎这样便能给予他力量，以及勇气。

江浩天又说：“这事发生后，我有一年多没有到浪琴湾来。一来，我担心事情会败露；二来，我的生意越来越好，尤其是……”他加重了语气，“在黑市文物交易方面，赚了不少钱。”

陈俊峰不动声色地问：“难道当时就没人怀疑过你吗？”

江浩天摇摇头，说：“没有，从来没有人问过，这可能也是因为我平时就比较警惕，极少在村里露脸，每次都是他在码头接了我就走；另外，我也再三叮嘱卓杰不要把我们之间的往来跟任何人说，包括老婆孩子。他是一个答应了就会做到的人，我也一直当他是好朋友、好兄弟。”

卓智握紧拳头，咬牙说：“你当他是好朋友、好兄弟？是你杀了他！”他双眼充血，眼看着就要按捺不住冲上前来，丁翘从背后紧紧地抱着他，不让他动手，两名民警也护着江浩天，卓智不甘心地瞪着江浩天，厉声说，“人渣！”

江浩天垂下了头：“对不起，我那时候也是没办法了，如果我不这样做，我就会坐牢，失去已经到手的一切。”

陈俊峰走过来拍拍卓智的肩膀，说：“在警方办案期间，是绝对不能让犯罪嫌疑人被殴打这种事情发生的，如果你无法控制自己的情绪，只能请你离开现场了。”

丁翘忙说：“可以控制的，阿智，我们可以的。”

卓智紧握的双拳松开了，双手低垂，默默地点点头，被丁翘拉到另一边坐下。

陈俊峰对江浩天说：“继续说吧。”

江浩天点点头，说：“过了一年后，我见事情完全平息了，便又开始惦记着浪琴湾海底的那些古瓷碗。我记得卓杰跟我说过，他在海底发现了一个古瓷碗的窝，但那个窝在哪里，他一直不肯告诉我。现在他死了，我只能想办法自己寻找了。于是我买了一艘船，请了水性好的人经常到浪琴湾来寻宝，对外只说是我喜欢海钓。

“但是后来我发现，水性再好的人，要潜进大海漫无目标地寻找古瓷碗，都是一件非常艰难的事情，几年间，我费了许多人力、物力，一无所获，但越是这样，我越不甘心。哪怕生意越做越大，赚钱越来越多，我还是惦念着海底的古瓷碗，后来我干脆买了游艇，更加频繁地在这片海域上寻宝。因为我从不停靠在码头上，所以没有引起过怀疑。

“几年前，我在国外出差，听说有一种声呐探测仪，能通过定位的方式在海底寻找目标，我大喜，心想或许这个有助于我寻宝。我花高价请人设计了一套专门用于瓷器探测的声呐带回国内，开始了我的寻宝计划。”

丁翘与陈峻峰不由得交换了一个激动的眼神，原来他们的猜测是对的，声呐的作用，本意并非针对鱼类，寻宝，才是它的目的。

江浩天说：“我原以为，有了声呐，我就可以很快找到海底的古瓷碗了，但我没想到的是，这款声呐对鱼类的干扰很大。每当声呐在海上探测作业的时候，鱼类会忍受不了折磨，在海面上四散跳跃直至大面积地死亡，如果让别的渔民看见，恐怕会出事，我只好暂停了。”

丁翘想起当年那个台风之夜，她躲进吕仁的船上，亲眼看见了鱼类受不了声呐的折磨，奋不顾身地往甲板上跳的惨烈一幕，不由得悲愤交加。

“后来，我想出了一个主意，干脆找人长期驻扎在浪琴湾，利用晚上出海寻宝，这样就不会引起人们的怀疑了。经过一段时间的物色，我找到了吕仁。我选中吕仁，有两个原因：一、他是从农村出来的，有渴望暴富的心态；二、他做事心狠手辣，人也大胆，为了钱，他什么事都敢干。

“我出本钱让吕仁在浪琴湾建起了一家酒店，白天他是酒店的老板，晚上他就带人出海，利用声呐寻宝。一旦声呐探测到瓷器，便让水性好的马仔潜进大海里将其打捞出来，这几年间，陆续捞出了一些陶瓷或碎片，但一直没有找到卓杰所说的瓷碗窝。

“为了保密，这些马仔都是我亲自挑选了送到浪琴湾的，而且我再三叮嘱吕仁，必须让马仔与酒店其他的人员保持距离，不能让他们有太多的接触，免得事情传出去。我没想到的是，这事还是让人知道了，当吕仁打电话告诉我，有个女记者藏在船上偷拍他们的视频时，我便感觉大事不妙。”

陈俊峰不动声色地说：“当时是你让吕仁对丁翘杀人灭口吗？”

江浩天连连否认：“我没有，我只是跟吕仁说，不惜一切代价让对方封口，不能让她把这事公布出去，不然就麻烦了。吕仁告诉我，对方可能把视频发上网了，我让他把女记者的照片发给我，我让人上网查找，很快便证实了丁记者的身份。”

丁翘心想，怪不得吕仁这么快就知道了我是记者，原来是这个老狐狸在背后指挥。

江浩天说：“后来吕仁告诉我，丁记者失足落水了，我叫他务必把人捞上来，生要见人，死要见尸。但是吕仁后来告诉我，找不到人，也没见到尸体，我把他狠狠地骂了一顿，觉得事情可能麻烦了。”

丁翘心里想，你现在倒是猫哭老鼠假慈悲，你害怕的恐怕不是我葬身海中，而是担心我获救后说出你们的秘密而已。

“这时候我在网上获悉了消息，女记者在浪琴湾失踪的事惊动了全市，各部门正组织人力在海上搜救，为保万无一失，我就让江盛也参与了搜救行动。江盛什么都不知道，我只是告诉他，有个女记者在浪琴湾失踪了，她的手机里录下的视频对我们极其不利。

“次日凌晨，江盛打电话告诉我，他们在浪琴湾的一个孤岛上找到了落水的女记者，而且他已经拿到了她的手机。我就让他把手机藏起来别声张。”

丁翘恍然大悟，不禁苦笑，当时自己被江盛救出来，一直觉得他是热心公益的暖男富二代，想不到人家另有图谋。

江浩天又说：“吕仁得知丁记者获救后，很害怕，向我要钱说打算远走高飞，我立即安抚他，说拍视频的手机落到我们手里了，没有证据的事，没有人会相信的，天大的事，有我兜着。好不容易劝住了吕仁，江盛却又打电话告诉我，说丁记者拍的视频，已被上传到了云相册。

“这下子我真的慌了，想着怎么掩盖这事，心想丁记者只是怀疑吕仁利用声呐捕鱼，只要吕仁不说，就绝不会想到我们真正的目的是利用声呐探测古陶瓷，于是我跟吕仁说，如果他去自首，把这件事承认下来，我给他一笔安家费，而且，他出来之后，还可以得到一笔巨款。”

果然如此！丁翘暗叹，这与陈俊峰估计的八九不离十。陈俊峰对世态、对人情的通晓，令他比一般的办案人员更加敏感，只凭一点线索，就能透过现象看穿事情的本质。

“刚开始的时候，吕仁是不愿意答应的，说家里老的老，小的小，他不想坐牢。我劝他说，就算你不去自首，公安一样会通缉你，你也不可能带着一家老小逃亡。后来吕仁思前想后，终于答应了，但他提出一个条件，向我要200万。我说可以，但前提是这笔钱，必须等你出狱后再给，不然你半途反悔，我岂不亏了？

“吕仁答应了，让我先给他10万元安家费，我就把10万元现金交给他，他就去自首了。后来的事情，你们也都知道了。”

陈俊峰不动声色地说：“恐怕不会这么简单吧？那后来你怎么会跟吕仁反目成仇？黄秋芳的死又是怎么回事？”

江浩天脸色从灰到白，又从白变成灰，喃喃地说：“这、这事……”

丁翘冷笑着说：“要想人不知，除非己莫为，吕仁在临死前，给女儿吕文静留了一封信说了这件事，后来你们让人抢到的信是假的，真的信我早就拿到交给陈队了。”

其实根本没有什么信，丁翘只不过是诈一诈他，可此时江浩天精神上已完全被打垮了，哪里还会辨别真假，他长叹了一口气，说：“既然你们都知道了，那我就全部说了吧。当时律师估计，吕仁这样的案件，大约判一两年，我和吕仁都觉得这10万元加上以前的积蓄，足可以供吕家一家人维持两年的生活。但我们都没想到的是，黄秋芳拿了这笔现金没有存进银行，而是以高息借给别人做生意，对方拿了钱就跑路了，钱也要不回来了。

"没有了钱，黄秋芳就打起了新主意，有一天，她打电话到我的手机，说她知道吕仁替我坐牢的事，要挟我再给她10万。我旁敲侧击地问了一下，原来吕仁在去自首的时候，为了让她安心在家等他出狱回来，跟她说了我的事，说只要坐了牢，出来就有200万。我一听就知道事情坏了，像黄秋芳这样的女人，阅历短浅，见识有限，只要我答应她一次，她便有可能勒索第二次。当然，这不是最重要的，我最担心的还是她把我利用声呐探测古瓷的秘密说出去，这可不是闹着玩的。"

陈俊峰淡淡地说："于是，你就动了杀心？"

江浩天低下头，默默地点了点头。

丁翘讥讽地说："事后，你又让江盛借着我的名义去资助吕家婆孙，这算是赎罪吗？"

江浩天喃喃地说："我答应过吕仁，要帮他照顾家庭，我是一个守信义的人。"

卓智冷哼一声："你讲信义？你讲信义就不会放火烧死吕仁的老婆，也不会杀了我爸！"

江浩天歇斯底里地说："这都是他们逼我的！人不为己，天诛地灭！"

陈俊峰示意旁边的民警递给江浩天一瓶水，说："别激动，喝口水，慢慢说。"

江浩天接过水，一口气喝掉了大半瓶，长长地哀叹了一声，说："这种事，就像揭开了魔鬼的盒子，我也想停啊，可就是停不下来。"

丁翘也在心里忍不住叹息，如果不是沉迷于走私文物，他本可以是一个很成功的企业家。

江浩天又说："吕仁入狱后，原来的声呐探测器作为证据也被收缴了，探测古瓷的事就暂停了下来。但是，我依然不死心，跟声呐的售卖者联系，对方说有一种新型的声呐，设计更高明也更隐蔽，最重要的是，对海洋生物几乎无害，不会像原来的声呐那样会令鱼类失控，我马上表示立即购买。对方说因为这种新型声呐是新研发的，目前仅限于军方使用，但价格也贵得惊人，我表示不惜代价也要买。"

卓智质问道：“你不是说这种新型的声呐探测器对鱼类没有危害吗？那为什么小猪会死？”

江浩天微微愣了一下，说：“小猪？”

陈俊峰沉声说：“小猪就是那只死在浪琴湾的白海豚。有关部门把白海豚的尸体送去化验过了，证实它死于一种新型的声呐探测器。”

江浩天满脸懊丧：“哦……”

陈俊峰依然是一副不动声色的淡然姿态：“江浩天，你不要避重就轻，既然决定了自首就全部都说出来，不要说一些留一些，这样对你没任何好处。我说过，你犯的事，我们都已经掌握了，心存侥幸是没有好处的。”

江浩天无奈地苦笑：“好好，我继续说。在新型声呐探测器买回来之前，我认真地考虑过了，外人都信不过，寻宝的事，还得自己亲力亲为才行。于是，我就决定在浪琴湾投资，只要在浪琴湾开办实业，我频繁到这里来才不会被人怀疑。刚开始的时候，我只是打算投资海藻生产基地，你们也知道，这个项目盈利不大，但由于绿色环保无污染，得到了政府的肯定和认可，渔民在家门口就可以像城里人那样上班赚钱，我心里也很高兴，有一种造福一方的满足感。

“后来阮教授跟江盛说，他发现浪琴湾有一种黑珍珠蚌，产出的珍珠特别好看，我请来专家考察后，认为可以在海边的滩涂上人工养殖珍珠蚌。这时我考虑得更多的是让海洋最大限度地发挥作用，改善渔民的生活，于是我决定再次在浪琴湾投产。这些年企业赚的钱和买卖文物赚的钱，我几乎全用在投资和公益事业上，而我自己的生活一直很俭朴，最奢侈的事，就是买了艘游艇。”

丁翘心里想，他说得倒是没错，海藻基地、黑珍珠养殖基地确实算得上是造福一方的环保项目，颇具讽刺意味的是，他的原始动力，却是海底寻宝。如果他不是钻进了寻宝这个死胡同里，他本可以是一个极具传奇色彩的企业家。

“新的声呐探测器到手后，我开着游艇深夜出海，确实如售卖者所言，这款声呐对普通鱼类没有影响，在海上作业时不会引起太大的动静，但是我发现，有一种很大的鱼类似乎被声呐探测器吸引，不断地在我们的游艇周围盘旋，后来我才知道，那不是鱼，是白海豚。”

卓智恍然大悟，原来吸引着白海豚小猪游向浅海的，是这种新型的声呐探测器。白海豚的智商原本不低，以前吕仁在海上利用声呐作业时，它懂得远远地避开，这种新型的声呐探测器，或许刚好有某种特质吸引了它，令它不由自主地追随，以至于身受重创，搁置在浅海上。

江浩天说：“当我获悉有白海豚死在浪琴湾的浅海上，有关部门正在调查它的死因时，我担心声呐的事件再次被人发现，只好暂时停止了海上寻宝。”

丁翘直视着江浩天，说：“恐怕你不只是担心吧，你早就知道了我们怀疑白海豚的死与声呐有关，因为江盛一直在监听我的电话。”

江浩天马上否认，说：“江盛什么都不知道，他也没有跟我说过什么，事实上，我的事情他一点都不知情。他从未参与过这些事情，他唯一做错的事，就是在救你的时候把你的手机拿走了，但他已经送了一个新手机给你，这应该不算犯罪。”

丁翘想，这个老狐狸，一直在以种种方式维护江盛，看样子是想自己揽下全部罪行，让江盛全身而退了，于是便嘲讽地说：“你儿子何止送了我一个手机，你不会不知道吧，他前后送了两个手机给我，目的就是监听我的电话！”

江浩天看了丁翘一眼，镇定自若地说：“你们年轻人的交往，我并不太关注，不过据我所知，江盛是送过手机给你，但丁记者你不也送过一个名贵包包给江盛吗？我这样说并没有冒犯你的意思，只是想说，江盛与你的来往，是你们年轻人的事，跟我没有什么关系。”

陈俊峰眉头微皱，严肃地说：“你只说自己的问题，不用急于为你儿子撇清。”江浩天打什么主意，他岂会不知道。在讯问之前，陈俊峰让人把江盛带去了其他的地方，就是为避免两人伺机串供。

江浩天停了一下，说：“后来，吕仁出狱了，你们不是说海豚拍下了当时的一切吗，你们都知道了后来发生的事。”

陈俊峰低沉地说：“我们知道是一回事，你自己说出来又是一回事。”他顿了一下，说，“而且，我们只知道了你杀吕仁，却不知道你为什么要杀吕仁。”

江浩天静默了一下，说：“吕仁一出狱，我就按约定叫人给他送去了200万现金。他拿了钱后，跟我说要找你们两个的麻烦，要为他老婆报仇。我警告他，如果他一意孤行，给我惹出麻烦来，我不会跟他客气。”

丁翘心想，之前她和陈俊峰一直以为江浩天跟吕仁反目，是因为吕仁怀疑黄秋芳的死与江浩天有关，看来是猜错了。

江浩天愤怒地说：“谁知道他表面答应，背后却悄悄跟踪卓智伺机报复，还把卓智家书房里的破瓷碗偷了出来向我邀功，我更生气了，因为我发现那个碗是用碎瓷粘贴过的，不过因为这事，我也开始怀疑卓智家中还藏着其他的古瓷碗。后来我才知道，吕仁在偷碗的时候被卓智的三婆发现，当时他把老人家推倒在地后，老人家就再也没有爬起来，他以为她死了，就慌忙逃走了。”

陈俊峰不动声色地说：“所以，你们知道三婆醒来后，怕她指证吕仁，就派人去杀了她老人家？”

江浩天连忙矢口否认：“这事跟我没有关系，是吕仁做的。我也是事后才知道。”

这事吕仁也当面承认过，卓智自然知道这事江浩天没说谎，但还是冷冷地说：“现在吕仁死了，死无对证，你当然是把所有的坏事都推到他身上了。”

江浩天辩解说：“这个我真没骗你，我也没有必要骗你。吕仁一直在暗中跟踪你，他觉得是你和丁记者才导致他入狱，导致他老婆死亡，你应该也有所察觉，因为他告诉过我，你很警惕。”

丁翘恍然大悟，怪不得那段时间卓智一定要跟自己分手，是因为他嗅到了危险的气息，为了安全，他只能强迫自己离开他。想到此处，她不由自主地看向卓智，却见卓智也正看着自己，心里便涌起风雨过后终于天晴之感，不禁又是庆幸又是欢喜。

江浩天说：“后来就发生了卓智打碎展出的葵花洗的事件，卓智从家里的神台上拿出了一个一模一样的葵花洗赔给我们，这事让我吃惊不已，我暗想当年卓杰是不是藏起了许多这样的宝贝？吕仁知道这事后，暗中带人把卓家搜了个底朝天，但一无所获。这时候吕仁向我建议说，要绑架卓智，逼他交出所有的古瓷碗，但我坚决不同意。我发现，吕仁在不断地给我惹麻烦，如果不及时制止他的行为，他说不定会做出更多的事情来。于是我叫他换个地方生活，过几年风平浪静了，我再想办法安置他，但是他不愿意，依然在暗中跟踪你们，后来还悄悄绑架了你们。当他扬扬自得地向我炫耀，他已经把你们困在一艘小船上时，我急了，命令他立即把你们救上来，但是，他支支吾吾地说，你们已经知道他利用声呐寻宝的真相了，把你们救上来无异于自取灭亡。”

丁翘不由得问道：“你跟吕仁也算是多年合作的老朋友了，为什么当他绑架我们的时候，你会强烈要求他放了我们？我不相信你是出自真诚的善意。”

江浩天把目光投向陈俊峰的方向，垂下了眼帘，说：“因为我知道，如果赔上你俩的性命，事情会闹得越来越大，到时候想掩盖都掩不住。我当时跟吕仁说，先把你们救上来再慢慢想办法，可是他根本不听我的，还得意扬扬地跟我说，他已经知道卓智捞古瓷碗的地方，在你们失踪的消息传开之前，他早就打捞古瓷碗远走高飞了，没有人会怀疑他。”

丁翘想起那次在花碗坪看到的身影，当时她还觉得卓智的警惕和小心谨慎是多此一举，原来他们的一举一动，早在吕仁的监控之中。

“我知道，如果丁记者和卓智失踪的消息传开，必然会引起轩然大波。吕仁自以为神不知鬼不觉，躲起来就没事，我却知道公安的侦查技术越来越高明，这事终有一天会东窗事发，必然会牵涉我，我不由得对吕仁产生了恨意。”他停顿了一下，“不解决他，说不定他还会给我惹出更大的麻烦。后面的事情，你们都知道了。”

陈俊峰说：“不管我们知不知道，你继续说就是。”

江浩天说：“那天晚上，我打电话给吕仁问他在哪里，他说在浪琴湾，正在一个叫花碗坪的孤岛上打捞古瓷碗。我就说过去看看，他对我毫无戒心，在海边等我，上了我的游艇，我把游艇开到海中间，问他捞到了古瓷碗没有，他说只捞上来一些碎片，捞不到整只的碗。后来，我倒了一杯红酒给他，那红酒中有安眠药。他喝了酒后睡着了，我就把他推进了大海里。”

陈俊峰说：“吕仁绑架丁翘和卓智的时候不是还有几个帮凶吗？那些人呢？”

江浩天不以为意地说：“那几个都是乌合之众，我自然不会直接跟他们打交道，我让人过去跟他们说，他们绑架杀人的事情已经东窗事发了，吕仁抛下他们逃跑了，让他们也快点逃到外地躲起来。那几个亡命之徒本来就对海上寻宝的事半信半疑，一听说吕仁逃跑了，立即就逃得无影无踪了。”

原来是这样。丁翘和卓智、陈俊峰三人无声地交流着眼神，均恍然大悟。

江浩天说：“我所有的事情都说出来了，但是，我有个问题想问卓智。”

陈俊峰说：“你可以问，但答不答，不是我能决定的，这个要看卓智愿不愿意说。”

卓智没有正眼看江浩天，只是默默地点点头。

江浩天大喜，看着卓智说：“到底，你爸是不是真的告诉了你，古瓷碗埋藏的地点？”

众人听了，都觉得既好笑又好气，到了这个时候，他依然忘记不了古瓷碗，也算是一个“古痴”了。

卓智摇摇头，老实回答说：“其实，我爸没有留下只字片语，我只是根据多年来的潮汐和气候的变迁，推算出花碗坪那片沙滩，在数百年前跟悬崖边的那片海域相邻，所以在悬崖底下的淤泥中找到了较大块的碎瓷片。”

江浩天像是终于放下了一件心事，说：“怪不得，把吕仁的人打发走后，我让人潜进那个悬崖底下，也只是摸上来一些碎片，我还以为是吕仁骗了我。”

众人没有说话，心里均想吕仁跟他合作了这么久，有罪帮他顶着，想不到他却趁他入狱杀了他的妻子，最终吕仁还赔上了性命。

罪恶的土壤上盛放的花朵，又怎么可能结出甜美的果实？

江浩天长长地叹了一口气，说：“我最遗憾的是，奔波了这么多年，一直没有找到那个古瓷碗的窝。”

卓智讥讽地说：“也许根本就没有你所说的古瓷碗的窝，我爸当年也许只是凑巧在悬崖底找到了没有破损的碗而已，却不料遇上了你这种人，把性命都丢了。”

江浩天喃喃地说：“不，你不了解你爸，你爸是不会说谎的，他说他找到了一个古瓷碗的窝，那个窝就在浪琴湾这片海域，一定有的，只是我们还不知道它藏在哪里。”

他双眼痴痴地遥望着面前那片海域，此刻已是黄昏，金黄色的晚霞布满了天空，给海面镀上了一层金碧辉煌的光，那波光随着微风层层递进，有说不出的美丽。

江浩天像是看得痴了，忧伤地说：“可惜，我再也没有机会找到那些宝贝了。”

看着他那死不悔改的样子，丁翘不由得义正词严地说：“让你找到了又怎么样？你还不是拿去倒买倒卖从中牟取暴利了。”

江浩天看了丁翘一眼，说：“你还太年轻，不懂。如果那些古瓷碗一直埋在海底的淤泥下，它们只能是烂瓦片，但是把它们打捞上来，它们就是万众瞩目的宝贝，轻轻地用指甲弹击碗片，把它贴近耳边，你能听到悦耳的声音，比古筝还好听。我爱它们，买和卖都只是为了让它们被更多的人认识，让更多的人知道它们，喜欢它们。”

卓智盯着他，愤懑地说：“无药可救了！”

丁翘嘲讽地说：“古瓷碗碰上像你这样的人就是一场灾难，你倒不如真的像你伪装的那样，单纯地喜欢海钓，就不会做下这么多伤天害理的事情了。”

一旁记录的民警把手中的讯问记录递给江浩天，说：“你核对一下，若无异议就在上面签名吧。”

江浩天默默地接过民警递过来的记录，粗略地浏览了一下，在上面签上了自己的名字。

陈俊峰站起来，对旁边的民警说："把人带回去吧。"

两名民警走到陈俊峰身旁，给他铐上手铐，要带他走，江浩天却固执地站在那里，看着陈俊峰，说："看在我主动自首的分儿上，放过我的儿子。"

陈俊峰淡淡地说："这个不是我说了算的，由法官来裁定。"

陈俊峰等人带着江浩天离开后，两名民警押着江盛也从丁翘等人身边经过。路过丁翘身边时，江盛停顿了一下，目光在丁翘、卓智和周颖芝的脸上停顿了一下，但最终什么也没说，被两名民警押走了。

很快，海边响起了发动机的声音，陈俊峰和他的同僚，以及江家父子搭乘的船，驶进了茫茫大海中。

丁翘感叹地说："所有的事，终于都真相大白了。"

卓智握紧丁翘的手，说："是啊，我终于不用为你的安全担心了。"

两人回过头，看见周颖芝靠在老杜怀里，周颖芝似乎受了惊，怔怔地看着大海的方向发呆，老杜轻拍着周颖芝的肩膀，像是在安抚一个小女孩。

丁翘走过去，伸手拉起母亲的手，只觉得她的手冰冷，估计她是受惊了，忙安慰她说："妈，没事了，这个江浩天做了那么多坏事，他是罪有应得，你别怕。"

周颖芝抬起头，勉强地笑着说："没事，我刚才只是有点低血糖。"

老杜从兜里掏出一块朱古力，撕开包装纸，体贴地送到周颖芝嘴里，说："JOJO，吃了这块糖就没事啦。"

周颖芝张嘴咬住朱古力，朝老杜嫣然一笑，把头靠在他的胸前。

丁翘心里想，妈妈真幸福，老杜始终像待一个小女孩一样呵护、关怀她，想到这里不由得眨着眼睛示意卓智看，卓智自然知道她想说什么，马上做出一个受到重创的表情，两人不约而同地笑了。

"阿智。"周颖芝突然问，"那个男人杀人的录像，真是海豚录下来的吗？"

丁翘说："妈咪，那个可不是一般的男人，人家可是江氏集团的董事长呢。"

周颖芝说："他是什么人我不关心，我只是好奇为什么那个人每次杀人，海豚都能未卜先知录下来。"

丁翘和卓智相视而笑。丁翘说："其实不是海豚录下来的，是……还是让阿智说吧，我说不清楚。"

于是，卓智便把磁场录像的原理简单地说了出来，又把自己是如何从丁翘和姚馆长的话中得到启发，在雷暴天气启动磁场，把以前录下来的影像重现出来的经过说了一次，只把周颖芝和老杜听得一愣一愣的。

卓智又说："不过，那些影像虽然不是海豚录下来的，但我们的命，是海豚救的。"

丁翘和卓智被吕仁绑架的事，并没有人告诉过周颖芝。听卓智这样说，周颖芝急了，问："海豚救命？到底是怎么回事，快说呀。"

丁翘便轻描淡写地说："也没什么事，江浩天有个马仔，名叫吕仁，吕仁为了报复我们，把我们扔在大海中的一艘小船上，让我们自生自灭，后来是海豚救了我们。"她把吕仁与江浩天的关系详细地说了一遍，只把周颖芝听得又愤怒又后怕，愤怒地说："这个吕仁，真是死有余辜！"

丁翘忙安慰她说："江浩天已经把他杀了，算是他帮我们报仇了。"

周颖芝恨恨地说："这个江浩天也可恶！"

丁翘知道母亲心疼自己，于是朝老杜使眼色，示意他把她哄高兴了。老杜朝她比了一个OK的手势，马上夸张地说："天啊，真不可思议！"他搔搔头发，"如果不是亲眼看见，我真不敢相信磁场也能放电影！"

卓智微笑着说："大自然中，还有许多人类所不知道的奥秘，需要我们去发掘。"

老杜认真地说："智，你应该去申请诺贝尔物理学奖！"

卓智也认真地说："这个，恐怕现在还不行吧？"似乎，他能获奖是迟早的事。丁翘和周颖芝都被他认真的样子逗笑了。

周颖芝问："阿智，你说这里的磁场能录下影像，是不是在这里发生过的所有事情，都能录下来？"

卓智摇头："我不知道，至今为止，我只在这里见过两个不同的场景，一个是今天所见的；还有一个，是我5岁那年在这里看见的，许多穿着古怪衣服的人，抱着各种陶瓷往岸上走，像是有人在追赶着他们一样……"

周颖芝和老杜均露出难以置信的表情。周颖芝问："古怪的衣服？怎样的古怪法？"

卓智说："跟现在的款式不一样，有点像是电视里古装剧中的服装，但没有那么讲究，感觉就是比较粗陋的。"

丁翘说："留下影像的那些人，有可能是宋朝的。妈咪，那边有一片沙滩，上面撒满了各种各样的瓷片，市博物馆的专家来看过，证实那些瓷片是产自宋朝的古瓷。"

周颖芝的眼睛亮了："真的啊？快，带我们去见识一下。"

第三十章
荼薇花的传说

晚上，丁翘和周颖芝、老杜都在卓智家留宿。

为了欢迎时尚貌美的“丈母娘”和她深情款款的丈夫，卓智自然是拼足了火力，他买回来了两大袋海鲜，熬了一大锅海鲜粥，在院子里架起了炭炉烧烤。

当青口在炭炉上与蒜茸和花生嗞嗞嗞地冒着浓香的时候，周颖芝和老杜早就按捺不住拿着筷子在一旁候着了，卓智细心地伺候着他们，也享受着他们面对美食时惊喜而夸张的欢呼。

后来，卓智发现，老杜根本不用自己伺候，他很快掌握了炭火上抢青口的窍门，而且似乎也不介意青口熟不熟，毕竟他来自一个可以吃生牛肉的地方，炭炉上一大半的青口都被他抢了去。当然，他也不会独享，他用筷子把青口的肉夹进周颖芝的碗里，自己吃的时候则连筷子都省了，直接拿起青口用嘴一嘬，贝壳上的肉和蒜茸汁便全进了他的肚子。

而丁翘，因为是半个主人，只能先尽着客人吃，自己拿着筷子在那里发愣。卓智急了，再这样下去，老杜非把青口全部吃光不可，于是他忙走进厨房把刚熬好的海鲜粥端出来，撒上切得细碎的葱花，再用碗装好。

果然，海鲜粥的鲜香立即吸引了老杜的注意，他端起一碗先用勺子试了一小口，立即惊呼：“噢，JOJO，吃这个，这个好吃，天大的好吃！”

他的普通话说得怪腔怪调，但那惊喜不是装出来的，卓智得意地朝丁翘眨眨眼，为自己这招“围魏救赵”而自鸣得意。

趁着老杜和周颖芝吃粥的工夫，卓智一连给丁翘烤了10多个青口，丁翘就一心一意地等吃，心情闲适，有多久没有这样轻松过了？一直压在心头上的巨石，终于被搬掉了，从此以后，再也没有人在背后偷窥他们，也没有人企图对他们不利，这种安逸地过小日子的感觉，真好！

老杜一口气吃了三碗粥，似乎还恋恋不舍地瞅着装粥的瓦罐，卓智毕竟是一个热情的主人，以为他不好意思再吃，便抢过他的碗要给他再盛一碗，老杜摇摇头，表示不想再吃了。

丁翘调皮地说：“老杜，想吃就吃啊，你回了美国，不一定能吃上这么好吃的海鲜粥。”

老杜摇摇头，认真地说：“不能吃了，我要管理身材。”他看了周颖芝一眼，微笑着说，“不能让JOJO跟一个胖子在一起。”

丁翘笑了：“你长成胖子我妈也不嫌弃。”

老杜奇怪道：“嫌弃是什么意思？”

周颖芝温柔地说：“你不用知道嫌弃是什么意思，你只要知道不嫌弃就是很喜欢就行了。”

老杜哈哈大笑：“好，好。我也不嫌弃那个荼薇花，一点都不嫌弃。”他侧过头来，对卓智说，“智，明天再带我们去看那个荼薇花好吗？”

卓智点头：“好。”

丁翘好奇地问：“老杜，你知道那花为什么叫桃薇吗，是不是因为它长得有点像桃花，花瓣也是层层叠叠的？”

老杜认真地纠正丁翘说：“翘，你读错了，那种美妙的花，叫荼薇，不叫桃薇。”

丁翘惊讶：“啊？是‘开到荼蘼花事了’的荼蘼吗？”

“不。”老杜摇头说，“我知道，荼蘼在中国已算是古老的玫瑰花品种，但是荼薇比荼蘼更悠久，它们同属于蔷薇科。”

卓智想了一下明白了：“老杜的说法可能比我们更准确，广东人把‘荼’字读‘桃’音，所以代代相传，都以为是桃薇花，实际上却是荼薇花。如果不是老杜纠正，我们可能会一直错下去。”

丁翘看着母亲笑：“妈，老杜为了你，真把全世界最古老最神秘的玫瑰花品种都研究透彻了。”

周颖芝的脸色绯红，冲老杜微微一笑，说：“这种荼薇花，他已经找了好多年了，中国产玫瑰的海边，老杜基本上都去看过了。”

丁翘只知道老杜一有空就喜欢跟着周颖芝回国转，却不知道他对海边的玫瑰情有独钟。

卓智估计也是这么想的，他问老杜：“为什么独对海边的玫瑰感兴趣？”

老杜说：“因为我的祖先留下了一幅画，画上画着一大片古老的玫瑰，非常漂亮。我的父亲告诉我，这种古老的玫瑰，来自东方的神秘古国，它们盛放在海边的岩石上，代表着爱情，所以我很小的时候就发誓，要找一个东方美女为妻，把这种最古老最神秘的玫瑰花献给她。”

丁翘虽然早就知道老杜和玫瑰花的事，但再次听，还是有点感动，为老杜的痴心，也为母亲的幸福。

卓智好奇地问：“你的祖先来过中国吗？”

老杜骄傲地说：“当然！”

丁翘有一个问题很久以前就想问老杜了，今天终于找到了合适的机会：“老杜，大马士革玫瑰也是一个古老的玫瑰品种，为什么你忽略了身边唾手可得的东西，却苦苦追求远在天边的东方古老玫瑰？”

老杜微笑着看了周颖芝一眼，自豪地说：“因为，我娶了一个美丽的中国姑娘。”

周颖芝嗔怪地说：“在中国，你这样说话叫不谦虚。”

老杜耸肩："我为什么要谦虚？"

卓智有点喜欢老杜的性格了："老杜，你说的祖先留下来的那幅画，下次能给我看看吗？"

老杜爽快地说："不用下次，现在就可以。"

说罢，老杜便走进里间翻找他的行李箱去了。丁翘此前也从未看过那幅画，心里也颇为期待。

只一会儿，老杜便拿了一个牛皮信封出来，从里面掏出一块皮革似的东西，丁翘与卓智均有点意外，难道那画是画在皮革里的？

老杜调皮地晃晃那块皮革，说："这个可不是，里面的才是。"原来那块皮革也是一个口袋，里面装着一块薄薄的布料。也许是由于年代久远，那布料泛着微黄的光泽，折叠的地方已有些许褪色。

老杜小心翼翼地把那块布料摊在膝盖上，丁翘和卓智凑过去看，布料上画的，果然是荼薇花。

一丛丛荼薇花在岩石缝中绽放，山石黝黑而巨大，远处便是一望无际的大海。这幅画的笔法并不细腻，有点浓墨重彩的感觉，像是国画的笔法。

卓智打量着那幅画，说："这上面画的，与花碗坪的环境倒有几分相似。"

丁翘仔细观察了一下，说："是很像。老杜，这画是你的祖先画的吗？他在中国待了很长时间？"

老杜摇摇头，说："原来的画是我的祖先画的，不过这幅不是。这幅是我的爸爸请人仿画的。"

卓智点头表示明白："原来这是临摹的。"

丁翘说："真迹是被你爸爸藏起来了，打算代代相传吗？"

老杜摇摇头，说："不是，我爸爸说，原来的也不是真迹，祖先画的真迹，早就破烂了，后来的，都是请人仿画的。"他指着画上左下角的地方说，"看见没有，这里标着一个'10'字，这已是第十幅仿画了。"

卓智与丁翘大为诧异，以为老杜开玩笑，不料旁边的周颖芝说：

“他说的是真的，他的家族，每隔两代就要请人仿画这幅画，不然画就烂了，失传了。”

老杜为周颖芝如此精准地表达自己的意思而高兴得连连点头：“对对！”

丁翘不禁好奇地问道：“那老杜的祖先，大概是什么时候来中国的？”

周颖芝淡淡地说：“从时间上来讲，应该是中国的宋朝，南宋。”

丁翘更加惊讶了，说：“这是真的吗？不是开玩笑吧？”

老杜认真地说：“真的，我的祖先来过中国，那是七八百年前的事情了。”

原来，老杜的祖上是身家丰厚的世袭贵族，自从家里购买了一批来自东方古国的陶瓷后，他便深深地被那个传说中的神秘古国吸引了，为此，他悄悄离家，跟着一艘满载着香料和染料的巨船来到了中国。

巨船抵达神秘的古国后，他们受到了当地人的欢迎，用香料和染料换回了丝绸和瓷器，还与当地人交流，学会了用毛笔画画。在回程的时候，他们遇到了极大的风暴，巨船在一个孤岛边暂时避风，老杜的祖先下船，在孤岛上发现了一大片开得正盛的荼薇花，从此对这个地方魂牵梦萦。

“回国以后，祖先就凭着记忆，用神秘古国带回来的毛笔画下了这幅画。可惜，后来由于家道中落，他再也没有机会到那个神秘的古国去了，临死前，他把自己画的画交给儿子，让儿子以后有机会去中国，帮他再看一眼那片荼薇花。”

丁翘不禁感叹：“原来这样。”

老杜幽默地说：“后来，祖先的儿子死的时候，又把这幅画交给他的儿子，不过这画越来越破，祖先的儿子的儿子就让人重新仿画一幅……直到我爸爸把这幅画传给我，差不多有20代了，我是儿子的儿子的儿子的儿子的儿子……”

周颖芝感叹地说：“这些年，我陪着老杜踏遍了中国无数个海岛寻找这片荼薇花，却没想到，这片荼薇花竟然就在我的家乡盛开。老杜在朋友圈看见阿翘发的荼薇花时，一口咬定这就是神秘的东方玫瑰，我还不敢相信。”

卓智说：“怎么老杜就那么肯定那片荼薇花还存在？毕竟都过去几百年了。”

老杜虔诚地说：“那是因为你不懂荼薇花。它们虽然生长在海边的岩石上，可是它们也是最顽强的，如果没人用火烧毁它们，它们就会一直生长，一直开花，像爱情。”

丁翘被深深感动了，原来，这才是老杜发誓要找到最古老的东方玫瑰送给她母亲的原因，因为它会一直生长，一直开花，用它来代表爱情，再合适不过了。

晚上，卓智把周颖芝和老杜安排在楼下的房间歇下后，本来还想装模作样地跟丁翘分房睡，让她睡在楼上的小阁楼上，他到楼下的小客房睡，不料丁翘完全不给他“装”的机会，直截了当地说：“别走，在这里陪我。”

卓智期期艾艾地说：“我也想啊，可是你妈在啊，还有你那个后爹……”

丁翘笑了：“谁在乎？他们眼中只有爱情，所有跟爱情有关的事情，都是应该的，理所当然的。”

卓智掩饰不住笑意：“这样啊，那我就不客气啦。”

丁翘笑得更欢了：“不行，你还是得先客气一会儿，有些事情我需要消化一下。”

卓智凑过来，低头一脸坏笑地看着她：“好啊，运动有利于消化。”

丁翘靠在他怀里，说：“我是说认真的。你不觉得今天的事情太顺利了吗？江浩天为什么这么快就把一切都倒了出来？他那样的老油条，精神大厦应该不会那么容易被摧毁啊。”

卓智微微一愣，说：“你不说我倒不觉得，你一说倒提醒我了，也真是奇怪，像江浩天那样的老狐狸，20多年来处心积虑地做一件事，怎么这么轻易就认输了？”

丁翘喃喃地说："是啊，这一切都来得太顺利了，反而令人有种不真实的感觉。"

丁翘原想着第二天陪她母亲和老杜一起去花碗坪看荼薇花的，可是第二天一早，她便接到陈俊峰的电话，彼时她正在院子里张罗着吃早餐，见是陈俊峰的电话，便走到院门口接听。

陈俊峰在电话里说："刚接到领导的指示，我局将召开新闻发布会，公布侦破江浩天团伙杀人、走私文物、破坏海洋生态系列案件。"

丁翘大吃一惊："这么快？"

陈俊峰说："也不算快了，根据江浩天的供述，昨晚我们突击抓捕，相关嫌疑人都已落网。因为江浩天的身份比较特殊，昨晚已经有人在网上议论他的事了，如果不及时发布消息以正视听，恐怕会引起更大的误会。"

丁翘嗯了一声，她是知道当中利害的，自媒体的发展一日千里，传播速度可谓迅猛，网民的情绪就像秋天的蒿草一样容易点燃，容易偏听偏信，遇上社会影响较大的事件，及时公布才是正道。

陈俊峰又说："本来局长说今天上午就要召开发布会的，我知道你还在浪琴湾，一时回不来，便跟局长说还有些数据需要落实，建议下午才开会。估计稍后宣传科就会通知你了，你快回市区吧。"

丁翘应了一声，回头看看兴致勃勃地吃早餐的母亲和老杜，正不知如何向他们开口，一旁的卓智却已察觉她神色有异，走过来关切地看着她："怎么了？是有突发任务吗？"

"嗯。"

卓智笑了，拍拍她的脸："没事啊，你回去采访吧，这里有我。"

丁翘为难地说："可是……"

卓智安慰她说："没事啊，你妈又不是小孩了，我会照顾好她的，不过……"他的目光瞟过那边的石桌，老杜正小心翼翼地为周颖芝剥虾，把剥好的虾肉送到她的嘴边，"她应该也不用我照顾。他俩的世界，不需要我，也不需要你。"

丁翘想了一下，确实如此，自己留在这里也只是多一个电灯泡而已，于是便走到母亲和老杜旁边，说：“对不起，打扰两位一下，我有突发任务要回去采访……”

周颖芝抬起头来，嗔怪地说：“就知道采访，妈咪回来了，你也不请假陪一下？”

丁翘忙解释说：“是突发事件，昨天的事情，公安召开新闻发布会，就在下午。”

老杜深情地凝视着周颖芝：“JO，我陪你就可以了，让阿翘去采访吧。”

周颖芝扭头朝老杜笑了一下，才点点头：“好吧，那你去吧。”

丁翘转身正要上楼收拾行李，母亲突然又叫住她：“阿翘，你这份工作太辛苦了，有没有考虑过，辞职了跟我们去美国？”

丁翘回过头，看了卓智一眼，对周颖芝说：“妈，我……挺喜欢这份工作的，也挺喜欢国内的生活，我不想出去。”

周颖芝微笑着说：“是不舍得阿智吗？可以一起去啊，放心，妈可以帮你们搞定的。阿智，只要你们出去，就会爱上那边的生活。”

卓智没有说话，他虽然并不憧憬国外的生活，但周颖芝把他当成自家人，在未来的规划里有他，这让他特别感动。他把目光投向丁翘，他知道丁翘懂他，会帮他处理好这个烫手的山芋。

果然，丁翘说：“妈，阿智现在也不能出去，他有他的理想，昨天也告诉过你们了，他留在岛上，目的就是破解花碗坪磁场的秘密，他研究了这么多年，现在刚有一点进展，这个时候，他怎么可能放弃？”

周颖芝点点头，理解地说：“对对，这个妈咪知道，妈咪也支持阿智继续研究磁场的秘密。妈咪的意思也不是让你们现在就出去，但这是将来的发展方向，让你们心中有数。”

丁翘正想说什么，手机响了，她一看是公安局宣传科打来的，忙晃晃手机，对母亲说：“人家打电话来催了，先不说了，妈咪，将来的事将来再说吧。”她急匆匆地听电话去了。

新闻发布会在公安局的小礼堂召开，丁翘赶到现场的时候，小礼堂已坐满了人。宣传科的人把她带到前排正中的一个位置，低声说："我们陈队让我给你留的位子。"丁翘忙连声道谢。

很快，新闻发布会正式开始了，一位副局长简单地介绍了情况后，便由陈俊峰通报江浩天一案的侦破过程："相信大家还记得两年前我市发生了一起用声呐捕鱼破坏海洋生态的案件吧？当时我们都以为这只是一宗简单的案子，但没想到的是，随着当事人刑满释放后被杀，我们顺藤摸瓜，破获了这宗以江浩天为首的偷盗、走私文物、杀人的团伙……"

陈俊峰在台上侃侃而谈，下面的记者拿着各种长枪短炮和录音笔在记录着，偶尔因为案件的离奇而低声惊呼。很快，新闻通报的环节结束了，到了记者自由提问时间。

一电视台记者问："江浩天是本地著名的企业家，请问，你们是怎样怀疑到他头上的？"

陈俊峰说："我们发现，吕仁之妻黄秋芳在死前拨打过江浩天的电话，因此推断出江浩天与吕仁的死亡有关，后来通过层层剥茧，发现江浩天还涉及另外两宗命案……"

又一名记者问："江浩天已经供述出自己的杀人动机和走私文物的内幕了吗？"

陈俊峰说："是的，我们通过技术手段，掌握了第一手证据。江浩天迫于法律的威严主动自首，其供述基本上与我们掌握的情况吻合。"

一名男记者好奇地问："刚才您说，江浩天团伙利用声呐设备在海上搜寻古代陶瓷，这么隐秘的事情，你们是怎么掌握到的？"

陈俊峰掷地有声："要想人不知，除非已莫为，更何况……"他微微一笑，"我们也有强大的技术力量，足以应对一切高科技犯罪。"

台下响起了热烈的掌声。

丁翘举手站起来发问："请问，江浩天被拘留后，公安部门会对江氏集团有进一步的行动吗？谢谢。"

陈俊峰沉吟了片刻，说："从目前掌握的信息来看，江浩天团伙的犯罪，只限于其个人或者个别人，尚未有证据证明其公司亦参与非法活动。”

记者招待会结束后，丁翘去陈俊峰的办公室找他。

陈俊峰好像早就料到她会来一样，一点也不意外：“坐吧。”

他起身为她泡茶：“想喝绿茶还是菊普？”

丁翘晃晃从新闻发布会上带过来的瓶装矿泉水：“不用了，坐下来聊吧，我一会儿还得回去写稿。”

陈俊峰坐下来，他的双眼布满了血丝，可见是昨晚办案熬夜了。他端起杯子喝了一口水，朗声说：“说吧，想聊什么？江浩天的案子？”

丁翘点了点头，说：“我昨天晚上思考了一夜，也跟阿智聊过，他也有同感，你没觉得江浩天自首得太快了？他这么多年心心念念就是为了在海上寻宝，竟然一下子就把所有的事情都供出来了，这不合常理。”

陈俊峰点头：“其实我也这么想过，但是，他这样做是有原因的，因为，他想保住江氏和江盛。”

丁翘迟疑了一下，问：“这怎么说？”

陈俊峰说：“他把所有的事都揽到自己身上，江盛得以脱身，成为江氏集团的接班人，这可能是他能想出的最好办法了。而且，因为他是自首，在定罪量刑时，法官也会充分考虑这一点，有可能给予轻判。”

这样说似乎挺有道理，丁翘点点头，问：“江盛呢，他参与了江浩天的那些事没有？”

陈俊峰说：“从双方的供述来看，没有。从团伙其他人的口供来说，目前也未发现江盛有直接或间接参与杀人或走私的证据，感觉江浩天一直是在保护着江盛，有意识地不让江盛参与其中。”

丁翘突然想起了那个豪华的宴会，想起了宴会上那些名贵的凯伦家族陶瓷，一时间陷入了沉思。江浩天一直暗中进行着文物走私，那个宴会是否与此有关?

陈俊峰若有所思地看着她：“你是不是想起了什么？”

丁翘便把那次宴会的情况又说了一次，其实她以前也跟陈俊峰说过此事，但当时两人都认为那不过是一场较为隆重的饭局而已。

现在，陈俊峰仍然这样认为，他说："我们在讯问江盛的时候，他也说过此事。他说，这件事算是他跟江浩天的圈子接触得最紧密的一次，但那次只是邀请了凯伦家族举办宴会，请了名人雅士前来观赏工艺品，算是一次雅聚。"陈俊峰顿了顿，又添了一句，"江盛还说，当时还邀请了你，如果他们有不见得光的事，又怎么会邀请一个记者前往？"

丁翘隐隐觉得哪里不对，难道江盛邀请她参加宴会，目的就是让她日后做个见证？不对，她明明记得展出的古陶瓷美不胜收，并非工艺品，后来发生的一系列事件，也印证了那些古陶瓷产自宋朝，可是，江家父子为什么要撒谎？

丁翘提醒陈俊峰："那些不是普通的工艺品，是价值连城的宋瓷。"

陈俊峰说："我记得当时叫同事查过，他们入境申报的是工艺品，后来出境时，也是以工艺品的名义申报的。可惜现在已经无法查证了。"

丁翘叹气："是啊，这个可真是想不明白。"

陈俊峰说："也许，是我们想得复杂了？正如江盛说的，如果当中有什么见不得人的秘密，他们当时就不会邀请你参加了，其实那就是一次简单的高端宴会，是为江氏打进欧洲的奢侈品市场进行的预热。"

丁翘点点头："希望我只是多想了。对了，江盛现在怎么样？"

陈俊峰说："同僚还在跟他磨，但如果一直找不到新的证据，证明他跟江浩天的犯罪团伙有关联，他今晚便可以回家了。"

丁翘默默地点了点头。潜意识中，她觉得江盛是不可能独善其身的，她忘记不了他藏起了她的手机，而且在送给她的手机中安装了监听软件，她相信公安的办案能力，如果江盛涉嫌违法犯罪，公安必不会放过他。

可是她的心里，不是不惋惜的。她想起初见江盛时，他那温暖如春的笑意，他永远温和从容的语气，那么细致，那么体贴，这样的人，怎能犯罪？怎么可以犯罪？

从公安局出来，丁翘在车上便向部门主任报了题目。当她回到办公室时，几乎整个办公室的人都围过来向她打听详情，她简单地说了一下江浩天的情况，众人听了均是嗟叹不已，唯独赵莞一直坐在电脑前没动。

待众人散去，丁翘坐在桌前开始写稿时，赵莞才凑过来，低声问："他，有事吗？"

丁翘自然知道她问的是江盛，便说："应该没大事吧，听说他爸的事他都没有参与。"

赵莞松了一口气："嗯，那就好。"

丁翘又说："不过，公安还在对他进行讯问，如果证实他没问题，他可能很快就被放出来了。"

赵莞点点头，走开了。

丁翘在写稿的时候，把手机调成了静音，她担心思路一旦被打断又得重新捋顺。卓智知道他们的手机被安装了监听软件后，昨晚就用电脑拆卸了。她考虑过要不要把手机还给江盛，后来一想，还是算了，不管他送手机是出于什么目的，毕竟大家也算是朋友一场，把用过的手机还给他这样的事，跟小孩玩过家家一样幼稚，其实并没有多大的意义，还是算了吧。

等她写好稿，又处理好相关视频一并交上去的时候，才发现早过了下班时间，同事走了，空荡荡的办公室，只剩下她和赵莞。

"咦，你怎么还不走？"

赵莞说："等你一起回家。"

丁翘说："好啊……让我先看看有没有人找我。"她打开手机，发现有几个未接的电话，微信也有不少信息，姚馆长给她发过一次信息，打了三次电话，看来找得挺急。

丁翘忙给姚馆长回过去："姚馆长，不好意思，刚才在写稿，调成了静音。"

“丁翘，我有急事想跟你面谈。”

丁翘微微一愣：“什么事这么急？”

姚馆长说：“真的有一艘满载着宝物的巨船在浪琴湾沉没了！”

第三十一章
族谱上的画

丁翘和姚馆长约了在一家西餐厅见面。这个西餐厅就在距报社不到200米的地方，环境比较幽静，正适合谈事情。

丁翘是和赵莞一起去的，因为想着赵莞等了自己那么久，反正去西餐厅都要吃饭，跟姚馆长谈的也是工作上的事，于是跟姚馆长说了一声，姚馆长自然也没有意见。

服务员送来两杯柠檬水，她们刚拿起餐牌看，姚馆长也到了。

三人相继点了吃的，服务员一离开，姚馆长便拿出手机，说："我今天在宋皇村有一个重大的发现！他们的族谱上，有两幅奇怪的画！"姚馆长把手机递给丁翘看，"你先看这幅画。"

丁翘接过手机看，这是一张用黑墨水画在白纸上的画，人们抱着各种瓶瓶罐罐在奔跑，旁边是巨大的山石，远处便是辽阔海面，隐约可见有两艘大船浮在海面上。

这场景，怎么跟卓智描述过的场景这么相似？丁翘记得，卓智跟她说过，他5岁的时候，在花碗坪上看见过一群古怪的人，他们穿着各种古怪的衣服，抱着一些陶瓷瓦罐走来走去。

丁翘惊讶地看着姚馆长：“这画，哪里来的？”

姚馆长说：“还记得我跟你说过的宋皇村吗？这是他们的族谱上画的。据说他们村子里，每过50年就重修一次族谱。这么多年下来，族谱越修越厚，但不管怎么变化，这两幅画一直都在，每次修族谱都会让人把画描下来，装订在族谱里。”

原来，因为要为花碗坪建设宋瓷保护区做准备，姚馆长到宋皇村调查摸底，她在潜意识中认为，既然宋皇村的藏宝诗中的“榄仔”和“蛾眉”跟花碗坪有牵连，说不定花碗坪中的宋瓷跟宋皇村也有某种关系。

村主任叫了村里的几位老人跟姚馆长聊，姚馆长说了浪琴湾的山上有“榄”字和“蛾眉”的事后，村里的老人都很震惊，一位老人说：“这个地方，可能就是我们的先辈藏宝的地方！”

姚馆长说单凭“榄”字和“蛾眉”的巧合，还不足以印证这一点，老人激动地说：“不，还有些事情，你不知道。”

很快，族中德高望重的老者从祠堂里拿来了数年前修订的族谱。广东是一个讲究宗族文化的地方，几乎每个村子都建有祠堂，每个宗族都有族谱，这本不是什么稀奇的事，稀奇的是，老者打开了族谱中的一页，上面有一幅画。

这幅画，就是姚馆长刚才给丁翘看的那幅，她用手机翻拍了。

姚馆长说：“宋皇村周围，并没有高大的山石，画中那些山石，显然并不是宋皇村周围的景物，但是这样一幅画，为什么会在族谱中出现？其实族中人也很好奇，但长期以来找不到答案，他们只能像先辈那样，把这幅画代代相传。”

姚馆长把自己在花碗坪拍的照片给那些老人看，那些老人指着照片上的山石连连惊呼：“这些石头，跟画上的一模一样！”

丁翘说：“也许，这只是巧合？毕竟海边的岩石，都是粗黑且大块的，如果它们不是大块就根本不足以抵挡海风和海浪的侵袭啊。”

姚馆长摇摇头，说：“不只是巧合这么简单。”她轻轻滑动手机，很快，手机上出现了另外一幅画。

依然是跟前一幅画差不多的场景，近处是人，还有乌黑高大的山石，远处是两艘船。

丁翘惊讶："这不是原来那幅？"

姚馆长摇头，说："不是，你再仔细看看。"

坐在旁边的赵莞说："这幅图里的人，手中没有抱陶瓷瓦罐。"

丁翘定睛一看，果然是，之前那幅图中的人都抱着瓶瓶罐罐，看样子是往岸边走，但这幅图里的人都两手空空，而且，他们大部分都面向着大海，背朝着看画者。

丁翘盯着那两艘船，发现了玄机："这两艘船……不一样。"

姚馆长颔首微笑："你终于发现端倪了。"

那两艘船，虽然是同样的大船，但很明显，其中一艘船浮在海面上，吃水较浅，可想而知船上装载的货物并不多，而另一艘船，船身则被海水吃进了大半，似乎船上负载颇重。

更让人不解的是，装载较轻的那艘船，双桅帆被风吹得鼓起来，让人乍一看就有乘风破浪之感，而那艘装载较重的船，船上连帆都没有。

丁翘惊讶地看了好一会儿，终于有了新发现："这船，是正在下沉吗？"

姚馆长说："不错。"

赵莞不解地问："从哪里看出这船正在下沉了？"

丁翘指着手机上的照片，说："你看，这边的甲板上有水花冒出来，这艘船有可能是被人凿穿了船底。"

赵莞仔细一看，惊叹地说："天啊，真是这样……这张画想说明什么？"

姚馆长说："有两艘船在浪琴湾逗留过，最后，其中的一艘卸下货物走了，另一艘跟货物一起，沉入海底。"

丁翘喃喃地说："那艘离开的船，会驶向何方？船上是什么人？那艘沉下来的船，到底发生了什么事？是谁凿穿了船底让它沉入海底？"

姚馆长摇摇头，说："这些都已无从知晓，唯一可以确定的是，这艘沉船与宋皇村的人有关，当年，宋皇村的先人就算不是参与者，也是知情者。"

丁翘想了一下，突然惊讶地说：“如果宋皇村的人真是当年南宋皇族的后裔，那么这两艘船，会不会是朝廷的官船？”

姚馆长点点头：“我也这么想，否则，宋皇村的人怎会画这样两幅画放在族谱里代代相传？他们可能知道那艘满载着宝物的船在浪琴湾沉没了，但以当时的条件和技术，很难潜进海底把东西捞出来，于是便写下藏宝诗代代相传，又在族谱中记下当时的场景，期望后人有朝一日能把海底的宝藏找到。”

赵莞不解地问：“那到底是谁把船凿穿了？他的目的又是什么？”

丁翘和姚馆长均没有说话，赵莞提的这个问题，其实也是她们在思考的问题，可是时至今日，又有谁能回答这个问题？星移斗转，沧海桑田，连当年沉船的地方都已发生了变化，谁凿穿了船，为什么要凿穿船，也许就这样永远地湮没在历史的深海里了。

丁翘突然想起一件事，说：“上一张图，是人们忙着把陶瓷搬下来，那些搬下来的陶瓷，想必是来自那艘远去的船只。”

这个似乎没有太大的争议，姚馆长和赵莞都默默地点头，丁翘话锋一转，说：“那么搬下来的这些陶瓷，去了哪里？”

赵莞脱口而出：“如果那些人没打算把陶瓷带走，自然就会砸烂扔了啊，自己不要也不要便宜了别人。”说完，她似乎感觉自己说这话有点不合时宜，嗫嚅地说，“对不起，我也是随便说说。”

“不，你没说错。”姚馆长说，“其实，我也怀疑那艘船上的陶瓷，都被人们搬下来砸碎在沙滩上了，这才有了花碗坪。”

丁翘说：“不错，我也怀疑是这样，那些来不及砸碎的就扔在海边，后来被海浪卷进了悬崖底下，因为我记得卓智说过，现在那片山边的悬崖，在当年是跟花碗坪连在一起的，经过将近千年的变迁才变成现在这样。”

赵莞说：“当年又是谁画的画？目的是什么？”

姚馆长说：“很明显啊，有人对沉在海底里的那一船宝物念念不忘，所以通过画画的方式记录下来，代代相传，期望子孙有朝一日能把那些宝物打捞上来。”

丁翘突然想起了老杜，老杜说他的祖先在宋朝的时候来过中国，后来回国后画下了荼薇花，并叮嘱子孙后代有机会就到中国看荼薇花。

因为，它代表爱情。

想起老杜对她母亲的温柔与体贴，丁翘不由得嘴唇微弯，笑了。

如果这世上真有爱情，那么老杜眼中的宠溺，她母亲嘴边的笑窝，就是爱情的模样了吧？

“丁翘？”

“阿翘！”

丁翘回过神来，看见姚馆长和赵莞怔怔地看着自己，忙说：“怎么了？”

赵莞哭笑不得地看着她：“你到底怎么了？一个人傻傻地笑，连我们叫你都不应。”

丁翘不好意思地说：“我想起了一件事，可能跟沉船没什么联系，不过，跟花碗坪倒是有关联。”

姚馆长说：“说说看，是什么事？”

丁翘便把老杜家族和荼薇花的渊源说了出来，把赵莞听得心潮澎湃，直嚷着她又相信爱情了。

姚馆长听完，过了好一会儿才问：“这个老杜，是什么人？”

丁翘说：“美国人啊，白人……”

姚馆长似乎疑惑：“嗯？”

赵莞说：“我来说，我来说，老杜是阿翘的妈妈的丈夫，长得可帅了！”

姚馆长更加糊涂了：“丁翘的妈妈的丈夫？是丁翘的爸爸？”

丁翘生怕产生更大的误会，忙纠正她说：“严格来说，是我继父，我是单亲家庭，后来我妈去美国谋生，一直在美国生活。”

姚馆长恍然大悟：“原来是这样。我能跟你的继父聊一下吗？我想了解一下当年他的祖先在中国的事情，这对于我们了解历史、建设宋瓷保护区可能会有一定的启发。”

丁翘说：“可以啊，老杜和我妈还在浪琴湾，这两天该回市区了吧，等他们回来了我约你？”

姚馆长想了一下，说：“要不，明天我去浪琴湾找他们？我正好也打算再去浪琴湾走一趟，还有好些资料要补充。”

丁翘爽快地答应了：“行，我跟阿智说一声，让他接应你。”

丁翘原以为，老杜是个爽快的人，姚馆长也是一个善于沟通的人，她跟老杜的交流，应该是畅通无阻的，但没有想到，姚馆长找老杜，惹起了轩然大波。

“老杜很生气，连你妈都劝说不了他。”卓智在电话中担心地说，“他拒绝跟姚馆长交流，还说我们侵犯了他的隐私。”

丁翘大吃一惊，她的印象中，老杜一向是个好说话的人，怎么突然变得这么不近人情？她忙说：“那现在情况怎样？老杜跟姚馆长是不是吵起来了？”

卓智说：“那倒没有，老杜拒绝了跟姚馆长交流后，姚馆长就去花碗坪那边采集资料了，老杜和你妈在岛上晒日光浴。”

丁翘松了一口气，事情还不至于太坏，便问道：“你呢？你在干什么？”

卓智说：“天气预报说，明天将会有雷暴，我想再做一次试验，看能否让磁场释放出别的画面，雨季很快要过去了，如果再不抓紧时间，以后想做试验，又要等许久了。”

相较于其他的省份，广东的雷雨天气虽然比较多，但大多数集中在夏季，尤其是每年的农历五月前后，即广东人通常所说的“龙舟水”。龙舟水来的时候，常常电闪雷鸣，过了这段时间，雷暴天气便不多了。

丁翘一听卓智说打算做试验，心里便有了新的想法：“要不，我请假过去陪陪你？”

卓智一听当然是求之不得：“好啊，你能请假吗？”

丁翘说：“应该能吧，我妈回来探亲，我请几天假应该没有问题，再说我最近做了不少大新闻，我们主任现在对我可好了。”

其实丁翘想请假去浪琴湾，除了想看卓智做实验之外，还有一个原因，那就是协调老杜和姚馆长之间的关系。潜意识中，她觉得老杜那张代代相传的荼薇花画，一定能给姚馆长某些启迪，甚至可以解开某些历史的疑团。

部门主任一听说丁翘想请假，马上便准假了，还体贴地说会安排其他的记者跟进她跑线的部门，让她安心休假，丁翘趁机打蛇随棍上，要了一个星期的假期。

金色的晚霞布满天边的时候，丁翘抵达浪琴湾。她没让卓智到码头接，一个人背着简单的小背囊从码头慢慢走回卓家。

事实上这个时候卓智也没空去接她。还未走近卓家的院子，一阵诱人的香味便扑鼻而来，不用说，卓智又在制作海鲜大餐了。

走进院子里一看，果然，母亲、老杜、姚馆长、卓智等人正围坐在炭炉前烤海鲜。也许是吸取了上次的教训，这次的炭炉是长方形的，可以放更多的炭，也可以同时烤更多的海鲜。

"来了，快过来吃烧烤！"

"今天的海鲜特别棒！你再迟点来就没有了！"

院子里的人跟丁翘打着招呼，眼睛却依然盯着炭炉架上的海鲜，似乎生怕别人抢了自己的胜利果实。

见丁翘进来，卓智马上端来了小凳子让她坐下，又说："这几个生蚝是我烤的，你快吃，不然他们一下子抢光了。"

话音未落，面前的生蚝已被老杜和姚馆长分别抢走了一个，而且他们得手后还击掌庆祝，不约而同地对着卓智挑衅地笑，完全没有卓智所说的那种剑拔弩张，丁翘不禁松了一口气，专心致志地品尝卓智烤的生蚝。

烤生蚝的做法，与烤青口的做法一样，都是先用小刀撬开一边的壳，让肉附在另一边的蚝壳上，放进炭火中烤。数分钟后在蚝上撒上蒜茸和油盐，片刻，蚝壳中的油盐与蒜茸便积极地与蚝肉发生秘而不宣的关系，再撒两滴"味极鲜"进去，便可开吃了。

鲜香、美味等词语都不足以形容烤生蚝的好，丁翘一口气吃了好几个，再看旁边的母亲、老杜和姚馆长，也是忙碌得很，似乎眼中只剩下生蚝了。如果她晚来一会儿，说不定这些生蚝就被他们全部干掉了。

饭后，卓智泡了荼薇花茶，大家坐在院子里喝茶。院子里的百香果树去年被砍掉后，卓智又种了一棵新的，但这棵新的仅长了寥寥的几枝攀爬而上，院子里依然是光秃秃的，正好可以看见蔚蓝的天空。

丁翘和卓智一起把碗筷收进厨房里，周颖芝跟了进来，促狭地问她："怎么又来了？是舍不得妈咪还是舍不得阿智？"

丁翘故作严肃地说："都不是，听说老杜欺负我的朋友了，我要来伸张正义。"

周颖芝笑了，说："这个我要解释一下，老杜虽然性格爽快，但骨子里还是美国人的思维方式，他觉得荼薇花画是属于他的个人隐私，如果他主动分享没关系，但对于陌生人，他可能不愿意，希望你能跟你的朋友说一声。"

丁翘点点头表示理解："外国人嘛，跟我们自然是不一样的。"

周颖芝瞪她："这是什么话？意思是说你妈也不正常了？"

丁翘笑了："不不，别误会，我的意思只是说，老杜现在变得正常多了，你看……"

两人透过窗朝外看，正好看见老杜跟姚馆长聊得正欢。

周颖芝笑了："这才是真正的老杜，一事归一事，他不愿意跟姚馆长聊荼薇花画的事情，但聊别的事情，他是乐意的，他对这个世界充满了好奇。"

丁翘和母亲从厨房里走出来的时候，姚馆长正在跟老杜聊中国古代的贸易，而且，老杜似乎还挺懂，连丁翘都自愧不如。

老杜说："中国利用航海技术进行对外贸易的时间，可能比你们知道的都要早得多，我的朋友家中珍藏着大量的中国古物，恐怕你们中国人都不多见。"

周颖芝亲昵地纠正他："那叫古董。"

老杜笑着点头称是，拉着周颖芝在旁边坐下来。

姚馆长说："我们现在把古代中国与世界其他地区进行经济文化交流交往的海上通道，称为'海上丝绸之路'。远在唐代，我国东南沿海就有一条叫'广州通海夷道'的海上航路，这是我国海上丝绸之路的最早叫法。到了宋元时期，瓷器渐成为出口的主要货物，因此它又被称作'海上陶瓷之路'。"

老杜的眼睛在闪闪发光："所以，浪琴湾是海上陶瓷之路的其中一站？"

姚馆长深沉地说："极有可能，而且可以确定的是，花碗坪那些古老的碎瓷片就是那个时候出现的。"

老杜感叹地说："古代中国，真是一个神奇的存在。"

姚馆长说："其实早在隋唐时期，广州就是古代中国的第一大港，也是世界著名的东方港市。由广州经南海、印度洋，到达波斯湾各国的航线，是当时世界上最长的远洋航线，而浪琴湾，恰好就在这条航线上。到了宋朝，古代中国与欧洲各国的经济往来更为密切和频繁，所以，你的祖先来过中国，来过浪琴湾，一点也不奇怪。"

丁翘暗笑，姚馆长还是忍不住要把话题往老杜的荼薇画上扯了，老实憨厚的老杜啊，你哪里是姚馆长的对手。

果然，老杜上当了："对对，我的祖先，一直把中国当成梦中的伊甸园，所以他们念念不忘让后代到中国来，可惜他们没有我这样的好运气，娶了一个中国姑娘。我要把祖先念念不忘的古老玫瑰，送给我亲爱的中国姑娘。"

丁翘跟卓智相视而笑，老杜式花样秀恩爱又开始了。

姚馆长微笑着说："这个古老玫瑰，就是我们今天看过的荼薇花吗？"

"对对。"老杜丝毫没有察觉自己已经上当了，兴致勃勃地说，"我去拿给你看。"

于是，姚馆长如愿看了老杜那幅画着荼薇花的画，丁翘和卓智哭笑不得，单纯又可爱的老杜啊！

夜深人静，老杜和周颖芝已经入睡了。

姚馆长和丁翘、卓智待在阁楼上盯着电脑看，屏幕上，各种各样的玫瑰花渐次被点开。

姚馆长说：“老杜说荼薇花是古代中国特有的玫瑰品种，但是从花形来看，它跟其他同属蔷薇科的花并没有太大的差别，唯一与众不同的地方，是它的香味更加浓郁，估计当初就是作为一种香料来培育的，而玫瑰精油的提炼，刚开始时是来自欧洲，所以我怀疑，荼薇花并非土生土长的中国玫瑰。”

丁翘好奇地问：“那当年又是谁在海岛上种下了这片荼薇花，让它繁盛数百年而不败？”

姚馆长说：“这恐怕无从考究了。我知道，明代初期即实施严酷的海禁政策，自朱元璋建立明朝后，一反唐、宋、元各朝代对外开放贸易的政策，实行仅准许与明朝有朝贡关系的国家，以‘朝贡’形式与中国进行贸易的朝贡贸易政策，严禁沿海人民出海贸易。”

卓智想了一下，说：“这说明，老杜的祖先只能是在元朝或更早的时候来的中国。”

“不错。”姚馆长说，“资料显示，古代中国人把荼薇花提炼的精油称为‘酴醾露’，但据资料显示，舶来的荼薇露自古是稀罕品，事实上，宋代日常所使用的蔷薇露多为赝品，如《百宝总珍集》记载‘福州王承务亦有蔷薇花蒸造假者’。滨海的香山向北沿至广州的水道旁的偏僻乡村已有仿制香露的作坊，宋代郭祥正、蔡绦、王侨卿等均有文字留下。由此可见，荼薇花在宋朝是比较普遍、常见的。”

姚馆长的一番分析，令丁翘深为折服，不由得微微点头。

姚馆长充满信心地说：“由此可见，老杜的祖先来中国的时候，就是在宋朝，老杜的判断是没错的。而且，画上的石头，与花碗坪的山石也相差无几，所以，我们有理由相信，老杜的祖先，当年确实踏足过浪琴湾。”

卓智与丁翘对视了一眼，均默默地点头。

“只可惜……”姚馆长说，“老杜的先祖没有留下文字记载，不然我们或许能从中得到一些信息。”

卓智心里一动，说：“既然宋皇村的先人懂得在族谱中画下当年的场景，又用童谣的形式记下藏宝诗，老杜的祖先为什么却只画了一幅画？而这幅画还要代代相传？这似乎不合情理。”

丁翘笑了：“你这是典型的中国人的思维，不是欧美人的处事方式。对于老杜来说，如果他钱包中仅有3元钱，他不会给自己买个包子，但是，他会用这3元给我妈买一枝玫瑰花。”

姚馆长笑了。

丁翘晚上睡觉的时候，陈俊峰发来了一条信息：“江盛被放走了。”

丁翘说不出是什么感觉，似乎有点为江盛庆幸，但又若有所失。江盛曾真诚待她，尽管现在看来他都是有目的的，最令她不能接受的是，他曾在她的手机中安装了监听软件。哪怕办案民警暂时未能找到他犯罪的证据，但若说他对江浩天犯罪团伙的事一无所知，她是绝对不会相信的。

只能说，江浩天的目的达到了，江盛得以全身而退。

丁翘给陈俊峰回了一条信息：“知道了，谢谢。”

过了一会儿，她又给赵莞发了条信息：“江盛没事了。”

原以为赵莞已经睡着了，丁翘也不指望她回，一分钟后却听到信息提示声，打开看，正是赵莞回的：“嗯。”

第三十二章
开关在这里

第二天一早，是个大晴天。

出发的时候，丁翘站在船头看着明晃晃的大太阳，皱眉对卓智说：“今天这天气，怎么看也不像会下雨的样子啊。”

姚馆长打开手机上的天气预报软件看了一次：“下午确实是有雷暴。”

她已经查了几次天气预报，自从知道卓智在花碗坪看过那些古怪的“古人”后，她便念念不忘要亲眼见证。

一行人抵达孤岛的时候，阳光还是很猛烈，老杜体贴地为周颖芝涂抹防晒霜，姚馆长依旧去花碗坪采集碎瓷，卓智在岩石上架设起电线，为下午的试验做准备。

丁翘跟在卓智身边，原本是想着为他打下手的，无奈实力不允许，卓智说的东西她都听不懂，她站在旁边反而添乱，于是卓智拍拍她的头说：“你在旁边待着就行了，别添乱。”

丁翘失落地说：“我啥也不懂，你会不会嫌弃我？”

卓智笑了：“你不用懂，我懂就行了。”

丁翘说：“我有点担心，今天的磁场释放出来的，会不会又是我们以前看过的影像？”

卓智笃定地说：“不会，今天，我会让新的影像释放出来。”

丁翘好奇地问：“怎么突然这么有信心？”

卓智微笑：“到时你就知道了。”末了，他又添上一句，“下午我做试验的时候，不管发生什么事，你都不要过来。你过来也是帮倒忙，反而要我分心照顾你。”

丁翘想了一下，说：“好。”

下午的时候，狂风暴雨如期而至，丁翘和姚馆长、周颖芝、老杜躲在岩石底下避雨，远远地看着卓智穿着透明的雨衣站在那边的一块大岩石旁边，万事俱备，只欠闪电了。

没等多久，一个炸雷在耳边响起，闪电从写着“榄”字的石山上炸开，紧接着像是毒蛇的芯子般，呼啸着噬向“峨眉”山。这么迅猛的雷电，丁翘在这里还从未经历过，不由得吊起了一颗心——

几乎就在同时，她明白了卓智为什么说今天磁场释放的影像会不同了，只见卓智突然蹲下来，打开了手中一个类似雨伞的东西，但那雨伞上仅有金属的骨架，那骨架刚打开，闪电就如蛇一样飞蹿而来——

“天啊！”丁翘听见姚馆长在旁边惊呼，她来不及做出反应，闪电已经落在卓智手中的伞骨上，闪出几道耀眼的火花。

她终于明白了，卓智为什么再三叮嘱她不许她过来，原来，他是利用手中的金属伞把闪电引过来，激发出更大的磁场，但如此一来，他本人的安全也面临着更大的危机。

“阿智，不要！”

哪怕他永远无法探索出磁场的秘密，她也不愿意他冒险。对浩大的宇宙来说，人类不过是沧海一粟，她的愿望，不过是跟卓智平平淡淡地过一辈子，哪怕他一辈子碌碌无为也没关系。

只要他好好地活着。

她忘记了自己刚才的承诺，只想冲过去，从他手中抢过那把金属伞，如果他非要冒险，就让自己代替他吧。

丁翘冲进了雨帘中。她听见周颖芝和姚馆长在身后的呼唤，但她顾不上了，风急雨骤，雨水把她的眼睛打得生疼，她也顾不上擦一下，只想飞快地冲到他身边。

“你来干什么？快回那边！”风雨中，她听见卓智在大声冲她嚷，她也不说话，直接弯腰伸手就抢他手中的金属伞，他察觉到她的用意，马上把金属伞握得更牢，更加大声地叫，“你快走！”

话音未落，又一个炸雷在山顶上响起，闪电如影随形地在山顶上闪过，瞬间便飞掠而至，落在他们手中的金属伞上，而伞下的两人，只顾伸手抢夺着伞，对这一切毫无察觉。闪电在金属伞上盘旋不已，泛出道道银光，如同毒蛇的芯子，睥睨着伞下的两个人。

“快撒手！你们快撒手！”

岩石下的姚馆长和周颖芝，看得惊心动魄，声嘶力竭地冲着他们叫嚷。周颖芝紧紧地攥着老杜的手，老杜被她那哀求、可怜的眼神吓住了，正在考虑要不要过去把那两个执迷不悟的人解救出来的时候，闪电突然消失了。

雨依然在下，可是前面的雨幕中，突然出现了一片辽阔的景象。

远处，是一片白茫茫的大海，两艘巨大的帆船出现在海面上。

那是一段离岸上还比较遥远的距离，看不出两艘船是静止还是前进的。但很快，丁翘便发现，这两艘船是浮在海面上静止不动的，因为船上的人正呼叫着扑进水中，朝岸边游来。

越来越多的人从海里向岸上奔跑，他们的打扮很奇怪，头上束着发，穿着或长或短的衣服，跌跌撞撞地奔跑着，手中抱着各种瓶瓶罐罐。

丁翘的双手依然跟卓智一起擎着那把金属伞，但他们现在谁都不敢动，唯恐一动，那奇怪的场景便会消失，丁翘甚至不敢问卓智，这是不是就是他5岁那年在这里看过的影像。

抱着瓶瓶罐罐的人，终于蜂拥上岸，奇怪的是，他们一上岸，便把手中抱着的陶瓷瓦罐狠狠地摔在石头上，很快，他们就掉头朝远处的船奔去……

那些人，就这样前赴后继地把陶瓷搬上岸，砸碎，再回头搬，再砸碎……

丁翘和卓智均是恍然大悟，原来，花碗坪那些花花绿绿的碎瓷，是这样来的。

越来越多的人抱着陶器涌上岸，约莫有百来号人。突然，人群中一阵骚动，原来保持着一定节奏的人群，突然变得骚乱起来，呼喊、号叫着，拼命地朝岸上奔。

很快，丁翘便明白了原因，几名高大的男人追赶过来，拿着皮鞋抽打那些抱着陶罐的人，伸手抢他们怀中的陶罐。那些抱陶罐的人似乎对那几个人颇为忌惮，也不敢反抗，任由他们抽打。

这是怎么回事？丁翘暗忖着，不由得细细打量那几个人，她惊讶地发现，那几个人竟然留着金色的长发，身上的服饰也极为繁复，上身紧裹，而下身却是骑士的打扮，从身形到打扮穿着，都明显与那些抱陶罐的人不一样。

这几个人是白人！丁翘心里想，正奇怪这里怎会出现白人，突然，她发现面前的局势发生了变化：一名汉子突然抢夺一名金发男人手上的鞭子，得手后便挥动着鞭子狠狠地朝金发男人身上招呼，那男人受不住，跌倒在地，另外几个金发男人晃动着皮鞭围过来，人们见状步步后退。

那汉子站着没动。几个男人甩动着皮鞭步步紧迫，那汉子突然振臂在大声呼喊着什么，原本已远离的人们似乎被打动了，他们冲过来，把手中的陶瓷朝那几个金发男人砸去，有的人手中没有陶瓷，干脆伸手抢金发男人手中的皮鞭。那些男人虽然体格高大，但终不及对方人多势众，很快便倒在地上，跪地求饶。

丁翘正看得津津有味，突然发现人们不动了，她循着人们的视线看向大海的方向，赫然发现，海面上一艘船正缓缓移动，风把船帆鼓起，似乎要启航了；而另一艘船，不知道什么时候已经被人砍断了桅杆，连同上面的帆都不见了。

这个发现令丁翘大吃一惊，而那些人显然也惊呆了，他们对着远去的船呼喊着，捶胸顿足地叫着，争先恐后地朝着船的方向奔去，但那正扬帆而去的船，显然没有等候他们的意思，反而离他们越来越遥远。

那艘已被砍断了桅杆的船，依然平静地浮在海面上。

然而，这平静只是暂时的，过了一会儿，丁翘便发现，那艘船，似乎在慢慢地往下沉。

对，她没有看错，真的是在下沉。上一秒钟，她还可以看见船舷的，但眨眼工夫，船舷看不见了，再后来，甲板也消失了，那艘船越沉越深，海底下像是有吸盘一样，把船四周的海水都搅动起来。

人们不要命地朝海里奔去，有的是为了去追赶那艘远去的船，有的似乎是为了守护那艘即将沉没的船。

一阵兵荒马乱之后，那艘远去的船终于还是消失了，消失在茫茫的大海中，而那艘被砍断了桅杆的船，也彻底被海水吞没了，连同那些守护在船上的人。

海面上只剩下一个巨大的旋涡，像是船给海面留下的深吻。

然而，水是最没有记忆的，它迅速遗忘了船的存在，自然也不会怀念它留下的深吻，很快地，海面恢复了平静。

海边站立着的人，一动也不动，呆若木鸡。

直到他们的影像，渐渐地，渐渐地，完全从雨幕中消失……

丁翘擦了擦眼睛，可是除了雨，她什么也看不见，那些奇怪的影像，真的消失了。

雨依然在下。

像是过去了一个世纪，直到姚馆长、母亲和老杜站在他们面前，丁翘才如梦初醒。她站起来的时候，连脚都是僵硬的。这时候，她已经明白卓智为什么在吸引闪电过来的时候，要蹲下来了，因为三点在不同的平面上，磁场释放出来的影像也会不一样。卓智蹲下来，跟5岁时的身高相差无几，所以他成功地启动磁场释放出他5岁时看过的影像。

而丁翘的意外出现，令磁场释放的能量变得更加强大，所以释放出来的影像在时间上比以前的都长，在空间上也比以前的宽广。

每个人的脸上都是激动的神色，尤其是姚馆长，她是第一次目睹这种神奇的影像，按捺不住兴奋地说："都怪我刚才太激动了，不然拿手机出来拍下来就好了。”

丁翘忙说：“幸亏你没拿手机出来，不然会干扰磁场的，后面的就看不了了。”

姚馆长不好意思地笑了：“原来是这样。”停了一下，她又问，“是不是每次发生雷电的时候，都可以启动磁场释放出那些影像？”

卓智似乎还沉浸在刚才的场景之中，只是淡淡地应了一声：“嗯。”

姚馆长感慨地说：“不知道这个世界上还有多少奥秘是我们未能知晓的？当年的那些人怎么也不会想到吧，将近千年以后，会有人看见他们当年经历的一切。”

丁翘问：“你们刚才有没有看见，人群中有几个白人，他们打扮讲究，手中拿着鞭子，在抽打那些摔陶瓷的人。”

众人纷纷点头，表示都看见了，唯独老杜依然若有所思地看向海面，似乎还沉浸在刚才那一幕中，未能回过神来。

海边的雨来得快，去得也快，转眼间便雨过天晴了。他们把雨具收起来，在巨石边坐下，继续讨论着刚才看见的一切。

“原来，这里沉过一艘船。”卓智遥望着茫茫的大海，感叹地说，“只可惜星移斗转，沧海桑田，不知道它现在在哪里了。”

丁翘说：“也许那船早就泡烂了，你们没看见吗，那船沉没得很快，可能船体被人破坏了。”

卓智摇摇头说：“不一定，船若是沉没在海底，被淤泥和海水保护起来，其腐烂的程度，反而远比暴露在空气中要缓慢得多。”

姚馆长说：“这点我同意阿智的意见，那艘船或许还好端端地沉没在海底里，等待着人类去拯救它，让它重见天日。”

丁翘说：“你们有没有觉得奇怪，那些人抱着陶瓷上岸摔得粉碎，白人却拿着皮鞭抽打他们，明显是阻止他们摔陶瓷，他们之间到底是什么关系？为什么中国人会摔自己的陶瓷？”

“因为中国人不愿意让他们把陶瓷带走。”姚馆长说，“那艘开走的船，从外观上来看，应该不属于中国，严格来说，不属于当时的大宋朝。”

一直没说话的周颖芝好奇地问道：“你是怎么看出来的？”

姚馆长自信地说：“因为那艘船的桅杆上，没有挂着大宋的旗帜。”

丁翘惊讶地问：“另一艘船，挂了吗？”

卓智淡淡地说：“那艘沉没的船上，确实挂着一面飞龙的旌旗，上面写着一个大大的‘宋’字。”

丁翘惊呼：“你也看见了？”

卓智点头：“嗯。”

丁翘若有所思地说：“所以，那艘离开的船，是外国人驾驶的？当中是不是就有老杜的祖先？”

众人的目光不约而同地落在老杜的脸上，老杜哭笑不得地耸肩：“这个我也不知道，如果我的祖先就在那艘船上，我会让他别跑，留下来，省得几百年后，他的后代我，还要跑回来。”

众人被老杜的话逗笑了。

老杜纳闷地说：“我不明白那些人为什么要砸烂那些陶瓷，还有，那些人已经看见船在往下沉了，为什么还要游过去跟船在一起？”

丁翘说：“也许那些人并不愿意把陶瓷交给异族，所以宁愿砸碎也不让他们带走吧，至于那些在船沉没之前上船的人，也许他们一直以船为家，船没了，他们宁愿跟着船一起，永远长眠在这片海底下。”

也许是这个话题太沉重了，大家都没有说话，可是心底又不得不承认，丁翘的猜测是对的。只是为什么会发生这些事情，却实在令人想不透。

也许，这个秘密就像那艘沉船一样，永远地沉没在幽深的海底了。

丁翘突然想起一事，说：“你们说，卓智在悬崖下捞出的那些破瓷碗，会不会就是那艘沉船上遗漏下来的？”

姚馆长说：“不会，我更加倾向于那些碗只是人们之前从船上搬下来的，后来因为发生变数而随手扔在海里，后因潮汐的作用而被卷进悬崖底下的沙窝里，再也出不来。”

卓智默默地点头，说：“如果能找到那艘沉船就好了，宋朝是一个国力相对强盛的时期，里面一定有许多宝贝。”

姚馆长说："我会向上级打报告，请求派出专业人士前来勘测浪琴湾附近的海域，寻找当年的沉船。"

丁翘和卓智均是又惊又喜："真的？"

姚馆长点头微笑："嗯。以前一直只是猜测，怀疑这片海底下埋藏着宝物，看过刚才的影像后，我更加坚定了这个判断。阿智，如果下次再有雷暴天气，你还能让当年的影像重新出现吗？"

卓智拍拍身旁的工具袋，自信地说："可以！这把金属伞，是教授指导我做的，材料也是教授提供的，它更容易导电，与人体接触又能自动减到安全的系数，有了它，这个磁场就如同有了一个开关，只要有闪电就能打开。"

姚馆长满意地说："这就好，那我回去就立即打报告，必要时，我会把领导带来这里，让他们亲自见证数百年前沉船的那一刻。"

卓智爽朗地说："我等着你！"

丁翘说；"我突然想起一件事，江浩天这么多年一直在海上打捞古瓷，不惜耗费大量的金钱和时间，他是不是知道些什么？"

卓智说："你把这事告诉陈队，让陈队再试探一下他，看能不能问出些确切的消息。"

第三十三章
海底宝藏

江浩天被检察机关宣布逮捕后，江氏集团迅速遭到了重创。首先行动的是某家消息灵通的银行，他们找上门来催逼债务，而其他的银行很快闻风而动，不管贷款是否到期，都要来表明立场：旧债快还，想贷款不可能。

本来正在蒸蒸日上的生意，因为资金链的断裂，很快便变得举步维艰，而江盛毕竟羽翼未丰，再加上竞争对手的趁火打劫，江氏很快陷入困局。三个月不到，江氏便因拖欠工人工资而被告上法院。

很快，江氏旗下的所有企业都被法院查封，拍卖所得将用于员工的工资支出、银行的还贷等。经历过此事后，江盛便不知所终，翻看他的朋友圈，已经关闭了，上面只剩下一条长长的线。

他就这样完全地在丁翘的生活中消失了。

有时候丁翘去浪琴湾，偶尔路过那家海藻生物公司，会不由自主地驻足往里张望，可是那扇玻璃大门已蒙上一层厚厚的尘，上面还横架着一把夸张的锁。

心怀惆怅的，自然不止丁翘一个。因为江氏的倒闭，浪琴湾的很多乡民失去了工作，他们原本利用休渔期可以在家门口挣钱，有的甚至已经习惯了朝九晚五的生活，不愿意再像过去那样向海讨生活。毕竟在海里谋生太辛苦了，而且风险也大。

可是这一切，都因为江氏的倒闭成为过眼云烟，乡民们每每说起仍然失落不已。

让丁翘深感安慰的是，通过法院拍卖，海藻生物公司和深海珍珠养殖基地很快就被人拍走了，虽然它们分属不同的公司，但对方都答应，尽快让生产线启动起来，让浪琴湾重新焕发生机。

事情也正如众乡民期待的那样，两家公司很快便正式恢复了生产，乡民们又可以像以前那样在家门口上班了。

卓智没有回珍珠养殖公司上班，因为他忙得很，自从掌握了启动花碗坪磁场的秘密后，他又做过好几次实验，并且邀请了母校的教授前来见证，教授为他的成功而欣喜若狂，打算把他的研究成果送到国外的权威杂志发表。如果一切顺利，卓智将成为世界物理界一颗新晋的明星。

这几个月，赵莞也谈恋爱了，虽然丁翘没看见过她的男朋友，但见她经常拿着手机眉开眼笑地跟人发信息，便知她正处于甜蜜中。

总之，所有的一切，似乎都在朝着好的方向发展。

唯一让丁翘觉得遗憾的是，姚馆长向上级打的报告《关于成立勘探组打捞浪琴湾海域古船的申请》，没有获得批准。

姚馆长在申请报告中，详细地介绍了花碗坪中现存大量宋朝古瓷，渔民曾在海上捞取古瓷碗，以及卓智利用实验令磁场释放出当年沉船影像的事，上级也派人来看过了，并在一个雷暴天气让卓智实地演示。

每个看过影像的人都震惊不已。可是半个月后，答复下来了：暂时没有条件对沉船进行勘测打捞。

当姚馆长声音低沉地跟丁翘反馈这个消息的时候，丁翘有点失落。不过卓智对这个结果倒没有太多的意外，他安慰丁翘说："上面这样考虑问题反而说明他们对古船的态度很慎重，勘测、打捞需要非常专业的人才和技术，固然要耗费大量的时间和人力、物力，但最重要的还不是这个，而是如何让古船和船上的东西得到最大限度的保护。如果条件尚未成熟，不如让沉船继续在海里待着，这样也是一种保护。”

丁翘被他说得豁然开朗，这就是理科生的理性思维，再不好的事情，他总能朝着好的方向去理解。

江浩天直到被移送检察机关，都坚称自己并不知道浪琴湾有沉船，只是当年偶然得知卓杰在海上捞到了古瓷碗，所以才萌发了请人专门在海上捞古瓷的念头。陈俊峰把这个信息告诉丁翘，并说：“看他的样子，倒不像是说谎。”

丁翘感慨地说：“真想不到，卓伯父的一个偶然举动，就这样改写了江浩天的一生。”

如果没有对古瓷的执念，江浩天本可以是一个成功的企业家，可是他因为沉迷于古瓷，不惜铤而走险，不择手段地利用声呐破坏海洋生态，为了掩盖自己的罪行而杀人越货。

陈俊峰说：“可人生不正是这样吗，改变我们一生的，往往都不是什么大事，而是一件件小事。”

让丁翘聊感安慰的是，母亲这次回来，没有像以前那样来去匆匆，而是跟老杜一直待在国内，而且他们貌似挺享受现在的生活。

不过，他们住在市区的时间不多，平时多是待在浪琴湾。用老杜的话来说，最好的人、最美的花都在身边了，没必要再到处跑了。

丁翘知道母亲的生意一直做得不错，估计他们早就实现了财务自由，偶尔也见他们用电话遥控指挥事业上的伙伴，因此并不担心他们“玩物丧志”。

更让丁翘哭笑不得的是，母亲和老杜疯，卓智也跟着他们疯。为了出海更自由，玩得更方便，母亲和老杜竟然让卓智帮忙买了一艘渔船，简单装修后，三人就住了进去。渔船本来就有基本的生活设施，经过他们装修后，厨房、会客室、卫生间和卧室一应俱全，冰箱、电视、电脑也配置妥当，俨然一个小家庭。

丁翘曾经苦心婆心地劝说老杜，认为他们只是贪新鲜在这里住着玩，完全没必要买一艘渔船，可是老杜说，哪怕是暂时在这里玩，他们的快乐也不能打折。

好吧，你有钱任性。丁翘终于放弃了对他们的“救治”，看着他们一步步地把一艘破旧的渔船改装成一间散发着欧美浪漫气息的“房船”。

周颖芝和老杜甚至还准备了一台小小的烘干机，专用来把刚摘下来的茶薇花制成花干。夜幕降临的时候，他们就把船停在花碗坪附近的海域，在甲板上摆开小茶几，泡上一壶茶薇花茶。有月亮的时候，就对着大海饮茶赏月；没有月亮的时候，就相互依偎着聊天，听海浪声声。

而卓智，夹在两人中间，就是一个特大号电灯泡，但他似乎并不介意。对于周颖芝和老杜时时刻刻的秀恩爱行为，他坦然接受，就像看见别人喝水吃饭一样。

有时候丁翘会忍不住问母亲：“妈咪，你们什么时候回美国啊？”

“等到茶薇花不开的时候。”

丁翘哭笑不得，这是什么话嘛，广东的天气四季不分，冬天有时候比北方的春天还暖，植物受到影响都变得神神道道起来，蔷薇科的花，在广东几乎一年四季都花开不败。

见丁翘无语的样子，周颖芝便笑着回她：“怎么了？嫌妈咪烦了？想赶妈咪回美国？”

丁翘忙说：“不是不是，我巴不得妈咪在国内定居呢。”

周颖芝说：“在国内定居是不可能的，妈咪迟早是要回美国的，你也是，迟早要跟妈咪到美国生活，不然，妈咪的事业将来交给谁？”

每逢转到这个话题，丁翘便觉得压力好大，只能打着哈哈把这个话题糊弄过去，毕竟现在母亲和老杜都还年轻，两人都未满50岁，长相和打扮都年轻又时尚，现代人长寿，活到八九十岁是正常事，离退休还远得很呢。

对于他们留在浪琴湾，卓智似乎还挺欢迎，老杜在他面前从来不摆“长辈”的架子，有时候还非常周到地帮他拎工具袋，两人就像哥们儿一样。

卓智在破解了花碗坪磁场的秘密后，论文也按教授的指点交上去了，但对方迟迟没有答复。在这个等候的过程中，卓智并没有表现出很焦急的样子，淡定得让丁翘怀疑他根本不抱任何希望。

这一天又是周末，丁翘在市区购买了大袋小袋的新鲜蔬菜去浪琴湾。岛上虽然也产蔬菜，但品种不多，老杜和她母亲又是对生活有要求的人，因此丁翘每周进岛一次，为他们提供食物补给。

还未走到卓智家门口，远远地，便听见院子里传出她母亲和老杜的笑声。

院子的门虚掩着，一推就开了，丁翘在外面大呼小叫："快来接东西，可把我累死了！"

院子里的三个人忙不迭地冲过来，把她手中的蔬菜、水果等各种东西接过去放好。丁翘见三人脸上均是一副喜气洋洋的样子，不由得疑惑地问："你们怎么了？是有什么喜事吗？"

卓智、她母亲和老杜互相看了一眼，都是笑眯眯的。

"你说。"

"我不说，你说。"

"你说你说。"

丁翘见三人互相推让又有点难为情的样子，更加好奇了："到底是什么事？"

老杜笑着搔搔脑袋："这个嘛，当事人说会比较好一点。"

丁翘看着母亲，顿时福至心灵："妈咪，你怀孕了？"

"哈哈哈……"

卓智和老杜几乎笑翻了，周颖芝忙不迭地摇头又摆手，哭笑不得："不是不是！"

好半天，老杜才止住笑，神秘地说："阿翘，我们搭建了一个草台班子。"

"什么草台班子？"老杜的中文不大灵光，说话时有惊人之语，丁翘不相信他，指着卓智说，"你说，到底什么事？"

卓智说："我们打算寻找那艘沉船。"

丁翘吃了一惊，打量着面前的三个人："就你们三个？"

三人满脸严肃，不约而同地点头："嗯！"

丁翘哭笑不得："凭什么？"

卓智胸有成竹地说："根据气候和潮汐变化，利用物理学方面的知识大概可以计算出古船在海底移动的方向和速度。"

丁翘追问："那你知道古船有多大？重量有多少吗？"

卓智老实地说："不知道。"

丁翘笑了："你连古船的体积是多少都不知道，自然也无法计算出它在水流中受到的阻力了，就算你知道它移动的方向，又怎么知道它移动的速度？"

这是她仅有的一点物理知识了，连卓智都认真地对她表示赞赏："你说得对，确实很难计算。"说完，他便笑了，"但是难不等于不可以，是不是？"

这个丁翘倒也认同，只好点点头："也行吧。"她的目光移动到老杜脸上，看老杜那跃跃欲试的表情，她便知道他也有话要说，"你呢，作为草台班子中的一员，你能干什么？"

老杜激动地搓搓手，神气地说："你等着！"

然后，他朝周颖芝打了一个响指，两人跑进里间，从里面搬出一大堆东西，丁翘定睛一看，是氧气瓶、潜水服，不由得哑然失笑："这是什么？"

老杜认真地说："我提供的专业设备，只要阿智有需要，我就会提供一切，我会资助他下海找古船。"

丁翘忍不住笑了："好，你赢了。"她转向母亲，"妈咪你呢，你打算担任什么角色？"

周颖芝不好意思地笑了："我当然是保证后勤供给啊，保证让阿智工作的时候不会饿着肚子。"

老杜笑着抢过话头说："我烤出来的面包和蛋糕，交给她保管，免得我闲着没事吃光了。"

丁翘哭笑不得，不管在什么情况下，老杜都有办法把一件严肃的事变成他们秀恩爱的专场。

接下来，他们以实际行动证明了这个打捞古船的草台班子，并不只是说说而已——老杜和卓智分别穿上潜水服，周颖芝也恪尽职守地端出面包，三人摆开架势，展示出最严肃认真的样子，让丁翘给他们拍照。

丁翘只好勉为其难地配合着，暗自感叹必须想办法让母亲和老杜尽快回他们的美国去，不然他们长期待在这里，总有一天会把卓智带傻。

偏偏老杜不知道她的心理活动，还挺高兴地说："做事必须要有仪式感。"

卓智也乐滋滋地说："如果我们真的找到了古船，那么这张照片，就相当有纪念价值和历史意义了。"

丁翘心里想，糟了，就算现在把老杜赶回美国去，恐怕卓智也救不回来了。

丁翘原以为，空着肚子跑来浪琴湾，中午好歹能吃上卓智做的烤青口或海鲜粥，谁料午饭却是老杜烤的面包。丁翘眼巴巴地看着卓智，卓智安慰她："这顿随便应付一下，晚上再给你做好吃的。"

周颖芝听了可不乐意了："老杜亲手烤的面包，怎么能叫随便打发一下？"

老杜也认真地帮腔："就是，每个面包都是认真发酵、认真烤熟的，每个程序都充满了仪式感，你可以说不喜欢吃我烤的面包，但不能说拿我的面包随便打发一下。"

丁翘心想坏了，如果不及时灭火恐怕会引起"翁婿"矛盾了，忙息事宁人地说："这个面包很好吃，一点也不随便，我很喜欢吃。"为了说明自己所言非虚，她还拿起一块面包大口大口地啃起来。

吃完面包，他们便扛着大包小包的东西去码头了。丁翘的任务稍为轻一些，提着她买来的蔬菜水果，母亲告诉她："以后，我们就以船为家了，卓智也是。"

丁翘心里哀叹，那以后想吃烤青口和海鲜粥就很难了！

像是看穿了她的心事，周颖芝安慰她说："没事，找到了沉船，卓智自然就有空煮海鲜粥给你吃了。"

丁翘哭笑不得："妈咪，你对他就这么有信心？"

周颖芝笑眯眯地说："我是对你有信心，你挑中的人，怎会差？

而且他连几百年前储藏在磁场里的影像都能找出来，找一艘沉船又有多难？”

丁翘只好连连称是。

夜深了，皎洁的月亮悬挂在半空，把海面照得一片银白。

丁翘坐在甲板上遥望着天空，天上月朗星稀，美得让人忧伤，丁翘不由自主地叹了一口气。

卓智从后面走过来，坐在丁翘旁边，搂着她的肩：“为什么叹气？”

丁翘没有直接回答他的话，只是问：“收工了？”

船上的一个房间，已被安排成卓智的办公室，里面堆满了他们搜集来的各种各样的资料：全世界数百年来的航海记录、各种航海日志、气象记录，还有各种各样的沉船出水情况汇总。整个下午，卓智就埋在那堆资料里，在一个速写本上写写画画，偶尔还要列个公式代入计算，丁翘虽然就坐在他旁边，可他半天都没空抬头看她一眼。

周颖芝和老杜倒是很好地发挥了他们这个草台班子的后勤作用，提供了面包做晚餐的主食，还用丁翘买来的瓜果蔬菜做了简单的沙拉，丁翘勉强地吃了一点，便表示自己正在减肥，不能吃太多了。

饭后，卓智依然钻进那间办公室继续工作，周颖芝和老杜待在他们的房间里没出来，反正他们整天有说不完的话，丁翘只好自己跑到甲板上看星星。

卓智把她的肩膀更紧地搂了一下，说：“是啊，收工了，再不收工有人该生气了。”

丁翘淡淡地说：“谁生气了？”

卓智贴近她的耳朵，在她的耳边轻声呢喃：“我。”

丁翘哭笑不得：“你为什么生气？”

卓智一脸坏笑：“一会儿你就知道了。”说罢，不等她说话便抱起她，朝另一边的房间走去。

卓智的房间，在周颖芝和老杜的房间的隔壁。船上已经没有多余的房间了，大家都默认了丁翘是跟卓智住在一起的。那个房间，本来是给船工住的，里面安装了三张碌架床，可以供六个船员住宿。

丁翘被卓智拦腰抱着，他的唇贴近她的耳边，她听见他微微的喘息，不由得脸上发烧，唯恐被母亲和老杜看见，低声说："快放我下来！"

卓智一边用唇在她耳边磨蹭着，一边轻声说："就不放。"

谁料怕什么来什么，当他们刚走到周颖芝和老杜的房间前，老杜正好打开门看了个正着，他惊呼一声，大声说："我什么也没看见！"

里面的周颖芝并不知详情，冲出来："怎么了……"然后便不知道说什么了。卓智抱着丁翘站在那里，只会傻笑。幸亏丁翘反应得还算快，马上溜下来，跑进了房间。很快，卓智也飞快地跑进来了，关上了门。

门外，周颖芝和老杜爆发出一阵大笑。

丁翘的脸烧得更厉害了，心里嘀咕着这些洋鬼子最讨厌了，一点也不懂得回避，还是长辈呢！

卓智走到她面前，双手搂着她的腰："怎么了？生气了？"

丁翘拿开他的手，说："我怎么能生气，一个是我妈，一个是我继父，你跟着他们疯，我能跟谁生气？"

卓智略显意外地看着她，说："原来你是为这事不高兴？其实找沉船这事，还真不是他们先提议的，只能说我们是一拍即合，这是我们的共同目标。"

丁翘苦笑："吕仁和江浩天在海上找了那么多年都一无所获，你们凭什么找得到？"

卓智说："因为他们太依赖声呐，再先进的声呐，都不可能让沉在海底的古瓷说话，而我们不同，是用科学的方法计算出沉船的大概方位，然后再潜入海底一探究竟，从理论上来说，我们的方法更靠谱。"

丁翘叹气："茫茫大海，找一艘沉船难于登天，你就不怕到头来白忙一场，虚度了光阴？"

卓智笑了，伸手为她捋顺额前的一绺乱发，说："如果一直有你陪着我，我巴不得所有的光阴都用来虚度。"他温柔地说，"你想啊，我原本是想用一辈子的时间来破解磁场的秘密的，因为认识了你，已经提前破解了，那么剩下来的时间，总得找点事做，是不是？虽然这件事不一定有结果，但我努力过，就不会有遗憾。”

丁翘想起他以前也跟自己说过类似的话，那时候他一心想要破解磁场的秘密，后来他成功了。这次，他还是这样说，虽然努力了不一定会成功，但不努力就一定不会成功，她理解他的坚持。

“可是，就算让你找到了沉船又能怎么样？上级有关部门给姚馆长的答复中明确说了，现在还不是打捞沉船的最佳时机。”

卓智说：“那是因为有关部门缺乏技术和资金，所以我们要走在前面，如果我们找到了沉船的确切地点，便可节省了勘测的费用，有助于沉没在海底的国家宝藏尽快得到保护和利用。”

“嗯，这倒是。”

卓智用柔得不能再柔的声音在她耳边说：“所以啊，你必须支持我。”

“那你要我怎样支持你啊？”

卓智一脸坏笑：“比如现在，就是最好的时机……”

…………

丁翘一觉醒来，感觉四周似乎在微微颠簸，微怔了一下才记得自己是在船上，船正在缓缓移动，朝旁边一看，空荡荡的，卓智不知道什么时候已经起床了。

她走出去，看见母亲坐在驾驶室开船，一副熟门熟路的样子，咦，她是什么时候学会开船的？为免打搅母亲，她悄悄地绕开驾驶室的位置，看见卓智和老杜正站在船头讨论着什么。

“这里的水流比较湍急，要记录下来，如果前面的水流依然这么急，那么沉船的移动可能比我们想象中的要快得多，也远得多。”

老杜连连点头称是：“有道理。”

卓智又沉吟着：“不过这也不一定，也有可能是因为前两天下过暴雨，附近江河的水汇进海里，给我们造成的错觉……”

老杜再点头：“对，对。”

丁翘哭笑不得，这个老杜，估计是什么也不懂，卓智说什么他都随口应是，实在太没有原则了。

丁翘没有打扰卓智和老杜，转头进了厨房。她昨晚答应过要支持卓智的工作，现在是以实际行动支持的时候了。老杜那些又硬又干的面包，卓智虽然不说，但她也知道他并不喜欢，她要做一煲卓智喜欢吃的粥。

30分钟后，丁翘把一煲粥端进了小会客室。

粥是用瘦肉、咸蛋和皮蛋熬制而成的，在即将上锅时撒上一些切得细碎的蔬菜粒，看上去有黄有绿，有素有荤，尝起来也是鲜香可口，虽然不及卓智做的海鲜粥，但总比老杜的冷硬面包要好吃得多。

周颖芝把船停了，四个人挤在小会客室里吃早餐。

老杜一口气吃了三碗粥，感叹："除了阿智，你就是天下最会煮粥的人。"

卓智微笑着警告他："你怎么说话呢，别挑起战火。"

老杜耸肩摊手："噢，我只说老实话。"

周颖芝嗔笑着对老杜说："老实话在中国不受欢迎，你可以在老实话中夹杂着一些不那么老实的话，听起来会舒服得多。"

老杜疑惑地问："怎么说？你教我。"

丁翘说："老杜你千万不要学，好不好吃就直接说老实话好了，别被人误导。"

卓智已经吃完了第四碗粥，闻言轻描淡写地说："这粥煮得是不错，好吃。"

咦，这是他第一次称赞她煮的东西呢，丁翘心里有点得意。这款咸蛋皮蛋瘦肉菜粥，是赵莞教会她的，据说有清肝热、祛湿气的功效，而且营养丰富。

吃完早餐就要研究工作了，卓智说："再往前开3个小时左右，就要往回开了，我们要把阿翘送回市区，她明天得上班。"

丁翘看了看茫茫无际的大海，问："那你们呢？"

卓智说："我们会继续在海上寻找沉船。"

丁翘："如果一直找不到呢？"

卓智："那就一直找下去。"

他的语气是淡淡的，可是丁翘知道他的性格，想做的事便会一直坚持下去，她不由得担心地说："那怎么行，就算你有空，妈咪和老杜也没空啊。"

老杜马上说："我有空啊，我要跟阿智一起完成这个伟大的任务。"

卓智说："你看，连老杜这样的国际友人都愿意花钱花时间支持我做这件事，我还有什么理由退缩？"

丁翘哭笑不得，不由得向母亲求助："妈咪，你也任由他俩疯！"

周颖芝笑了："我觉得他俩做这件事挺男人的，我支持他们。"她的目光掠过窗外，掠过茫茫的大海，落在远处的孤岛上，"更何况，我喜欢这里，在这里度假，可比巴厘岛舒服多了。"

丁翘仍然不死心："那你们打算找多久？"

卓智说："一年两年不行，那就三年四年。"

周颖芝笑了："反正我们不急。"

丁翘喃喃地说："天啊，这就是我那个以工作为重的妈咪？你们……简直是疯了！"她突然想起一事，"妈咪，你是什么时候学会开船的？"

不等周颖芝回答，老杜便颇为自得地说："船算什么，JOJO连飞机都会开，JOJO是神奇女侠。"

丁翘哀叹，这美国人秀恩爱，太简单粗暴了。

从此，卓智、老杜和周颖芝就开启了他们"寻宝三人组"的历程，这个历程缓慢而漫长。刚开始的时候，丁翘去探望他们，他们用数小时便可以来回一次接送她，后来他们与岸的距离越来越远，丁翘再去，就不那么方便了，她探望的间隔便渐渐从一周改为两周，趁他们上岸补给的时间跟他们聚一下。

转眼又是几个月过去了。

丁翘最近已经有一个月没有去过浪琴湾了，她手头积压着好几个新闻策划，打算把这些题目做完了，正逢国庆假期，届时便可以去浪琴湾度假。

赵莞依然跟过去一样，下班回家就抢着做饭，她做的饭依然那么好吃。奇怪的是，她时常躲在房间里悄悄打电话，丁翘的直觉是她在谈恋爱，但她极少出去。

就算是周末，她也是待在家里，除了加班就是看电视，要不就是玩手机。像是有某种默契，现在丁翘和赵莞都不提江盛的事，丁翘有时候也担心，赵莞会不会因为还惦记着江盛，所以不愿意接受别人，但细想一下似乎又不可能，他们都未真正开始过，怎么可能有这么深厚的感情？

丁翘劝赵莞：“老赵，你该找个男朋友了，不能老待在家里。”

赵莞便把话甩回给她：“你有男朋友，还不是跟我一样待在家里。”

丁翘忙解释：“那怎么一样，阿智有正经事要做。”于是便把卓智和老杜、她母亲海上寻宝的事告诉赵莞。

她很认真地说，赵莞一开始是很认真地听，后来两人却笑得半天直不起腰来。

丁翘又认真地分辩：“我是说真的，卓智真有可能找到当年的沉船。”

赵莞强忍着笑，认真地表示自己也相信。过了几天，她还提出了一个特别真诚的请求：“国庆节放假的时候，我能跟你上那艘船玩吗？”

丁翘惊讶地看着她：“船在海上，四周除了水还是水，你不怕无聊？”

赵莞说：“不无聊啊，如果卓智真的找到了那艘宋朝的沉船，这艘渔船作为寻宝的工具，多么有意思啊，我能提前登上它，简直是我的荣幸。”

丁翘一高兴就答应了下来：“好，国庆假期的时候，咱们一起去浪琴湾度假！”

天气预报说，国庆假期会有大暴雨，但丁翘和赵莞出发去往浪琴湾的时候，天气却晴朗得很，按小时候写作文的习惯，就是蓝蓝的天上白云朵朵。

她们抵达浪琴湾码头的时候，卓智、老杜和周颖芝已经在船上等了她们好一会儿了，他们上岸给渔船补给，正好顺便接她们。

渔船缓缓地驶向海洋深处，阳光依然那么灿烂，天依然那么蓝，云朵依然那么白，一切都很符合度假的节奏。

赵莞对船上的一切非常好奇，热情地跟每一个人打招呼，甚至走进卓智的工作室，跟他聊寻船的进展。在丁翘看来，这不过是记者的职业病，却引起了老杜的不满。老杜悄悄把丁翘拉到一边，说："你这个朋友，不行。"

丁翘知道老杜美国人的隐私意识又开始作祟了，忙解释："赵莞只是对你们正在进行的工作感兴趣，她没有恶意。"

老杜依然坚持自己的看法："她这样不好，我不喜欢。"

以前老杜每次陪周颖芝回来，都是住在外面，丁翘跟他相处的时间不算多，通过这段时间的相处，她知道他是一个固执的人，于是息事宁人地说："我会提醒她的。"

正在丁翘为如何点到即止地提醒赵莞而发愁的时候，赵莞却已从卓智的工作室里走出来，很主动地表示将为他们做一顿丰富的午餐。丁翘闻讯大喜，她知道赵莞的厨艺，更清楚老杜对中国美食的迷恋。

丁翘本想钻进厨房给赵莞打下手的，可是赵莞毫不客气地把她推出来，说厨房太小了，容不下她。

丁翘走到甲板上，看见卓智正拿着一本书在看，她觉得有点奇怪，走过去才发现，卓智拿的并不是一本书，而是一个手写本，上面的字写得端端正正，有的页面上还描绘着大海和孤岛。

丁翘不由得好奇地问："哪儿来的？"

卓智把书收起，示意丁翘在自己身边坐下，说："向村里的老渔民借的。"

丁翘接过书翻了一下，说："这本书有什么用？"

卓智指着页面上的绘图，说：“你看这张图，有什么发现？”

那图上画的是一片大海，旁边有两座山，更远的地方，几座孤岛隐约可见，于是说：“除了山就是海，跟其他的地方差不多啊。”

浪琴湾的海，跟其他的海不同的地方，就是孤岛特别多，说是孤岛，其实就是一座座石山，花碗坪那个孤岛，在浪琴湾已算特别大的了。

卓智指着图上的某个位置，说：“我们现在就在这个位置，这两座孤岛，就是花碗坪，我们现在要去的，是另一边这几座孤岛。”

丁翘恍然大悟：“怪不得这图看着这么熟悉。”

卓智说：“这是花碗坪的背面，我们从不同的方向看，自然不一样。”

丁翘扬扬手中的书：“你借这本书来，是有什么特别的用途吗？”

卓智点点头：“这是以前有经验的老渔民记录下来的，我这次上岸特意找他们聊了一下，听说他们以前在海上捕捞时，在这附近的海域常发生渔网被不明物体勾扯的情况，当时他们以为是大鱼，会更加用力拉网，后来拉破了几张网后，他们觉得情况有点诡异，从那以后就极少来这片海域打鱼了，还特意画了图做上标记，提醒后人。”

说话间，丁翘便看见远处的海面上浮起几座小岛，因为天气晴朗，小岛显得格外清晰，连岛上生长着的树木都特别郁郁葱葱。

丁翘心里一动，说：“你怀疑沉船就在这附近？”

卓智微笑：“在找到沉船之前，海上的每个地方都值得怀疑。”

这几个月来，他不断地计算出新结果，又不断地换上潜水服下海一探究竟，一次次地满怀希望，又一次次地失望。可是失望从未在他的脸上停留过太久，每次丁翘见他，他都是信心满满的样子。长时间的海上作业，令他的肤色被晒得黧黑，微微泛着黑亮的光泽。这是这段经历给他留下的唯一印记。

在几乎看不到希望的时候，依然能充满希望地坚持做一件事，这已不是简单的毅力了，而是一个人对于自己和未来的坚定信念。

也叫初心。

船终于抵达那几座小岛附近，卓智让周颖芝把船停下来。

虽已是深秋，但阳光依然很猛烈，老杜在旁边苦口婆心地劝说卓智涂抹防晒霜，卓智充耳不闻，手脚麻利地穿上潜水服，戴上护罩，背上氧气瓶。

丁翘趋步向前，叮嘱他：“你千万要留意瓶里的氧气，不要等气快用完了才浮上来，那样很危险。”

卓智点点头，挥手朝大家道再见，便跳进了海里。一圈水花散尽，卓智消失在大家的视线里。

在周颖芝的帮忙下，老杜全身都涂抹上了防晒霜，穿戴妥当后，也跳进了海里。

周颖芝虽在国外生活多年，但依然保持着午睡的习惯，很快就进房间睡觉去了。

甲板上只剩下丁翘和赵莞。

赵莞是第一次见人在深海潜水，一直紧张地盯着水面看，似乎挺担心的样子：“一瓶气能在海里用多久？他们怎么还不上来？”

丁翘忙安慰她：“别担心，这种气瓶，如果是在10米深的海底，大概可以用一小时，海水越深可用的时间会越短，他们已经很有经验了，会掌握好这个度的。”

赵莞似乎稍微放心了一些，但依然盯着卓智和老杜下水的位置看，似乎怕错过了他们出水上岸的那一刻。

丁翘只好告诉她：“呃，他们上来的时候，不一定会从原先下水的位置上来，他们在海底有时候会不辨方向，可能浮出海面的时候，会距离我们比较远。”

赵莞不好意思地笑了，拿出手机看时间：“他们下水已经将近40分钟了……哎，他们上来了！”

丁翘顺着赵莞指的方向，果然看见卓智和老杜正奋力挥动着双臂朝这边游来，两人忙上前帮忙，把卓智和老杜拉上船来。

不等卓智喘过气来，赵莞便兴致十足地问：“怎么样，有收获吗？”

丁翘正要暗示她不要问，这几个月的海上作业，一无所获已是常态，丁翘已经习惯了不问，不想给卓智带来压力。让她意想不到的是，卓智把身上的装备解下来，抹了一把脸上的海水，说："有。"

"真的？"丁翘惊讶地看着卓智，"你不是开玩笑？"

"当然不是开玩笑。"卓智不管自己浑身上下还是湿漉漉的，他伸开长臂一把把丁翘搂在怀里，激动地说，"是真的，阿翘，我们找到沉船了！它就在这片海面下面！"

另一边，老杜已经忍不住冲进房间，把睡得正迷迷糊糊的周颖芝拉了出来，欢呼着："JOJO，我们成功了！"

然后，大家便听见一脸迷茫的周颖芝温柔地问："亲爱的，我这是在做梦吗？"

老杜欢快地说："是，我们的美梦，终于要成真了！"

原来，卓智潜到水下30米左右时，发现海底表面有些破网，因为年代久远已被海水泡成浮絮，他把那些破破烂烂的浮絮拨开，便看见了浮泥中有几个奇怪的东西，虽历经海水的长期腐蚀已失去了它们本来的颜色，但他能勉强判断它们本来是金属之类的钩子。

"我怀疑那些金属的钩子，极有可能是沉船的顶端。"卓智说，"正在这个时候老杜也到了，于是我们一起把浮泥拨开，果然有新发现……"

丁翘和赵莞、周颖芝不约而同地问："发现了什么？"

卓智与老杜相视而笑，老杜骄傲地说："它就是我们要找的那艘船，你们不知道它有多大，噢，比我们这艘渔船可大多了！"

或许是惊喜来得太突然，丁翘这会儿反倒不知道说什么好了，只是对着卓智傻笑。

半小时后，卓智和老杜稍做休息，再次潜入海底，这次，他们不但带了声波定位仪下去，还带了简单的工具用来铲开浮泥。

当晚霞布满天空的时候，卓智和老杜浮上了水面。

他们用塑料袋套着手机，拍下了一些照片。因为船几乎都被泥沙覆盖着，能拍到的只是一点轮廓而已，但就是这样，亦可大致看出这艘船当年是多么雄伟壮观。

更让丁翘惊喜的是，卓智还带回来了一个小瓷碗，碗上的花纹与她在花碗坪看过的古瓷片上的花纹类似。

赵莞和周颖芝都凑过来看，拿起小瓷碗仔细端详，赞叹不已。

丁翘问："这个碗，是在船上找到的吗？"

卓智说："不是，整艘船都被淤泥和沙土掩盖了，贸然用铲子挖，恐怕会破坏船体，所以我们没敢动船上的东西。这个碗，是在船边找到的，料想是船在被海水推着移动的时候，从船上掉下来的。"

丁翘拿出手机，想把碗拍下来发给姚馆长看，这个好消息，必须第一时间跟她分享。谁料当她按下拍摄键，手中的碗已被人拿走，手机只拍下一个模糊的影子。

老杜拿着那个瓷碗，一脸不悦地看着她。

丁翘还以为老杜跟自己开玩笑，说："老杜你怎么了，把碗给我啊，我要拍下来发给姚馆长看，她知道这个消息一定很高兴。"

老杜的脸色更加不好看了，说："这个碗是我和阿智捞上来的，只有我和阿智有权利处置这个碗，我不喜欢你把我的碗随便发给别人看。"

丁翘惊讶地看着老杜："什么你的碗？这个碗虽然是你和阿智捞上来的，但总归是我们国家的，最后总要上交的。"

老杜冷哼一声，举起手中的碗毫不客气地说："你有什么权力决定碗的归属？"

丁翘急了："这碗是在我们国家的海域捞上来的，当然属于我们国家了！"

因为他俩的争执，场面一下子冷下来，气氛有点尴尬，周颖芝见势不妙，忙上前打圆场："你们两个吵什么呢，来，先把碗交给我，我来保管。你们喜欢碗，就明天下水再捞，一人一个，如果还不行，就一人两个、三个！"

丁翘更急了："妈！这碗不能这样处理！"

周颖芝朝卓智使眼色，示意卓智劝劝丁翘。卓智忙上前拉开丁翘，说：“阿翘，别急，有事慢慢商量，别让阿姨为难。”

赵莞也上前劝说：“对对对，这事慢慢再商量，不急。”

那个瓷碗，由周颖芝先收起来了，但事情并未从根本上得到解决，吃晚饭的时候，丁翘和老杜的脸色都不甚好看。

尽管赵莞做了一桌好菜，但气氛还是有点沉闷，大家草草吃过晚饭便散了。

一月如钩，夜凉如水。

丁翘坐在船头的甲板上，看着在夜色中泛着波光的海水发愣。找到了沉船的确切位置本来是好事，可她没有想到会跟老杜起争执。她印象中的老杜，虽然性子有点倔，但绝不是一个贪婪的人，她原以为，老杜跟卓智一样，寻找沉船，不过是为了兴趣，为了一种信念，但现在看来并不是这样，他似乎有把船上的东西据为己有的想法。

有人走过来，坐在她的旁边。不必抬头看，凭那熟悉的气息，她也知道是卓智。

“还在生气？”卓智伸手搂紧她的肩膀，“要不要打我一顿泄愤？”

“要！”丁翘的手打在他的胸前，他的胸精瘦、结实，她的手掌落在上面，可没占着什么便宜，便被他伸手握住了。

他温柔地说：“好了，打也打了，还生气吗？”

丁翘负气地说：“都怪你！”

卓智好脾气地笑：“当然怪我，怪我没提前跟老杜说清楚这个问题，可是我以为找到这沉船，总得要好几年，哪里想到这么快就找到了。”

丁翘被他逗笑了，说：“那你说该怎么办吧。”

卓智轻声说：“你想啊，老杜是你的继父，如果你跟他闹得不愉快，你妈夹在中间会很尴尬。老杜这个人呢，你也知道，他有时候很倔，但有时候也很孩子气。我跟你妈商量过了，就先缓几天，这几天呢，我再潜入海里搜集更多的信息，你妈也会利用这几天，好好劝劝老杜。过了这几天，就什么事情都解决了，放完假，你就可以把这事报告给姚馆长处理了。”

丁翘没想到他把事情都安排好了，心里有点感动：“嗯。”

卓智说：“老杜那个人你也知道，他不会记仇，这几天你当没事一样就行了，好好度假。”

“嗯。”

“你们两个，吃绿豆糖水喽！”赵莞用托盘端着几碗糖水走过来。

广东人称甜汤为糖水。绿豆糖水是广东人的下火神器，尤其是在秋燥的季节，吃一碗绿豆和陈皮、冰糖熬制的糖水，既可降火又能治馋虫，丁翘一直非常喜欢。

一人端了一碗糖水吃起来。丁翘说：“我妈呢，他们吃了没有？”

赵莞说：“放心好了，已经端去他们的房间了，在吃呢。”

丁翘由衷地表扬她：“贤惠！”

吃完糖水后，赵莞说什么也不愿意进卓智的“宿舍”睡觉，执意要在小会客室的木沙发上睡，丁翘说：“真的没关系啊，房间里有几张床，你挑一张睡，不会影响阿智的。”

赵莞嘴角带笑，说：“我知道不会影响阿智，但会影响你啊，我这么大一个电灯泡待在房间，你想要搞点什么小动作，就下不了手了。”

一句话把丁翘说得哭笑不得，只好让她抱了被子和枕头出去睡。

待卓智简单洗漱完毕，回到房间时发现丁翘已经在床上睡着了，他有点奇怪，这个野猫子，怎么这么早就睡着了？

像是受到感染般，他突然也觉得自己困倦得很，便上了床，小心翼翼地躺在丁翘的身边，唯恐惊醒了她。

碌架床本来就不宽敞，两个人挤在一起是狭窄了些，但只有这样才能搂着她睡觉呀，卓智心满意足地闭上眼睛，在海浪的拍打声中进入梦乡。

他们哪里知道，这一觉醒来，一切都发生了变化。

第三十四章
你仅有一个选择

半梦半醒间，丁翘似乎听见微微的喘息声，陌生而压抑，带着一种不安全感。

那不是卓智的气息。

除了卓智，还能有谁靠得这么近？卓智去哪儿了？

丁翘竭力想睁开眼睛，但浑身乏力，手脚似乎都被禁锢了。她想起了一年前的夜晚，也是在海上，她被吕仁一伙捆住手脚不得动弹……现在的感觉，跟那时候是一模一样的。

不，不可能，一定是做噩梦了！丁翘奋力扭动，张嘴大叫，听说只要叫出声来，梦魇就会破解，身上的一切束缚就会被打开……

她努力地大声地叫了一声："啊！"几乎就在同时，她竭力睁开了眼睛。

屋里强烈的灯光刺激得她迅速地合上了眼睛，后来半眯着眼睛，好不容易适应了屋里的光线，才发现床前坐着一个人。

江盛。

不，一定是做梦了，丁翘心里嘀咕着，闭上眼睛，过了好一会儿才睁开。

依然是江盛。

他坐在她床前，五官依然是那么好看，连笑容也是那么亲切，跟以前一模一样，好像在他身上，不曾发生什么变故。

“你醒了？”他的语气依然是那么温和，似乎他们昨天才见过面。

反倒是丁翘有点惊讶，结结巴巴地问：“江盛，你怎么……在这儿？”她坐起来，环视四周，“阿智，阿智去哪儿了？”

江盛默默地看了她好一会儿，才轻描淡写地说：“死了。”

丁翘震惊地盯着他，心里涌起不祥的感觉，她尖叫起来：“别跟我开玩笑！阿智呢？他去哪儿了？”

不等江盛回答，她便一把推开江盛，连鞋子也来不及穿，赤着脚想往外奔，却发现门已被锁上了。她回过头，看见江盛拿着一把钥匙，站在那里冲着她笑。

丁翘扑过来抢他手中的钥匙，他摇摇头，像是看着一个不争气的孩子：“别闹，你坐下来，好好说。”

丁翘无奈地坐在他之前坐过的椅子上，江盛背靠着碌架床站着，语气突然又变得十分温和，说：“阿智没事，他很好，你放心好了。”

丁翘不相信地盯着江盛的眼睛看了好一会儿，见他的表情不像是说谎，才稍微放心了一些：“我妈呢，我妈怎么样了？”

江盛脸上浮起一丝怪异的神色，但马上又恢复了正常，说：“你妈也很好啊，只要你不闹，所有的人都不会有事。”

他脸上稍纵即逝的怪异表情令丁翘十分生疑。以老杜那倔强的性子，他绝不会甘心屈服于他人，定会拼命反抗，恐怕会连累她母亲，这样一想，她更加忐忑不安，连声追问：“我妈呢？她在哪里？我想见她！我必须要见了她才放心！”

江盛淡淡地说：“我们只想要东西，不会伤人。”

丁翘马上明白了，原来他是冲着沉船上的宝贝而来。卓智和老杜这几个月为了寻找沉船殚精竭虑，却没想到螳螂捕蝉，黄雀在后，原来江盛一直在暗中窥视着他们。

丁翘叹了一口气，她曾经很担心江盛，一个自小养尊处优的人，突然遭受这么大的打击，她以为他会找个谁也不认识的地方重新开始生活，却没想到原来他一直就在身边暗中窥视着他们，而且他跟他的父亲一样，固执地一条黑道走到底。

坐以待毙不是丁翘的性格，只要一息尚存，她就会努力谋划自救的办法。她放软了声音，说："江盛，我想见一下阿智和我妈，可以吗？求你了。"

江盛没有说话，过了好一会儿才说："那你也答应我一件事。"

丁翘问："什么事？"

江盛说："跟我走，去国外生活。"

丁翘看着江盛，他的脸色很平和，不像是开玩笑的样子，丁翘心里便涌起了反感，说："你这是什么意思？"

江盛似乎并不介意她的语气，依然温和地说："我从一开始就喜欢你，你是知道的。"

丁翘脸上浮起一丝讥笑："所以，你就把我的手机藏起来，然后送了一个安装了窃听软件的新手机给我，一个不够，还要送两个？"

江盛淡淡地说："过去的事不必再提，总有一天，你会理解我。如果你愿意跟我在一起，我会很高兴；不愿意，我也不会勉强你，只不过我现在不会答应你提出的要求而已。"

说罢，他便站直了身子，朝门口走去，边走边说："这房间的窗已从外面封好了，你没必要费工夫想着逃出去，好好地待在房间里睡觉更好。另外，我们的人很多，如果你不想有什么意外，最好还是配合一些。"

丁翘眼睁睁地看着他用钥匙开了门，走了出去，然后又用钥匙从外面反锁了门。

脚步声越来越远，丁翘恼怒地一脚踢在凳子上，那凳子竟然也没倒，她更加生气了，双手举起凳子砸在门上，那门依然坚实得很。

奇怪的是，她在屋里闹出这么大的动静，居然也没有人来过问。她查看窗户，果然如江盛所说的那样，从外面被封住了。在房间找了个遍，也没找到手机，应该是被他们拿走了。

无计可施，丁翘只好悻悻地爬上床躺着，她知道，气急败坏于事无补，最好的办法是养精蓄锐，伺机反击。

最值得庆幸的是，江盛不是像吕仁那样的亡命之徒，他很清楚地知道自己的目的，只想夺宝，不想要命，最起码可以保证卓智和妈咪等人的人身安全……奇怪的是，为何江盛如此迅速地知道了卓智找到了沉船？而且，卓智是那样一个警惕的人，按说，如果有船靠近，卓智应该会有所察觉，为何他们能神不知鬼不觉地登上船？

太多的不解，令丁翘辗转反侧无法入睡。

也不知道过了多久，更不清楚现在是白天还是黑夜，因为门窗都被封实了，外面一直很静，静得令丁翘都怀疑外面到底还有没有人。

终于，她听到外面传来了动静——有人拿钥匙在开门。

丁翘一骨碌坐起来，盯着门口，很快，门被打开，赵莞出现在门口，手中端着一个托盘，托盘上有饭菜。

丁翘心里一喜，突然发现赵莞身后还跟着一个陌生的男人，那男人正警惕地盯着她看，她心里顿时凉了半截。

赵莞把饭菜端进来，放在床附近的小桌上，从她的脸上，看不出悲或喜的表情。

丁翘心里想，一定是江盛知道赵莞厨艺不错，所以干脆让她给大伙做饭，这么说来，赵莞的行动是自由的，可以想办法让她给阿智传达消息。

赵莞把饭菜放好，说：“阿翘，吃饭吧。”说罢她便掉头要出去，丁翘知道她被门口的男人监视着，当然不好说什么，但她不愿意放过这个机会，突然心生一计，捂着肚子痛苦地说，“老赵，我肚子疼，很疼！”

赵莞迟疑了一下，看了门口的男人一眼，说：“怎么了？”

丁翘故作难为情地说：“你过来，我跟你说。”

等赵莞走到身边，丁翘故意压低嗓音，但刚好又能让门口的男人听到：“我肚子好疼，估计是生理期提前了，你能帮我去叫我妈拿卫生巾吗，我知道她那里有。”

赵莞微怔了一下，说：“我记得你的生理期上周刚完，不可能又来，你可能是太紧张了。”

丁翘几乎气晕了，这个死老赵到底是怎么回事？难道连这个都听不懂？她朝赵莞连连眨巴着眼睛，希望她能心领神会，谁料赵莞却不看她的眼睛，只是自顾自地说：“你妈很好，阿智也没事，你放心好了。”

赵莞说完便朝门口走去。

一股寒气突然从丁翘心里升起，为什么赵莞不敢跟她对视？就在那一瞬间，一个异常不好的想法从她脑中涌出来，她激动地大声问：“赵莞，是不是你？”

赵莞似乎怔了一下，站在那里没动，过了一会儿，她慢慢地回过头来，没有说话，只是默默地看着丁翘。这次，她目光坦然地看着丁翘。

丁翘马上明白了，真是她：“怪不得我昨晚吃了绿豆糖水就困得想睡，是你在糖水里下了药，是不是？”

赵莞依然没有说话。

丁翘激动得浑身发抖：“为什么？你为什么要这样做？难道我对你还不够好？你为什么要这样害我们？”

“我没有想害你……”赵莞似乎想解释什么，后来还是放弃了，只是嗫嚅着说出三个字，“对不起。”

丁翘气得哭了：“你现在说对不起有什么用？你知道他们会怎样做吗？他们会把沉船上的古瓷全部偷走！一个也不会留！你知道阿智为了寻找这艘沉船多么辛苦吗？整整几个月，他都在这船上熬！他为的是什么？就是为了有一天，能把沉船捞起来，能让几百年前的宝物重见天日，能让后来的人知道我们的祖先是多么伟大！”

赵莞怔怔地看着丁翘，眼睛也湿润了，她说：“那你知道我想要什么吗？我也想跟你一样，有自己的房子，有一个爱自己的人，偶尔也可以去美国度假，可以仰望西雅图的天空！”

丁翘不可理喻地看着赵莞：“所以，你就伤害我们？”她一字一句地说，“为了你的目的，哪怕是一直把你当成亲人的好朋友，你也要出卖？”

赵莞叹了一口气，语气出奇地平静："你不是我，你不会知道，我今天能跟你一样，在报社做个小记者，就要付出比你多十倍的努力，但是，就算我付出比你多百倍的努力，也不一定有机会去美国见识西雅图的天空，你不是我，你不会懂！"

丁翘只觉得心好痛，从大学到现在，她一直视为至亲的好闺密，竟然会是这样一个人，她噙着泪水问："我一直觉得你很努力，很上进，我也一直把你当成姐妹看待，你有想法有追求，可以凭自己的努力去争取啊，为什么要以这样一种方式？"

赵莞冷笑："我争取？我凭什么争取？你永远都不会懂，因为你想要什么都可以！你知道两手空空的滋味吗？不！你不知道！你可以拒绝一切你不想要的东西，因为就算你拒绝了，还会有人硬塞到你手上，但是，我没有！命运给我的可能仅有一次机会，我必须紧紧抓住它！"

丁翘不怒反笑："你所说的机会，就是江盛？你可知道，就在这个房间里，就在你进来之前不久，江盛跟我说，他希望我跟他一起去国外生活。难道你就甘心把自己的一辈子托付给这样的人？你就为了这样一个人，牺牲我们多年的友情？"

赵莞笑了，笑得无奈而凄然："他喜欢你，那还不是正常的吗……我不介意，只要他答应我的事能帮我办成就行。"

丁翘惊讶地看着她："他答应了你什么事？跟你结婚？"

赵莞又笑了，那笑容陌生得令丁翘心里发冷："你以为我对爱情还抱有幻想？对我来说，爱情是奢侈品，只有你们这样的人才配拥有！"

丁翘盯着她的眼睛不放："江盛到底答应了你什么事？"

赵莞静默了一会儿，坦荡地说："他答应了帮我办出国，给我足够的钱在美国体面地活着！"

丁翘一时无言以对，只是怔怔地看着赵莞。

赵莞又说："其实，你跟江盛才是最合适的。"

直到赵莞走了出去，丁翘还是反应不过来。后来，她才明白赵莞为什么这样说，可是当时，她却不晓得，赵莞为什么出卖了她，却不敢彻底得罪她。

赵莞走到门口，一直在门外等候的男人等她走出去，正要拉上门，丁翘突然猛喝一声：“等一下！”

趁那男人和赵莞尚未回过神来，丁翘眼疾手快地拿起桌上的饭碗朝那男人砸去，男人来不及反应，那碗饭就堪堪砸在他的脑门上，迅速落地开花。那男人受痛，只顾捂着脸嗷嗷大叫，丁翘迅速拿起桌上的汤碗朝赵莞砸去，汤水在空中全洒落在地，碗却径直朝着赵莞飞过去，赵莞吓得惊叫一声，抱头蹲在地上。

丁翘乘机从门口冲了出去，那个男人龇牙咧嘴地指着她：“你别跑！”

说来也怪，尽管这里弄出这么大的动静，竟然没有人来支援，丁翘一口气跑到母亲和老杜的房间，房门虚掩着，推开门，里面空无一人。

回头一看，那个男人和赵莞正在朝这边走来，丁翘急了，继续往前走，很快，到了卓智的办公室，从外面就可以看见，门敞开着，里面也没有人，奇怪，他们被关在哪儿了呢？

丁翘暗暗纳闷，一直往前跑，心里想，一定要找到卓智和母亲，只有见到他们，知道他们是安全的，她才能放心。只是整艘船好像都空了，除了他们三个人的脚步声，再没有别的声息，她心里涌起不好的预感：难道卓智和母亲、老杜被他们带去了别的地方？还是，他们已经遭遇了不测？

一股说不出的恐惧，令丁翘大声呼叫着：“妈！阿智！你们在哪儿？妈！阿智……”

后面的男人步步紧逼，丁翘心里发慌，走到一个门口时，她毫不犹豫地便冲了出去——那是通往甲板的路。

外面的阳光很猛烈，晃得让人眼睛发虚，船头甲板上却传来喧哗声，所有人的目光，都被海里的几个人吸引了，谁也没有留意刚冒出来的丁翘。

怪不得船里静悄悄的，原来人都集中在甲板上了。

丁翘不由得朝海里多看了一眼，心里一沉，海里的几个男人似乎在合力追赶一个人，而那个人，可不正是卓智。

原来阿智没有被他们控制住！丁翘心里有点兴奋，但马上又难过起来，现在的状况，其实也没好到哪里去。那几个精壮的男人看上去水性极好，他们训练有素地围成一个包围圈向卓智靠拢，卓智挥动着长臂拼命地划水，嘴里发出声音："啾啾啾，啾啾啾……"

丁翘知道他在呼唤白海豚，不由得暗暗祈祷，希望那些人不知道阿智的意图，希望他游得更快更远，希望白海豚能快些赶到，在那些人靠近他之前把他带走……

甲板上有人气急败坏地嘶叫："快，快，快抓住他！他在呼唤海豚，你们快抓住他，别让他跑了！"

丁翘定睛一看，那个人竟然是江盛，因为太激动，他的五官像是变形了，声音也不像他平时的声音，原来贪婪与罪恶能令一个人变丑。

海里那几个男人更加拼命地朝卓智游去，卓智奋力向前，嘴里依然呼唤着海豚，江盛恼羞成怒，大声说："你们倒是快点呀，不要让他跑了！谁抓住他奖励10万！"

重赏之下，必有勇夫。话音未落，船上又有两个精瘦的男人跳进海里。眼看那些人快要追上卓智了，丁翘也顾不上害怕了，冲到甲板上，对着江盛大声说："你不是说只要东西，不会害人吗，为什么这样对阿智？"

江盛转过身，看见是她，脸色微变，说："不是让你在房间里待着吗，怎么跑出来了？"

丁翘盯着他的眼睛，冷静地说："你不能言而无信，叫你的人上船，放过阿智。"

"不可能！如果我放了他，他就会被海豚救走，然后出去报警，这一套，你们已经很有经验了，我不会上当。"

"那你想怎么样？"

江盛说："你们必须一直待在船上，直到我们把东西运走，只要我们出了公海，自然会报警让人来救你们。"

说话间，海里突然涌起了波浪，在众人的惊呼声中，一条白海豚正朝这边游来，它活泼地扑腾着水花，偶尔把圆滚滚胖乎乎的身子飞跃至浪尖，似乎在寻找着呼声的来源。

海里的卓智也发现了海豚的身影，他更加奋力地向前游，更加大声地呼叫着海豚。很快，海豚游到了他的身边，他双手抱紧海豚的头，身子猛地一跃，整个儿跨上了海豚的背。

船上的人惊呼连连，海里追赶卓智的几个汉子像是被惊呆了般，眼巴巴地看着卓智骑上了海豚的背，却束手无策。

丁翘高兴地挥手，呼叫着："阿智，快跑！快回去！快！不要回头，不用担心我！快走！"

卓智似乎听到了这边的声音，极力朝甲板上张望，几乎就在同时，江盛突然把丁翘推到前面，大声说："卓智，你现在仅有一个选择！"

丁翘正奇怪他这话是什么意思，江盛突然在她背上猛地一推，她便一头栽进了大海里。

丁翘虽然也有水性，但经不起对方突然袭击，而且是脑袋朝下一头栽倒在海里，又苦又涩的海水立即从她的嘴里、鼻子里冲灌进来，她在水里挣扎了好一会儿才勉强稳住身子。因为穿着长衣长裤，她划动波浪时很是不便，只一会儿便感觉乏力。

疯了，江盛已经疯了！丁翘在心里暗自叫苦，如果江盛不让人把她救上来，她在海里折腾不了多久的，难道自己今天就要死在海里了？唯一值得欣慰的是，阿智走了，只要阿智能顺利脱身，沉船上的宝贝他们就带不走，江盛也跑不了！

阿智，看来我今天是活不了啦，如果我不在了，你就把我忘记了吧。

如果你不记得我了，我可能也会难过，可是如果你老是想念我，为我伤心，我会更加难过。

我不在了，你能帮我好好照顾我妈吗？我妈没有了女儿，你也早就没有父母了，要不然你就把我妈当成你妈吧。

阿智，我有点累了，这海里好舒服，像是家里软绵绵的床，我想睡一会儿，就睡一会儿……

就在丁翘闭上眼睛的时候，突然感觉有人张开双臂，把自己紧紧地抱住了，她不敢相信地睁开眼，看见一张熟悉的脸。

她伸手狠狠地打向那张脸，带着哭腔说：“你傻呀，你怎么又回来了！你快走呀快走呀！我不用你管，你快走呀！”

卓智轻轻地吻向她的唇，他的唇温热，带着海水的味道，又咸又涩。

他紧紧地抱着她，从未如此用力过，他说：“我走不了啊，我只有一个选择。”

丁翘默默地注视着他的眼睛，泪水流了下来。

不远处，那些精壮的汉子正在海浪中挥动着手臂，朝他们慢慢地围拢过来。

第三十五章
为什么是你

门被重重地关上了，紧接着是钥匙扭动门锁的声音，门被反锁了。

丁翘和卓智相对苦笑，江盛现在是吃一堑长一智，不但把他们的手脚都捆住了，而且连门都反锁了，他们要出去，几乎是不可能的事。正如江盛之前所说，等他们把沉船里的宝物捞光，然后逃出公海，才有可能通知警方来解救他们。

不过从江盛刚才那么狠毒的举动来看，丁翘已经不相信他的话了，她甚至怀疑，江盛正巴不得把他们困在船上，让船随波逐流，让他们慢慢地等死。

这一招，吕仁也对他们用过，但是那一次，起码他们的身体是自由的，而这一次，他们的手脚被捆，两个人各靠着一根床柱坐在地上，连门口都出不去。丁翘重重地叹了一口气，难道真的要坐以待毙？

卓智虽然手脚被捆，但脸上毫无沮丧之气，他安慰丁翘："别担心，咱们总会想到办法的。"

"是赵莞出卖了我们，她在绿豆糖水中放了药。"

卓智似乎并不意外，说："我也猜到了是她，昨晚我们吃了绿豆糖水后就犯困，当时我已经有点奇怪了。”

原来，卓智醒过来的时候，发现自己被关在工作室里，窗户已从外面被钉死，他找来铁丝伸进锁孔中，成功开了锁。可是他一走出去，便被江盛的人发现了，他当然不肯束手就擒，便趁那些人不留意跳进海中。

“原本我是想唤来海豚带我上岸去报警的，但是没想到，我刚游出去不远，一艘巨大的抓斗船便朝这边开过来，船上有人发现了我在海里。”

丁翘惊讶地问：“抓斗船？抓斗船是做什么用的？”

卓智说：“这抓斗船是用于深海挖掘、水上重物吊装的。”

丁翘吃惊地问：“他们想干什么？”

“他们会把抓斗伸进深海中，直接往船上抓，抓到什么就弄上来。”

丁翘失声惊呼：“那怎么可以？船上是易碎的古瓷啊，被抓斗这样一抓，不要说古瓷碎了，就是古船也会被抓烂吧？”

卓智苦笑：“对这些唯利是图的人来说，这不是他们关注的问题，只要能抓上来，总归有几件是好的，一件就可以卖出天价了。”

丁翘愤怒地说：“不能让他们这样干！”

卓智默默地点头，但苦于自身被困，现在什么也不能做。

外面传来机器的轰鸣声，卓智倾听着，皱眉：“他们开始作业了！”

丁翘激动地扭动着身子，想借助惯性凑近卓智：“来，我们努力靠近一点，看我能不能为你解开手上的绳索。”

卓智突然眼前一亮，说：“有了！”

丁翘看着他兴奋的表情，惊讶地问：“有什么？”

卓智压低了声音，说：“我记得以前收拾这个房间的时候，在桌子抽屉的角落里看见过一块锯片。”

丁翘看了桌子一眼，距离床不过几步远，她惊喜地说：“快去找找看。”

“嗯。”

借助着床柱的助力，卓智把被捆得严严实实的双腿弯曲，背靠着床柱慢慢地站了起来。因为双腿被绳索捆在一起，他无法走路，只能蹦跳着凑近桌子——可是因为双手在后面被捆死了，他只能背向着桌子，艰难地用手指把抽屉拉出来。

这时候丁翘也颇费周折地站起来了，蹦跳着过来，把脑袋凑近抽屉看："看到了，锯片在左边的角落里，对，就是那个方向，再往里一点……小心，锯齿在右边……"

在丁翘的配合下，卓智终于小心翼翼地把锯片拿到手中。可是，两个人的手都被捆在背后，怎样利用锯片把绳索弄断是一个难题。

丁翘说："你拿着锯片只管朝我手上锯，如果锯中了手我就叫你停下来……"

卓智吓了一跳，说："那可不行，要锯也是你锯我，我皮厚肉粗，不怕。"

丁翘无奈，只好背靠着卓智，用手指接过他递过来的锯片，战战兢兢地朝卓智的手腕间靠近。

"锯到了没有？疼吗？你疼千万要说话，不然我会把你的手锯断的……"丁翘提心吊胆，锯片还未靠近绳索，她自己就吓了个半死。

卓智觉得这样不是办法，便说："你拿着锯片不要动，我把手凑近锯片慢慢磨，我自己掌握方向和力度，反而更好。"

"好。"

两个人背对着背，卓智把双手伸向锯片，绳索紧紧地勒在双腕间，试了几次，锯片还未接触到绳索，他的手腕已被锯伤了几道口子，因为不想让丁翘担心，他硬是咬着牙不哼声，如此往复再三，终于掌握好角度。

听到锯片跟绳索摩擦的声音，丁翘激动得连手都发抖了，过了一会儿便听见卓智说："好了，断了！"

丁翘激动地说："太好了！"

双手获得自由的卓智来不及解开自己脚上的绳索，便先给丁翘解开手上的束缚，丁翘说："别解了，直接用锯片锯断它吧。"

卓智说："不，这个绳索还有用。"

很快，两人手上、脚上的绳索都解开了，丁翘舒了一口气，说：“现在怎么办？冲出去我们也不是他们的对手……”她忧心忡忡地说，“我一直没有看见我妈，以老杜的脾气，不可能不反抗，我担心他们已经出事了……”

她的语气中带着哭腔，卓智双手捧起她的脸，在她额头上亲了一下，说：“傻瓜，在事情未发生之前，乱想只会增加心理压力，对事情没有帮助，来，你听我的，好吗？”

丁翘信服地点头：“好。”

10分钟后，两人双手双脚又恢复了被绳索捆住的状态，当然，这只是假象。丁翘依然靠在床柱的位置，卓智则挪到门口，用捆在一起的双脚狠狠地踹门。

门被踹得砰砰作响，很快，外面传来了脚步声。

有钥匙插进锁孔的声音，门被打开了，门外站着赵莞。

或许是因为他们的手脚都被捆住了，对方降低了警惕，那个男人并没有跟随过来，只有赵莞一个人。

赵莞问：“你们两个有什么事吗？”

丁翘说：“把江盛叫来，我们有话跟他说。”

赵莞迟疑了一下，说：“有什么事跟我说吧，我转告给他。”

卓智不容置疑地说：“这事你做不了主，还是叫江盛来吧，误了大事对谁都不好。”

赵莞犹豫着，似乎在考虑卓智话中的真假，丁翘说：“我们现在都这个样子了，还能怎么样呢，你快去把江盛叫来吧。”

赵莞点点头：“好吧，你们等一会儿。”

赵莞关上门，临走时还不忘用钥匙把门反锁了，卓智与丁翘交换了一个坚定的眼神，对即将到来的机会充满信心。

过了10多分钟，赵莞带着江盛来了，江盛的脸被太阳晒得红通通的，估计刚才正在甲板上作业。

江盛没有进屋，站在门口看着他们，说：“你们两个找我有什么事吗？”

丁翘抬起眼眸，看着江盛说：“是我找你。”

江盛似乎有点意外：“你找我有什么事？”

丁翘睨了门口一眼，说：“你关上门吧，这件事情，我不想让不相干的人知道。”

很明显，这句话是针对站在门口的赵莞了，江盛知道丁翘对赵莞有意见，于是便朝赵莞挥挥手：“你走吧，这里有我就行了。”

赵莞晃晃手中的钥匙，似乎有点为难：“你不是说……”

江盛接过赵莞手中的钥匙：“没事，你走吧。”等赵莞走开了，他便顺手关上门，走过来看着丁翘，“什么事，说吧。”

丁翘说：“我知道你们正在用抓斗抓捞海底的文物，但有个秘密你可能还不知道，咱们做个交易吧。”

江盛的神色变得凝重起来，走到丁翘面前：“什么秘密？”

“这个秘密是……”丁翘抬头看了江盛一眼，不满地说，“大家毕竟也算是朋友，你站着居高临下地跟我说话，让人很不舒服，等我站起来说。”

因为她双手双脚都被束缚着，弄了半天都站不起来，江盛说：“算了，你也别站了，我蹲下来跟你说吧。”

说罢，江盛便蹲下来，看着丁翘说：“现在可以说了吧。”说音未落，他便察觉一根利器架上了自己的脖子，他正想反抗，便听见卓智低沉的声音：“你动一下，这锯片就会拉开你脖子上的大动脉，如果你不想死，最好不要乱动，不然，谁也救不了你。”

江盛懊丧地放弃了抵抗，其实他本不是一个大意的人，只是以为丁翘和卓智的手脚都被捆得严严实实，所以才放松了警惕，而且当时他的注意力全被丁翘吸引住了，万万没想到卓智会在背后突然发难。

当着江盛的面，丁翘轻而易举地把自己手腕上和脚上的绳索全部扯开，然后，拿绳索把江盛的双手捆到背后。

卓智把锯片紧紧地贴近江盛的脖子，一手推着他，说：“走，出去！”

江盛慢慢地挪动着步子，说：“你们想干什么？”

卓智说："出去你就知道了。"

卓智比江盛稍高一些，再加上有利器在手，江盛便显得越发萎靡了，卓智推着江盛朝前走，丁翘紧跟在他们后面。

很快，船上的人发现了情况有异，几个精壮汉子慢慢地围上来，其中的一个汉子说："你快放了盛哥，要不然我们一拥而上，没你们的好果子吃！"

丁翘心里有点紧张，却听见卓智不慌不忙地对江盛说："叫你的人全部退出这艘船，回你们的船上去！"

江盛说："这个我做不了主。"

卓智手上用力，说："这锯片一旦切开你的大动脉，就算你有再多的钱也活不了了，你这些兄弟打架可能厉害，但救人估计不行。"

那锯片与皮肉接触，江盛只觉得脖子上一阵刺痛，吓得肝胆俱裂，大声说："你们退开，快退开！"

那几个精壮汉子面面相觑，不知道这个退开是怎么个退开法。卓智冷静地说："你叫他们退回到你们原来的船上去，一个也不许留，还有，把阿翘的妈和老杜放出来，我们要开这艘船回去。"

江盛静默了一下，说："那你什么时候放我走？"

卓智说："等我们回去报完警的时候。"

江盛恼怒地说："你这是想置我于死地！我不干！"

卓智冷冷地说："你现在有什么资格跟我讨价还价？反正如果我死了，也是一定要拉你垫背的。"

江盛半晌没有说话，似乎在考虑着什么，卓智说："快！叫你的人滚去别的船！把我们的人带过来！"

江盛无奈地朝那几个男人挥挥手："你们走吧，回头让人把老杜他们带过来。"

那几个男人看了卓智一眼，悻悻地走了。

卓智押着江盛走到驾驶室附近的会客室，从这里可以看见甲板上的动静。很快，他们看见有人带着周颖芝和老杜从另一艘船上走出来，踏上两船之间架设的木板，朝甲板上走来。

怪不得一直没看见周颖芝和老杜，原来他们被带到别的船上去了。丁翘看见母亲平安无事，不由得又惊又喜，劫后余生，令她心里既庆幸又激动，不由得双眼通红，冲上去跟母亲和老杜拥抱。

卓智对江盛说："让你们的人都撤出这艘船！"

江盛朝来人挥挥手，很快，其他的人都撤到了另一艘船上，卓智的脸色才渐渐变得平和。

老杜走过来对卓智说："累了吧，来，把这个人交给我。"

卓智点点头，示意老杜站过来，把手中的锯片交到老杜手中，他心里想，一会儿要把江盛关进一间屋子里，也要把他的双脚用绳索捆起来，然后迅速开船离开这里，一分钟也不能耽误……

就在卓智把喜极而泣的丁翘搂在怀里的时候，老杜用锯片飞快地切断了江盛手腕上的绳索，江盛如闪电般冲出小会客室。待卓智发现这一变故时，江盛已踏上了两船之间架设起来的木板，上了另一艘船。

几乎就在同时，周颖芝关上了会客室的门。老杜把手中的锯片扔到了窗外，那锯片闪着光在空中画出一道弧，很快便沉入了大海中。

一切发生得太快，丁翘和卓智都呆住了。

四双眼睛对着四双眼睛，屋里一片寂静。

这是怎么回事？妈咪和老杜是不是受打击太大疯掉了？

一个非常不好的想法涌上丁翘的心头，可是她不愿意相信，她愤懑地盯着老杜，大声说："你为什么要放他走？你知道放走了他，我们就走不了了吗？你这样会害死我们的！"

老杜不以为意地耸耸肩："阿翘，你冷静一下，事情没你想的那么严重，江盛是我们的人。"

虽然已经有预感，但丁翘还是不愿意相信，她一巴掌甩在老杜的脸上，尖叫起来："你骗人！你一定是上了江盛的当，是不是江盛给你钱了？"她又扑到母亲身边，把她从门边推开，回头对卓智说，"阿智，快，咱们开船走……"

卓智痛苦地看着眼前的一切，来不及了，透过窗户，可以看见几个体格壮实的男人登上了这艘船，很快便占据了驾驶室等有利位置，他们走不了了。

“够了！”周颖芝突然厉声喝止丁翘，“你不要再吵了！”

丁翘可怜巴巴地说：“妈咪，你告诉我这不是真的，你们只是开玩笑，是不是？老杜只是不小心放走了江盛，是吗？”

周颖芝冷静地说：“阿翘，你已经长大了，不要再孩子气了。”她伸手抚摸丁翘的头发，温柔地说，“江盛，只是帮我们干活的人。”

丁翘的泪水潸然而下，她不敢相信地看着母亲，声音嘶哑地说：“为什么是你，为什么？你不是在国外做生意吗？为什么要做这种事？你会成为国家的叛徒、民族的罪人……”

极度的悲伤与绝望，令丁翘几乎站立不稳，卓智走过来把她揽在怀里，两个人看着周颖芝，像看着一个陌生人。

周颖芝也看着他们，脸上是讥讽的笑意，她冷哼着说：“只要我的生活过得好，我不介意成为罪人，更何况，只要我不站上宣判台，就没有谁能定我的罪！”

丁翘凄凉地说：“妈，你怎么会变成这样？如果沉船上的古董都毁在你手中，你怎么对得住这个国家？我家世世代代都会因此蒙羞，我，还有我的孩子都会一辈子抬不起头，我……”

周颖芝厉声打断了她的话：“够了！别跟我提什么国家民族，我不在乎！当我一个人要撑起一个家的时候，谁来怜惜我？当我在国外困苦度日的时候，国家可没有帮我照顾我年迈的母亲和幼小的女儿！你知道我刚到美国的时候，过的是什么日子吗？如果不是因为放不下你和你外婆，我根本撑不下去！如果不是遇上老杜，我也不会有今天的生活，你可能连大学都读不起！”

丁翘痛苦地说：“但这不应成为你出卖国家利益的理由！你可以找份工作，过踏踏实实的生活。”

周颖芝恨铁不成钢地看着丁翘：“阿翘，你已经是大人了，怎么还这么幼稚？什么叫踏实的生活？踏实的生活就是银行卡里有钱！人家赵莞就比你聪明得多！你该长大了！你听妈的，这次捞起的宝贝，足够我们几代人过上安稳的好日子，你也别当记者了，妈帮你们办理来美国的手续，以后咱们就在美国生活……”

丁翘摇头：“我不觉得这样的生活就叫好日子，我不会跟你去美国。”她停了一下，“还有，你怎么跟江盛这样的人合作？你可知道，他今天为了阻止阿智离开，故意把我推进海里，差点害死了我！我是你唯一的女儿啊！”

周颖芝淡淡地说：“过程不重要，关键是结果，结果是你并没有生命危险，而且他也不可能看着你死，他只不过是赌阿智救不救你而已，结果他赢了。”

听她的语气，似乎她不但不怪江盛，反而挺欣赏他的计谋，丁翘彻底无话可说了。

周颖芝把目光投向卓智：“阿智，阿姨知道你是一个聪明的孩子，你劝劝她。阿姨这么冒险地做这些事情，为的是啥？还不是为了你们？阿姨知道你也是一个苦孩子，但是以后你不会再苦了，你会过上人上人的生活。”

卓智像是被说动了，说：“阿姨，我会和阿翘好好商量一下。”

周颖芝松了一口气：“那阿姨多谢你了。”

卓智说：“只是，我有件事不明白，江盛他怎么会是帮我们打工的？”

他说的是“我们”而不是“你们”，显然是把周颖芝当成自己人了，周颖芝很是欣慰，说：“不只江盛给我们打工，他爸江浩天也是。”

这下子卓智和丁翘都呆住了。

周颖芝说：“你们俩，一个是我女儿，一个是我女婿，这事迟早都要让你们知道的。”她看了旁边的老杜一眼，“老杜也一直催我跟你们说清楚，只是我担心你们接受不了才一直没有说，我现在就跟你们说吧。”

原来，10多年前江浩天倒卖古瓷碗的时候，在江湖上并没有什么名气，周颖芝回国寻找文物，有人介绍他们认识了。一番交谈下来，两人便建立了合作关系。那时候查得没现在严，后来，江浩天和周颖芝陆续把一些文物以工艺品的名义运到了美国，两人都赚了大钱。

为了长久合作，更是为了安全，周颖芝斥资给江浩天开办企业，原本只是为了提升江浩天的身份，给他镀上一层保护色，没想到他竟然真是一个做生意的好手，把企业经营得蒸蒸日上不说，还成功地把自己包装成一个慈善家的形象，在人际关系上也是左右逢源，办起事来自然是处处绿灯。

“这些年来，我们都赚了不少。”周颖芝说，“后来有一天，他跟我们说，怀疑浪琴湾的海底埋藏着古瓷碗，我们先后给他购买了各种探测工具，还购买了最先进的声呐设备，但一无所获。相对于我们这些年赚的钱来说，这些支出也不算什么，但后来出了吕仁的事后，我就通知他不要再利用声呐在海上作业了，免得引人怀疑，但是他表面答应，背后依然如故。”

丁翘恍然大悟，原来那些先进的声呐设备，竟然是她母亲提供的。

周颖芝又说：“吕仁的事，他处理得很好，为了嘉奖他，也是为了保护他，我们花了本钱，让他跟国际品牌的奢侈品联姻，把他打造成一流的企业家形象。”

丁翘突然想起来，当时江盛在浪琴湾举办的那个高端的宴会，原来背后的策划人，竟然是自己的母亲，怪不得江盛会邀请自己去，怪不得江盛说她是最有资格参加宴会的，怪不得那些人都对自己恭恭敬敬。

无数个念头在丁翘脑袋中乱转，她声音艰涩地问：“所以，你其实早就想把我拉进你们圈子，让我成为你们当中的一员了，是吗？”

周颖芝说：“不错，但是江浩天劝我，说你思想比较单纯正统，不可操之过急，我当时也觉得可以慢慢再说，或者可以安排你进江浩天的企业任职，然后选派你到国外工作。但我没想到的是，吕仁出狱了，而且一次又一次地惹出大麻烦，甚至连公安都惊动了，在这种情况下，我们只能牺牲江浩天了，他也很识趣，为了不泄露更多的信息，什么都认了。”

此话一出，丁翘和卓智都有点吃惊，虽然江浩天主动跟警方合作是他们亲眼所见，但像他那样经验老到的老狐狸，怎么会不顽抗抵赖就心甘情愿地认栽？

卓智忍不住问道：“江浩天为什么这么爽快就认了？”

老杜哼了一声，说：“他没有别的选择。”

丁翘更加好奇了，说：“你们是不是抓住了江浩天的把柄？”

周颖芝淡淡地说：“这个，还是先不说了，以后你们自然会知道。”

丁翘心里一凛，只觉得自己正面对着一个巨大的谜团，这个谜团就像陷阱一样把她困住了，而挖掘这个陷阱的人，正是她的母亲。

卓智笑了一下，说：“不说就不说吧，您都说了，反正我们都是您的至亲，迟早会知道的。”

周颖芝似乎很满意卓智有这样的觉悟，她说：“阿智你是聪明人，跟着我们干，以后你会有更好的前途。”

卓智说：“其实我特别好奇，就因为你们想跟江浩天合作，就投这么多钱给他开办企业，还为他购买这么贵重的声呐设备？”

周颖芝没有正面回答卓智的问题，只是淡淡地说：“工欲善其事，必先利其器，这个道理你不会不懂吧。”

丁翘一句话也说不出，在她的眼中，现在的母亲，是一个完全陌生的人，一个陌生得让她害怕的人。她记得小时候，母亲带着她和外婆一起生活，夜深人静，有时候她被妈妈的哭声惊醒，那时候的母亲，应该很脆弱吧？她不敢吱声，怕母亲会更加尴尬和难过。再后来，母亲想尽千方百计去国外谋生，她的日子过得越来越好，她谈恋爱了，她变得越来越温柔迷人……在丁翘的心目中，母亲是一个事业和爱情同样成功的女人，也是她特别佩服、敬重的人。

但她没有想到，真正的母亲是这样的一个人，而她背后的秘密，更是深不可测，她只觉得脑袋像是裂开了般，不知道该怎么办好。

如果对手是江盛或吕仁之辈，她倒可以肆无忌惮地还击，反正不是你死就是我亡，可现在的对手，是自己的母亲啊，该怎么办，能怎么办？

丁翘心底一片悲凉，从未这么难过，她突然蹲在地上，双手抱头，伤心地痛哭起来。

她一哭，周颖芝和老杜倒不知道怎么办了，愣愣地看着卓智，卓智忙把他们往外推："没事没事，这里有我，我安慰她一下就好了。"

周颖芝和老杜走了出去，关上门。卓智知道，这个小会客室的门是没有锁的，但那又怎么样，对方人多势众，他们俩根本不是人家的对手，而且对手的头子就是周颖芝和老杜，对他们也有了戒心，不可能再搞"擒贼先擒王"的把戏。

卓智伸手拉起丁翘，搂着她说："我的傻姑娘，别哭啦。"

丁翘眼睛中依然泛着泪："你是不是想到什么主意了？"

卓智摇摇头："还没有。"眼看着丁翘的泪水又要流下来了，忙说，"总会想到的，你不要哭了，你哭我也跟着难过，就什么也想不出来了。"

丁翘可怜巴巴地眨巴着眼睛："可是我，还是好难过，我妈咪竟然是这种人。"

卓智沉默了好一会儿，才说："反正已经这样了，我们现在只能把事情往好的方向引导，既然没办法阻止他们打捞沉船上的文物，但好歹咱们可以劝说他们不要使用抓斗，不要破坏了古船和船上的宝贝。"

丁翘点点头："嗯。"

卓智擦去丁翘眼中的泪水，说："振作起来，不要跟你妈硬碰硬，咱们以柔克刚，先劝说他们不要使用抓斗，然后再想别的办法。阿翘，现在知道了背后操控一切的人是你妈，你还愿意报警吗？"

丁翘怔怔地看着卓智，她的眼圈又红了，但是，她坚定而有力地说："我愿意。"

第三十六章

荼薇花的秘密

卓智和丁翘从小会客室里走出来，守在外面的两名男人脸色微变，他们应该收到了周颖芝的指令，知道不能伤害这两人，但又不知道要不要限制他们的行动。

卓智镇定地举起双手，说：“不劳二位费心了，我们已经达成共识，不会再给你们惹麻烦了。”

丁翘也老老实实地说：“我们现在是去找我妈，保证不会生事。”

那两人便微微点头，让开了身子，卓智和丁翘走了出去，那两个汉子也不远不近地跟在他们后面，摆出“我们不会限制你们的行动，但你们也不能脱离我们的监控”的态度。

走到甲板上，两人才发现天空是灰暗的，布满了大片大片的乌云，像是暴风骤雨将至。丁翘记得，天气预报说，这个假期将以雷暴天气为主，从码头出发那天艳阳高照，当时以为天气预报或许错了，现在看来，竟然准确得很。

古人说，天有不测之风云，可是到了科学如此发达的今天，还有什么是不可测的？除了人心。

乌云笼罩着整个海面，四周黑沉沉的。机器的轰鸣声是大海上的唯一生机，它显得那么突兀、不合时宜。丁翘和卓智循着这巨大的声响，穿过甲板，踩过那块架设在两船之间的踏板，上了另一艘高大的轮船。

周颖芝、老杜和江盛等人正站在甲板上，目不转睛地看向不远处的抓斗船。那巨大的抓斗，就像魔鬼的巨爪一般，伸向深不可测的海底，也许它能如他们所愿把深藏在海底数百年的宝藏抓出来，但更大的可能是它们捣毁了沉睡在海底下700多年的古船，把船上的文物也毁掉大半。

卓智和丁翘走向船头，走向周颖芝和老杜站立的位置。所有的人都把视线从抓斗船上收回来，落在卓智和丁翘的脸上。江盛默默地后退了两步，被人拿着锯片贴在脖子上的感觉可不好受，他至今仍然心有余悸。

卓智和丁翘走到周颖芝旁边站着，默默地注视着远处正在作业的巨爪。

周颖芝不动声色地问："你们商量好了？想清楚了？"

卓智应道："嗯。"

丁翘也说："想清楚了。"

周颖芝颇为意外地把目光从远处收回来，落在丁翘的脸上。她对自己的女儿很了解，女儿从小就倔，认定一件事情就谁的话也不会听，而且天真幼稚，疾恶如仇，这也是这么多年来她一直不敢把自己的"事业"跟她细说的原因。

周颖芝不相信她会一下子想通，但是，爱情的力量除外。她知道丁翘爱面前这个男孩，爱得死心塌地，如果他劝她，她真会听的。

周颖芝淡淡地说："说吧，你们是怎么打算的？"

丁翘看了卓智一眼，没有说话。

卓智说："将来阿翘去哪儿，我就去哪儿。"

周颖芝满意地看了卓智一眼，这么说，他们真的都商量好了，她高兴地说："好，好！"

见周颖芝高兴起来，甲板上的人的表情也都变得轻松起来，老杜朝卓智和丁翘伸出大拇指："识时务者为俊杰，你们，是俊杰。"

卓智看着海上正在轰隆作业的抓斗船，说："这样不好，会毁坏船上的文物。"

丁翘也说："是啊，妈咪，你能用别的办法来打捞海底那些宝贝吗？"

周颖芝说："在别的地方，我们会考虑让潜水船潜进海底小心打捞，但在中国的海域，我们不敢冒险，必须速战速决，中国的海警无处不在，我们在别的海域已经吃过苦头了。"

卓智说："但用抓斗来抓，很容易毁坏沉船上的文物，要知道，那些东西都有将近千年的历史，如果被这样毁了，真的挺可惜。"

周颖芝说："这没什么值得可惜的，全世界的海域中，古代沉船不计其数，单是中国历史博物馆水下考古研究中心统计，中国海域至今还沉睡着2000至3000艘古船。"

老杜说："沉船睡在海底就是垃圾，只有把沉船上的宝贝捞起来，它们才有价值。"

丁翘急了，说："妈咪，那些古瓷沉在海底这么多年一直好好的，我们捞取了自己需要的就好了，宋朝的文物价值连城，一件宝贝就足够我们吃许多年的了，干吗要用抓斗抓啊，它们能保存到今天不容易，不要毁掉它们好吗？"

老杜摇头说："阿翘，你还是太年轻了，古瓷最看重的就是珍稀，也就是你们中国人所说的物以稀为贵，如果每件宝物都有几十件或几百件的同款，那么这件瓷器就不值钱了。我们用抓斗把东西抓上来，也只是挑最好的带走，其他的都是要砸碎的，否则它们都流向市场，我们的宝贝就不值钱了。"

卓智和丁翘震惊地看着老杜，不敢相信他竟然说出这么无耻的话，这就是一向标榜喜欢中国的老杜？

面对卓智和丁翘的目光，老杜毫无愧色，耸耸肩不以为意地说："我们一向是这样做的，你们不相信，可以问问JOJO。"

周颖芝似乎并不愿意深谈这个话题，娇媚地朝老杜笑了一下，说："亲爱的，既然我们的女儿不喜欢我们这样做，那我们先缓一缓，叫他们先收工吧。”

老杜惊讶地看着周颖芝：“你说收工？现在？”

周颖芝笑得更加迷人了：“亲爱的，你看这天就要下大雨了，不收工也不行啊。”

老杜抬头看了一眼灰暗的天空，无奈地说：“那好吧。”

傍晚的时候，暴风雨如期而至。

晚饭是赵莞做的，她把饭菜端上来后就自动消失了，估计她也知道丁翘和卓智不愿意看见她。

丁翘和卓智、周颖芝、老杜坐在小会客室吃饭。饭菜倒也丰盛，但也许是因为对赵莞心生反感，丁翘对她做的饭菜便也变得挑剔起来，勉强吃了几口便不想吃了。

周颖芝看出丁翘有心事，饭后便让老杜先回到另一艘船上休息，她说要跟丁翘聊些母女间的话题。现在老杜和周颖芝在江盛的船上睡，卓智心想，除了江盛那艘船条件更好些，还有一个重要的原因，那就是老杜和周颖芝也在提防他们，不愿意跟他们住同一艘船。

老杜离开后，气氛明显轻松了一些，丁翘的话也多了起来，卓智也是识趣的，对母女俩说：“你们聊着，我先回房间。”

丁翘突然像想起了什么，说：“阿智，我带来的维生素B2你放在哪里了？我嘴巴溃疡，现在疼得厉害。”

卓智想了一下，说：“前几天我放在驾驶室了。”

丁翘捂着嘴巴叫痛，又张开嘴给母亲看她嘴里的溃疡，掉头对卓智说：“你快去拿药给我呀，现在吃两粒，睡前再吃两粒，明天醒来差不多就能好了。”

卓智点点头：“好，我现在就去。”

卓智刚打开门，门外马上有个男人迎上来，周颖芝说：“阿智要去驾驶室找药，你陪他去。”

卓智知道周颖芝还是信不过自己，但表面装作完全不介意的样子，跟着那男人一起去驾驶室了。

卓智一离开，周颖芝便说："现在男人都走了，咱们母女俩也可以谈些私密的话题了。阿翘，你真的愿意跟妈咪一起美国吗？"

丁翘没有正面回答她的话，说："阿智去哪儿，我就跟他去哪儿。"

周颖芝说："这就好了！阿智已经说过了愿意去美国。阿翘啊，你知道吗，阿智是个聪明人，如果他加入我们的事业，我们就如虎添翼了。你别嫌妈咪说话老气，你找到阿智这样的男朋友，阿智找到你这样的女朋友，都算是你们的福气！"

"你呢，妈咪？"丁翘轻声说，"你找到老杜，算是彼此的福气吗？"

周颖芝想了一会儿，说："不只是福气，我们是彼此的天使。"她甜甜地笑了，"在我跟老杜相遇之前，我们都是这世界上最可怜的人，因为对方的出现，我们才改变了自己的命运。"

丁翘惊讶："怎么会？不是说老杜出生在一个贵族家庭吗？他怎么可怜了？"

周颖芝摇头，说："那不过是蒙骗外界的说法，事到如今，妈咪也不妨对你说老实话，知道了老杜的经历，你会更加理解他，也理解妈咪，我们今天的幸福，来之不易，更加应该拼搏进取。"

原来，老杜是一名孤儿，从小在孤儿院长大。那时候的他，内心自卑，性格孤僻，唯一的爱好就是看各种各样富有传奇色彩的书，特别是那些寻宝类的书籍。一个偶然的机会，他受雇于一家文物投资商，成为其中一名潜水队员，在海底发现了一艘巨大的中国商船。

"那次，他们在海底捞起了数不清的文物和珍宝，文物投资商大赚了一笔，而他们作为潜水员，只拿到为数不多的工资。从那以后，老杜就想自己当老板打捞沉船，但这谈何容易，穷是一种罪过，它足以阻拦住任何人前进的步伐。"周颖微微一笑，"幸亏他遇上了我。"

当时的周颖芝，刚到美国不久，还是一名专门从事出口贸易的小业务员，一个偶然的机会，他们在朋友的聚会上认识了。

"他认识我的动机很简单，因为他知道全世界的古代沉船中，来自中国的含金量最大，当时虽然他还没有钱组建自己的打捞队，但是他要提前储备资源啊，我就是他最早纳入计划的资源。”

周颖芝本来对文物一窍不通，但因为老杜深陷其中，便也跟着他泡起了相关的论坛，渐渐地与国内一些文物贩子有了交接：“江浩天就是我的第一个合作伙伴，当时国内的文物拍卖价格远远低于国外，所以我的第一桶金，便来自江浩天。”

也正是这第一桶金，令周颖芝看到了巨大的商机。她听从老杜的建议，组建了一支捞宝船队，花高价请来各种人才，比如潜水员、考古学者、海难事故的研究者等，正式展开了他们的海洋寻宝经历：“没多久，我们就顺利勘测到了一艘古代沉船，船上的文物虽然不算多，但已足够我们过上丰衣足食的生活，但是，我们没有就此停滞不前，而是积极配备高科技设备，为海上寻宝提供更好的条件。

“后来江浩天几次跟我们提起，说他知道有一片海域埋藏有古代陶瓷，我们便为他提供资金和设备，但没想到的是，这么多年过去了，他除了给我们提供了几件文物外，寻宝毫无进展。不过我们也理解他，有的人在海洋上寻宝一辈子，也不会有收获，我们没有责怪他，反而主动在他的企业投入更多，为的就是让他可以更加体面地为我们所用。”

丁翘默默地点点头，原来他们跟江浩天有这么多年的交情了，只是她一直蒙在鼓里。

丁翘问：“那吕仁呢，吕仁跟你们也是有合作关系的吗？”

周颖芝的脸色顿时变得愠怒，说：“没有，他是江浩天请的人，本来他为了掩护江浩天而自首，我对他还挺欣赏的，但没有想到，他后来竟然敢绑架你。”她冷笑，“敢绑架我的女儿，就只有死路一条！”

丁翘从未见过母亲有过这么狠的表情，带着一丝杀伐决断的冷峻，不由得心里暗叹，当时以为江浩天杀吕仁是狗咬狗，却没有料到原来吕仁的死，是因为她，不禁既感慨又难过。

我不杀伯仁，伯仁却因我而死。

可是对这一切，最没有资格非议的，便是她自己了。一位母亲为了保护自己的孩子做出了过分的举动，而自己偏偏又是那个被保护的孩子，又怎能开口怪母亲？

丁翘静默了一会儿，又问道："那江浩天呢，他那么快就自首，是因为你们抓住了他的痛脚？他本可以供出你们，获得减刑的。"

周颖芝冷哼着："他怎么敢出卖我们？如果他说了不该说的话，会生不如死，他的儿子江盛会活得比他还惨，他是聪明人，不会做这样的傻事。"周颖芝得意地笑了，"我们的力量，大得……超乎你的想象。"

丁翘突然想起来，江浩天在浪琴湾被带走的时候，一直向陈俊峰哀求，让对方放过他的儿子，现在想来，他当时哀求的并不是陈俊峰，而是站在陈俊峰旁边的周颖芝。一股寒意从丁翘心里升起，她只觉得自己正在堕入无底深渊，母亲背后的能量越大，她犯下的罪也许越深重，要劝她自首，几乎是不可能的了。

丁翘喃喃地说："妈咪，你把我保护得太好了，我从没有想过，你在背后为我做了这么多事。"

周颖芝被她这句话说得感动了，抚摸着她的头发说："傻女儿，我是你妈咪，为你做什么都是应该的。"

丁翘深深地吸了一口气，眼圈红了："小时候，我老埋怨你只知道赚钱，抛下我和外婆在家里，现在想来，我真的太不懂事了。妈咪，这些年来，你独自在国外，一定受了很多苦，老杜对你好吗？"

周颖芝也有点感慨："好，他对我很好，我们都是受过苦的人，格外重视这份感情，也重视我们这份共同的事业。"

丁翘突然想起一件事，说："那老杜这些年来千方百计寻找荼薇花，真是因为……爱你吗？"

周颖芝微微笑了："他爱我，这一点不容怀疑，但是，寻找荼薇花，却是因为我们共同的理想。"

丁翘好奇地问："这是怎么回事，你快说。"

"老杜一直通过旧档案资料搜集各国的古沉船信息，10多年前，他在荷兰东印度公司的档案馆内，发现了一本古航海日志。日志上详细地记录着：1279年，一艘英国船和一艘东方船在运送大量陶瓷前往英国时，恰遇上暴民叛乱，船上的东方人为了救他们的国王，决定把船上的陶瓷全部倾倒在海里，然后驾船去一个叫‘yasan’的地方救人。因为这两艘船都是受雇于英国人，英国人当然不同意，还拿出皮鞭抽打东方人，以致引起众怒，所有的东方人把英国船上的陶瓷全部搬到一个小岛上摔碎。”

丁翘恍然大悟，原来花碗坪那段奇怪的影像背后，是这样一段历史。

周颖芝说：“正在双方闹得不可开交的时候，有消息传来，东方国的国王投海自杀了，船上所有的东方人都痛哭失声。后来，他们不知道用了什么法子把船弄沉了，船上的东方人都随着满船的陶瓷沉进了大海，跟他们的国王一起殉国了。”

丁翘想，那些幸存下来的人当中，可能就有宋皇村的先人，后来他们用童谣记下了这件事，并画了当时沉船的画，寄望于后人能按图索骥，把满船的宝物据为己有。

“那艘英国船回国后，一名船员根据记忆画下了沉船附近的岛上风景，画了大片大片的荼薇花纪念这段往事。后来，这张画就一直被夹在那本航海日志里，老杜以高价购买了这本航海日志，研究沉船的地点究竟在哪里，但一直都没有进展，直到你在朋友圈发出荼薇花的照片，我们才确认当年沉船的地点就在浪琴湾。”

丁翘苦笑：“凭岛上盛开的荼薇花寻找沉船的地点，这样的方法说起来有点不可信，都过去将近千年了，怎能肯定荼薇花一定还存在？”

周颖芝微微一笑：“这就是荼薇花与其他蔷薇科植物不同的地方，荼薇花不但耐旱耐寒，而且长在石头缝中也不会枯萎，哪怕已经快枯萎了，一场大雨浇下来，它便又会生生不息，用来形容爱情再好不过。”

丁翘不由得点头认同。

周颖芝感叹地说：“所以你问我，老杜找荼薇花是为了爱情还是为了寻宝，其实对我们来说，荼薇花不但是爱情，也代表了我们的事业，是我们一起成长的烙印。一旦这艘宋朝沉船上的宝物被打捞上来，我和老杜将会成为全球著名的寻宝人。”

事业上的野心勃发，对未来的美好憧憬，令周颖芝的脸上焕发出耀人的光彩，有那么一瞬间，丁翘有一种想冲出去阻止卓智的举动的想法，但是，她强忍住了。

有些事情，错了就是错了；有些原则，绝对不可违背；有些信念，值得我们永远坚守，哪怕为此付出惨重的代价。

丁翘内心千回百转，惊涛骇浪，表面上依然是沉静的："既然你们一直在跟江浩天合作，为什么之前没有来浪琴湾这片海域看看？如果你们来了，就不用等这么多年了。"

周颖芝颇为惋惜地说："像江浩天这样的合作伙伴，我们在全球都有，刚开始时并没有特别留意他。"

两个人正说着话，卓智推门进来了，手中晃动着一个小瓶子："找到了，维生素B2。"

丁翘心里一紧，看向卓智的脸，后者还以一个开心的表情，看那表情，她就知道，事情成了。

卓智倒了一杯水递给她，又从小瓶子里倒出两粒黄色的维生素B2，说："快吃吧，说不定嘴里的溃疡明天就会好了。"

周颖芝也说："你从小就容易得口腔溃疡，平时也要多注意，多吃点青菜。"

"嗯。"丁翘不敢看母亲的脸，垂着眼把药塞进嘴里，把杯子里的水一饮而尽，然后说，"妈咪，我困了，想睡觉了，你也回老杜那边吧。"

周颖芝点点头，又叮嘱了几句，便推开门走了出去。

丁翘紧追几步，目送着她穿过长长的走廊，转个弯，便再也看不见了，但是丁翘知道，她将穿过甲板，然后踩过甲板上架设的木板，在另一艘船上与等候她的老杜会合。

这一晚，也许将是她跟老杜在一起的最后一晚，她的幸福，至此剧终。

对不起，妈咪。

丁翘在心里默念着，泪水快要汹涌而出，卓智的手臂伸过来，把她搂在怀里。她的泪水，就全部洇在卓智的衣服里了。

几乎整整一夜，丁翘都在喃喃地跟卓智讲述着母亲和老杜的故事，诉说着自己内心的痛苦与无奈，可是每当卓智问她："你后悔吗？"她又坚决地摇头。

绝不。

直到天色将明，她才沉沉睡着了，接连不断地做梦，梦见母亲含泪问她："为什么，你为什么要这样做？

"我受了这么多苦，那么疼你，你怎么忍心这样对我？

"你怎么忍心？你的心不会痛吗？"

一句句，一声声，问得丁翘心如刀绞，心碎欲裂，原来人在梦中也会伤心，也会流泪的。

待她醒来，才发现自己的枕头都被泪水打湿了，而卓智一直从背后抱着她，眼睛红通通的。

她难过，他也不会独睡，他就那样抱着她，陪了她一晚。

外面下雨了，雨水打在窗棂上啪啪作响，丁翘一骨碌爬起来，凑近窗边朝外看，一艘轮船，一艘抓斗船，在雨中的大海显得有点渺小，也有点灰暗，如同年代久远的水墨画。

卓智拉上窗帘，说："不要看了，该来的总会来的。"

丁翘没有说话，只是温顺地靠在卓智肩膀上。

卓智轻轻地拍打着她的背，说："下雨了，他们应该也不会冒雨作业，你再睡一会儿，睡醒了，也许一切都解决了。"

丁翘这一觉，睡了不知道有多久，直到母亲来拍门，叫他们一起去小会客室吃午饭。

绿豆糯米粥，香甜、软糯，是丁翘喜欢的味道，一定是母亲记得她嘴里的溃疡，吩咐赵莞做的。广东人认为绿豆性凉，而口腔溃疡是身体上火所致，所以需要吃绿豆煲成的粥降火。

其实丁翘根本没有口腔溃疡，昨天她是刻意咬破了自己的嘴巴。但是这一刻，她不想辜负母亲的好意，唯有卖力地吃粥。

丁翘吃完了一碗粥，吃到第二碗的时候，江盛冲进来了，看他那慌张的脸色，她心里便知道，该来的终于要来了！

周颖芝惊讶地看着江盛："怎么了？发生什么事了？"

江盛说："有两艘船，正在向这边开来！"

老杜不以为意地说："是不是路过的渔船？你别太紧张了，海上总会偶遇一些小伙伴的。"

江盛摇头："不大像，对方像是冲着咱们来的。"

周颖芝思考了一下，把手中的碗一放，说："走，出去看看。"

丁翘和卓智对视了一眼，也跟在后面走了出去。

这时候雨已经停了，但是水汽还未散去，笼罩在海面上，人朝远处看去，像是隔着一层薄薄的纱。

就算竭力睁大了眼睛，也只能看见远处有两个朦胧的黑影而已，隐隐约约，影影绰绰，但可以看出，对方正在朝着这个方向驶来。

周颖芝沉吟了一下，吩咐江盛："叫人把船头上的灯都开了。"

船在大雾天气航行，很容易因为视野受限而发生两船相撞的事故，这时候亮灯提醒对方就非常有必要了。很快，三艘船的船头灯渐次亮了起来。

但是，迎面而来的船只没有回避的意思，依然坚定地朝着这边驶来。因为船越来越近，发动机的隆隆之声也隐约传来。

老杜脸色大变，叫嚷着："快，快把望远镜给我！"

有人递上了望远镜，老杜拿起望远镜朝远处看，脸色越来越难看，只吐出一个骂人的单词。

周颖芝伸手拿过老杜手中的望远镜，看了一会儿，原先漫不经心的表情，突然变得紧张起来，明晃晃的灯光下，可见她的额头上沁出一层细密的汗珠。

周颖芝把望远镜塞到老杜手中，尖叫道："走，走！开船！从三个方向散开！江盛，你通知抓斗船，叫他们走得越远越好，还有，叫他们不要乱说话！"

江盛得令，正要朝前走去，突然惊叫起来："这边也有一艘船！"

紧接着是老杜的惊叫："那边也有船！"

几艘船正在从不同的方向朝他们包抄而来，很显然，这不是偶遇，来者有着明确的目标。

周颖芝脸色发青，挥挥手说："通知他们，抄家伙！"

老杜语无伦次地说："没有枪，没有枪什么也干不了！"他惊慌失措，喃喃地说，"可惜没有枪，否则老子嗒嗒嗒就扳倒他们……没有枪太不方便了，我怎么来到这个鬼地方！"

丁翘不由得紧紧地握着卓智的手，脸色煞白，虽然她早就预知到这个结果，但到了这一刻，她才真正意识到，一切都已不可逆转。

不远处，几艘船越来越近，白色的船身上，"中国海警"几个字格外醒目。

海警船上，高音喇叭传出的声音在海面上回荡："我们是中国海警，我们是中国海警，所有的船只请原地不动，接受检查，所有的船只请原地不动，接受检查……"

明晃晃的探照灯从四面八方打过来，把被包围在中间的几艘船照得如同白昼。

随着海警船的徐徐逼近，可见每艘船的甲板上，一群群穿着制式服装的海警表情严肃、如临大敌。

"我们是中国海警，我们是中国海警，所有的船只请原地不动，接受检查，所有的船只请原地不动，接受检查……"

威严的声音在上空飘荡，直把船上的那些人吓得瑟瑟发抖。海警船渐渐围拢过来，这时候他们才发现，海警们手中均持有枪支，看那架势，人家早就预备好进行一场恶战。

江盛带来的那些人，除了几个主要骨干是负责打捞的专业人士外，其他人都是临时请来的乌合之众。此前周颖芝吩咐他们抄家伙（工具）的时候，那些人还挺嚣张的，把早就准备好的水管、菜刀悉数拿出来，现在一看来者是威严的海警，立马就尿了，有的甚至直接把工具扔进海里了，免得被当成顽强抵抗的分子被一枪击毙。

老杜懊丧到了极点，与周颖芝相对无言。他们也算是见过风浪的人了，在世界各地的海洋寻宝，“黑吃黑”或被当地海警围攻，都是常见的事，但是没有哪一次，像现在这么狼狈，来不及反应，就被人困在中间了。

卓智紧紧地握着丁翘的手，手指轻轻地按在她的手心上，既是安慰，又是支持，他想告诉她，别担心也别害怕，我会永远站在你身边。

正在此时，眼前突然闪过一道黑影，那黑影扑通一声，跳进了大海里。

一切来得猝不及防，丁翘和卓智还未来得及反应，周颖芝已扑到船边，眼看着老杜在海浪中扑腾，她却束手无策。

几乎就在同时，海警船上的人也发现有人跳海了，数名海警跳进海中追赶老杜去了。

周颖芝见大势已去，不忍心再看在海浪中扑腾的老杜，回过头来，目光依次落在丁翘和卓智的脸上，问：“是你们报的警？”

丁翘坦荡地把目光迎上去，说：“是。妈，你该回头了，还来得及。”

周颖芝喃喃地说：“回头？不。”她的目光变得有点狰狞，“我的人生字典里没有回头路！”她盯着丁翘和卓智，不甘心地问，“你们的手机都被我保管起来了，你们是怎样报的警？”

卓智说：“船上的驾驶室，靠近方向盘的下方，有一个红色的按钮，可以一键报警。”

早在去年，政府就为出海的渔船安装了一个“平安铃”，用文字表达就是“海洋渔船通导与安全装备及渔港动态管理系统的终端设备”，这套设备同时具有GPS/BD双模定位、AIS(船舶自动识别系统)与RFID(射频识别技术)三种功能。

自从上次在海上被吕仁拘禁过后，卓智就不断向有关部门建议，在平安铃的基础上增加一项求救内容，当船上的人遭遇不法侵害时，可以实现一键报警，轻轻按一下设备下端的红色按钮就行了。只要按下这个按钮，海洋与渔业局、公安局、海警部门便能同时接到报警求助。

这个功能是卓智提议的，所以他很清楚如何操作，但是，周颖芝和老杜对当地渔船的这项功能并不了解。丁翘谎称自己嘴巴溃疡，让卓智特意去驾驶室按那个报警键。其实那瓶维生素B2是卓智早就藏在口袋里的。

海警们训练有素地跳上船来，荷枪实弹地警戒着。

“我们是中国海警，现在对你们的船只进行检查，你们船上有多少人？全部叫到甲板上集合！”

各船上的人早放弃了抵抗，有的吓得双手抱头蹲在地上，有的不要命地朝船尾跑，直到海警鸣枪示警，他们才老老实实地静下来。

兵荒马乱中，周颖芝却格外冷静，她对丁翘和卓智说：“你们报警，这件事我不怪你们，但在警察面前，你们能不能不要供出我来？”不等丁翘和卓智反应，她又说，“我们把所有的事情都推到老杜头上去，如果他在海里没能获救，就让他背这个锅；如果他没死，我自然会想办法救他，他是外籍人士，也没有造成大的危害，最糟也不过坐几年牢就可以出来了。”

丁翘和卓智听了这话，都呆住了，他们没有想到周颖芝会提出这个要求。

周颖芝叹了一口气，低声哀求道：“阿翘，你知道，妈咪是最疼你的，你就答应妈咪这个要求好吗？”

丁翘垂下了头，过了好一会儿才喃喃说：“对不起，妈咪。”

一个爽朗的声音在船头响起来：“丁翘！卓智！”

是陈俊峰。当海警接到报警的时候，公安局同时也接到报警，因为公安局还掌握了别的有力线索，所以这次行动，是海警和公安机关联合作战。

丁翘抬起头，朝陈俊峰挥手：“陈队，我们在这里！”

陈俊峰与他的同僚迈着矫健的步伐朝他们走来。

走到周颖芝面前，陈俊峰出示拘留证，说：“周颖芝女士，你涉嫌走私文物及洗黑钱犯罪，根据规定，现在依法拘留你。”

丁翘和卓智意外地看着陈俊峰。丁翘说：“陈队，是不是弄错了？我妈怎么可能洗黑钱？”

陈俊峰对丁翘说："没有弄错，在收到你们发出的求救信息之前，我们已经掌握了大量的信息，并监控了周颖芝和江盛的手机，部署了抓捕行动。但是，如果没有你们发来的求救信息，我们也不可能如此迅速地定位。"他示意同事，"把人带走。"

周颖芝不甘心地挣扎着："你们不能这样对我，我是美籍华人……"

陈俊峰严肃地说："美籍华人也不可能有特殊待遇，希望你积极配合！"

周颖芝面如土色，被两名民警带走了，一路还可怜巴巴地回头看丁翘，似乎希望丁翘能帮她想办法。

丁翘的心里很难过，她记忆中的母亲，向来是高贵、优雅的，她从没有见过母亲如此狼狈的样子。

卓智知道她难过，伸手搂着她的肩膀，手指轻轻地在她的手臂上按压了两下，那代表了他对她最贴心的关怀。

卓智问陈俊峰说："陈队，这个洗黑钱的事，到底是怎么回事？"

陈俊峰说："还记得有一次你们去参加文物拍卖会吗？那次有个年轻人代表中国香港的Wing公司，以天价拍下了一个古瓷碗，当时我让同事查这家公司，发现并无可疑之处。直到最近，有名官员落马，供出巨额赃款通过Wing公司顺利洗白的事，我们才知道，原来这个Wing公司，来头还不小，国内有一大批固定的大客户，其中不乏娱乐圈人士和高官。"

丁翘想起江盛组织的那个高端宴会，顿时恍然大悟，那次宴会除了她，来的都是非富则贵的人，她清楚地记得那天还有影视明星也在其中，她当时觉得江家很有本事，竟然请得动这样的人。

原来，不过是天下熙熙，皆为利来，天下攘攘，皆为利往而已。

丁翘苦笑着说："记得你当时还跟我探讨过，这个Wing公司字面上是什么意思，我想出过几种解释，却没想到它其实就是我妈的名字中'颖'字的广东话发音。"

陈俊峰："不错，这家公司就是你妈名下的。你妈确实是做生意的好手，她网罗了一批有钱、有名气、有社会地位的高端人士，通过文物拍卖的方式洗白了黑钱，继而顺理成章地把文物运出国，这已成为他们惯用的伎俩了。”

卓智忍不住由衷地说：“好高的段数。”

陈俊峰严肃地说：“据我们所知，这个团伙不但在国内影响力极大，而且在国外的势力范围也极为庞大，听说还与黑社会和军方有关。”

丁翘默默流泪，怪不得江浩天那么害怕她母亲，心甘情愿地把所有的罪行都揽在自己身上，那是因为如果他不这样做，他受到的惩罚可能更重，只有他认罪了，才能最大限度地保全自己和江盛。

2022年的春天，浪琴湾海域，一艘巨大的起吊船即将作业，打捞在海底沉睡了将近800年的南宋沉船——专家将其命名为“浪琴湾一号”。

起吊船缓缓升起，这是全亚洲最大的起吊船，承重量超过1000吨，它将完整地把“浪琴湾一号”整体从海里搬运上来。

随着一声巨大的欢呼，古船浮出水面，现场响起震耳欲聋的掌声和欢呼声。

旁边的一艘轮船上，丁翘、卓智站在甲板上看着出水的古船，眼泛泪光。

从确认沉船的地点，到把沉船顺利打捞，他们足足等了两年，700多天。

这700多天里，因为担心文物盗贼前来偷窃文物，卓智与有关部门派出的人员一直在暗中守卫着古船。其间，他写的关于磁场记忆的论文顺利发表，美国一家著名大学邀请他前去深造，双方经沟通后，约定给他保留三年学籍，因为他觉得现在这里更需要他。

周颖芝和老杜、江盛为他们的罪行付出了代价。丁翘每个季度都到监狱探望母亲，可是母亲对她很冷淡，几乎不怎么说话。

每次丁翘探监回来，总要难过好几天，卓智安慰她，她便反安慰他：“没事，不用担心我，我知道自己做得没错。”

虽然母亲不愿意跟她说话，但她说话的时候，母亲会认真地听。有些心灵上的缝隙，只有时间才能填平。

赵莞两年前就完全地消失在他们的视线里了，公安部门没有确凿证据证明她与案件有关，便把她放了。也许是赵莞深感自己有负于丁翘，从报社辞职后，就从丁翘家搬了出去，听说她现在创办了一个流量还算可以的自媒体公众号。

这就是这两年的情况。

在丁翘和卓智的努力下，浪琴湾成立了中华白海豚研究保护基地，花碗坪也建立了古瓷博物馆，现在的浪琴湾，早就今非昔比了。

"喂！阿翘！"有人在叫他们，丁翘和卓智回头一看，是姚馆长和陈俊峰。他们站在另一艘船上，正兴奋地朝他们招手。

人太多，声音嘈杂，他们很难听清楚对方在说什么，但从口型来看，姚馆长和陈俊峰都在重复一句话："得闲饮茶。"

这是广东人常说的一句话，得闲饮茶。

对广东人来说，饮茶是比吃饭更加重要的事，可以饮早茶，也可以饮午茶，更可以饮夜茶，但是饮茶又不单纯是饮茶，茶桌上有点心，有热饮，也有炒菜，比吃饭更加丰富多彩。

所以在广东，饮茶是一种比吃饭更加广泛的社交方式，可丰可俭，可简可繁。

因为办理周颖芝和老杜的案件，姚馆长和陈俊峰打交道比较多，再加上丁翘和卓智又是他们共同的朋友，他们也成了朋友。

原以为姚馆长和陈俊峰只是说说，可是过了几天，姚馆长打电话给丁翘，说明天要请她和卓智饮茶。

"有很重要的事情跟你们说。"在电话中，姚馆长认真地叮嘱丁翘，"务必把卓智也叫上。"

在市区的一家茶楼里，姚馆长订了一个单间。当丁翘和卓智抵达的时候，姚馆长和陈俊峰已经在那里等他们了。

一见面，丁翘便冲着两人打趣："这么隆重地请饮茶，你们是不是有好消息要宣布？”

姚馆长脸色微红，侧脸看着陈俊峰，陈俊峰爽朗一笑，说：“啊，我们脸上的幸福已经这么明显了吗？让你们发现了？”

丁翘与卓智先是一愣，继而相视一笑，丁翘说：“呃，你们这个，完全是不打自招了，我其实什么也不知道。”

姚馆长和陈俊峰都属于性格爽快之人，这么多年都没遇上合适的，在人到中年之际遇上聊得来的人，自然不愿意放过，两人就大方承认了正在交往。丁翘和卓智衷心地祝福他们。

“前几天说约你们饮茶，原本只是为了说这件事，但是昨晚我们考古队有一个奇怪的发现。”姚馆长严肃而郑重地说，“卓智，这件事与你有关，准确地说，是跟你父亲卓杰有关。”

浪琴湾古船被打捞上来后，政府成立了一个考古专家队，姚馆长是其中一员。

卓智和丁翘惊讶地看着姚馆长.姚馆长从手袋里掏出一个纸皮袋，又从纸皮袋拿出一个钥匙扣，递给卓智。

那钥匙扣上除了扣着一条钥匙外，还有一只不锈钢制成的猫，背面刻着一个“杰”字。卓智仔细端详着钥匙，眼圈渐渐红了。

姚馆长说：“我们在沉船上发现了这个钥匙扣和钥匙，很显然，这不是沉船上的物品，而是现代人在登船时遗留在船上的。”

卓智抚摸着那钥匙上的花纹，那钥匙或许是因为长期被海水浸泡，边沿处已泛起了白色的花点，但是它本来的纹路还在。

“这钥匙……”卓智哽咽着说，“这钥匙就是我家大门的钥匙……”他紧紧地握着那个钥匙，伏在桌上痛哭失声。

丁翘惊讶地问：“怎会这样？姚馆长，你说卓叔叔……当年登上过浪琴湾一号？”

姚馆长点点头：“对，从前因后果来分析，当年卓杰是登上过古船，并把钥匙遗漏在船上了，这些都不重要，重要的是他知道了这个秘密后，并没有把这个秘密告诉能让他发财的江浩天，而是打算报告给村主任，让国家来保护这批文物，只可惜……他还来不及做这件事，就……遇难了。”

丁翘的眼圈红了。

她突然想起来，当年江浩天一口咬定，卓杰在海底下找到了一个古代瓷器的窝，当时大家都不相信他说的，原来这是真的。

姚馆长对卓智说：“阿智，现在有件事要征求你的意见，愿不愿意看你自己。”

卓智默默地点头，表示自己在认真地听着。

姚馆长说：“鉴于卓家两代人对浪琴湾一号的贡献，我们专家组决定聘请你为这艘船的名誉船长，未来我们将会为这艘船建设一所非常大的展览馆，你愿意成为我们展馆中的一员吗？”

卓智抬起头，几乎是不加思索地说：“我愿意。”

丁翘提醒他说：“你不是说等浪琴湾一号打捞成功，你就去美国留学吗？”

卓智说：“去美国留学的人这么多，不在乎少了我一个，浪琴湾需要我。”他顿了顿，目光落在那个钥匙上，声音低沉地说，“我也离不开浪琴湾，离不开浪琴湾一号，我爸曾经守护它，以后，我会继续守护它。”

“好！很好！”姚馆长高兴地说，“浪琴湾古船是迄今为止世界上发现的海底沉船中年代最早、船体最大、保存最完整的远洋贸易商船，它将为复原海上丝绸之路的历史、陶瓷史提供极为难得的实物资料。船上载有文物8万多件，且有不少是价值连城的国宝级文物，有你的加盟，我们在发掘海洋文化精髓、加强海洋文化建设方面一定会如虎添翼！”

陈俊峰欣赏地看着卓智，说：“阿智，这虽然是你个人的选择，无所谓对错，但是，我特别佩服你，真的。”

夕阳西下，花碗坪沙滩上的陶瓷碎片反射出点点星光，这里被建成宋瓷博物馆后，每天均限制人流次数，傍晚6点以后，就要全部清场。

可持续性地发展和保护，才能让后世的人们见证那些年不朽的伟大杰作以及它们存在的年代。

丁翘和卓智手牵着手从花碗坪走过，长长的白纱裙随风飘扬，被夕阳拉成一道纤细而修长的影子。

丁翘的头上戴着一个荼薇花做成的花冠，手中也握着一个荼薇花球，卓智已细心地打掉花梗上的刺，她把花紧紧地贴在胸前，荼薇花的香气，便在周围发散开来。

卓智侧头看着美丽的新娘子，笑眯眯地说：“别人结婚都要去酒店，要让来宾见证自己的幸福，你倒好，结婚谁也不请，连个观众都没有。”

丁翘微笑：“幸福是属于我们自己的，何须别人见证？”她的目光掠过沙滩，掠过大海，“我们的故事，从这里开始，就让我们的新生活也从这里开始吧。来，卓馆长，看我的表现还行不。”

卓智点头微笑，肃立：“请开始你的表演。”

丁翘把手中的花球放下，挺胸收腹，面带亲切的微笑，以博物馆讲解员的语气，落落大方地说：“亲爱的朋友，您现在参观的是宋朝古船浪琴湾一号。海上丝绸之路，在汉代已有记载，当时中国船只从广东、广西、越南等地的港口出海，沿中南半岛东岸航行，最后到达东南亚各国。唐宋之后，随着航海技术和造船技术的演进，海上丝绸之路航线更加遥远，贸易也愈显繁荣，对中国瓷器来说，再也没有比水运更加便捷和安全的运输方式，这条航线也被称为‘陶瓷之路’。浪琴湾一号沉没和出水的地点，正处于这条航线之上。下面，就由我带着大家，重走一次海上丝绸之路……”

卓智颔首微笑，鼓掌，丁翘忐忑不安地问：“还行吗？”

卓智说：“得体，大方，是个人才！”

丁翘追问：“没有徇私？”

卓智说：“当然没有。不过，你不是说想当一辈子记者吗，怎么现在想来我们展览馆当解说员了？”

丁翘调皮地说：“你以前不是也想当一位物理学家吗，怎么现在心甘情愿地当一名船长了？”

卓智深思了一下，说："在人类发展的历史长河中，可能出现许许多多的物理学家，但是浪琴湾一号，仅有一艘。"

丁翘伸手握紧卓智的手："所以啊，我要跟你在一起，"一丝调皮的笑意浮上她的脸，"毕竟，像我这么优秀的人，全世界也只有一个。"

此刻，他们的眼中，只有对方，而自己，就是对方眼中的独一无二。

年轻的时候，我们总是会给自己预设许多题目，甚至会预备各种各样的答案，其实，我们就是想得太多了，早该知道有那么一个人，在路上等我们，我们只管勇敢地走下去，便能挽着他的手，一起走向明天，走向未来。

（全文完）

图书在版编目（CIP）数据

他从海上来：全 2 册 / 六井冰著 . — 南京：江苏凤凰文艺出版社，2020.7
ISBN 978-7-5594-4519-3

Ⅰ . ①他… Ⅱ . ①六… Ⅲ . ①长篇小说 – 中国 – 当代
Ⅳ . ① I247.5

中国版本图书馆 CIP 数据核字 (2020) 第 012783 号

他从海上来：全2册

六井冰 著

选题策划　北京记忆坊文化
责任编辑　刘洲原　白　涵
特约策划　绪　花
特约编辑　绪　花
封面绘图　三　乖
封面设计　80 零 · 小贾
版式设计　天　缈
出版发行　江苏凤凰文艺出版社
　　　　　南京市中央路 165 号，邮编：210009
网　　址　http://www.jswenyi.com
印　　刷　环球东方（北京）印务有限公司
开　　本　880 毫米 × 1230 毫米 1/32
字　　数　530 千字
印　　张　18
版　　次　2020 年 7 月第 1 版　2020 年 7 月第 1 次印刷
书　　号　ISBN 978-7-5594-4519-3
定　　价　65.00 元（全二册）

MEMORY
HOUSE